藏獒的精神

杨志军 著

图书在版编目（CIP）数据

藏獒的精神 / 杨志军著. -- 北京：北京联合出版公司, 2024.11. -- ISBN 978-7-5596-7959-8

Ⅰ.Ⅰ267

中国国家版本馆CIP数据核字第20246RC943号

藏獒的精神

作　　者：杨志军
出 品 人：赵红仕
责任编辑：周　杨
封面设计：吴黛君

北京联合出版公司出版
（北京市西城区德外大街83号楼9层 100088）
北京新华先锋出版科技有限公司发行
三河市兴博印务有限公司印刷　新华书店经销
字数221千字　620毫米×889毫米　1/16　17印张
2024年11月第1版　2024年11月第1次印刷
ISBN 978-7-5596-7959-8
定价：59.00元

版权所有，侵权必究
未经书面许可，不得以任何方式转载、复制、翻印本书部分或全部内容。
本书若有质量问题，请与本社图书销售中心联系调换。电话：（010）88876681-8026

目录

第一辑

藏土的记忆

三个真实的故事 / 002

妙　音 / 014

无记涅槃 / 018

哦，阿尼玛卿 / 024

星　恋 / 031

妖媚的那棱格勒河 / 034

第二辑 朝圣之歌

旅行启示：走过青藏高原 / 040

冈仁波齐，我的灵魂之家 / 055

青海湖边的遐想 / 067

康定之心——我们的情歌精神 / 074

心灵的骏马 / 082

读城二章 / 085

第三辑 藏獒的精神

远去的藏獒 / 092

《藏獒》之外的藏獒 / 108

藏獒精神：完成文学的思想使命 / 116

藏獒从荒原走来 / 127

第四辑 西部的乡愁

西部，到底是谁的乡愁？/ 144

石门春秋 / 162

可可西里——哭泣中的美丽少女 / 172

秋风秋雨中的孟达林 / 178

草原的声音引领我们悲悯 / 185

澜沧江童话——1977年的杂多草原 / 192

第五辑 西部精神

西部人 / 202

西部精神 / 251

西部地平线 / 262

— 第一辑 —

藏土的记忆

三个真实的故事

郎　猫

很小的时候,我住在西宁市礼让街的一座四合院里。一天晚上,突然一阵怪异的嘶鸣把我从梦中惊醒。我顿时吓得毛骨悚然。

像是一个小孩的哭喊,比刀子还要尖锐,起起伏伏、长长短短的,有低泣有悲号,有诉说有隐忍的愤怒。我揣测他的年龄一定比我小,不然不会发出这样的声音。我推推身边睡着的哥哥。他翘头听了听,不知嘟囔了一句什么,就又闭上了眼。

突然,哭喊声停止了。北房的孩子绰号"剥皮老爷"的哗地打开了门,骂道:"狗杂种夜猫子,你今黑夜不叫人睡吗?"听声音,他大概用什么打了过去。一阵腾腾腾的奔跑声。四合院里的丁香树哗啦啦响。接下来是宁静。"剥皮老爷"回家了。我趴在窗口朝外看,却被哥哥从后面蹬了一脚:"睡,一只郎猫。"

郎猫?

第一辑　藏土的记忆

郎猫，就是做了新郎的猫。能胡乱做新郎的猫大都是野猫。这野猫从那时起，夜夜都来骚扰，又哭又喊，声音越大就越像中了邪的小孩拼命闹夜，直到把人从睡梦中闹醒，直到"剥皮老爷"愤怒地出门，骂着用家伙把它撵走。丁香树哗啦啦响了不知多少次，抖下许多新开和开败的花瓣来，铺了一地。落英干了，散了，春天过了。我惊异地发现，已经有好几个夜晚不闻那哭喊了。

我问哥哥："郎猫为什么不来了？"哥哥说："它过了发情期，去抓老鼠了。"发情，就是发生了感情。对谁？当然不是对人。

"剥皮老爷"家原有一只豹纹雪山猫，是母的。春来不几日，"剥皮老爷"的舅舅将它捉拿走了。原因一是据说有身孕的女人常与猫接触，会影响胎儿发育，"剥皮老爷"的嫂子正挺着肚子；二是他舅舅家也有一只豹纹雪山猫，是公的，种的延续最好是纯而又纯，不然，就不是好猫了。

我记得那母猫：白雪的身子，只在屁股上由浅入深地描画出一坨杏黄，杏黄上面有三两个黑圈；尾巴黄白两色相连，粗大，常翘成拐杖；圆溜溜灰亮的眼睛像是霓虹灯前罩了一层春雾；咪咪声柔细轻软，听起来嗲嗲的讨人喜欢又让人腻烦。它喜欢钻进"剥皮老爷"嫂子的被窝里睡觉，喜欢在人坐着时跳上膝盖舔舐裤裆（"剥皮老爷"说这是因为那儿有尿臊气），喜欢在温暖的锅台上信步，喜欢吃杂碎，喜欢喝白糖水，喜欢在隆冬的雪地上打滚洗澡，喜欢攀上房顶站在漏水槽前背负青天朝下看。当然更喜欢的还是捉老鼠，我们四合院里的老鼠基本已经被它捉尽了。待"剥皮老爷"的舅舅把它带走后，人们发现，它还喜欢私定终身，致使那野猫糊里糊涂成了新郎而在院里的丁香树下满怀希望地喊它哭它。郎猫和母猫一定海誓山盟过了。母猫一定对郎猫说过：等着我，每夜都等着我。郎猫等不来母猫，就哭黑了

藏獒的精神

每个春夜。

"剥皮老爷"的嫂子怀了又丢,丢了又怀。母猫一直没有回来。它新婚如何?是否生育?如有后代是否便是纯种的豹纹雪山猫?或者,野猫在它离开前已播进种子去,生下来的全是杂种?等等一切,我不得而知。

来年春,一个扬风搅雪的夜晚,随着自然界的鸣叫喧豗,一声凄厉而悲切的尖叫出现在门外院中。我和哥哥都从被窝里惊坐而起,面面相觑:郎猫?它又来了?

从此,春天,夜晚,便陷入郎猫的哭喊中。全世界又一次毛骨悚然。

开始几夜,"剥皮老爷"将它撵走了,撵走了它又来;后来就不撵了,任其哭喊泣号响彻宇寰。泱泱西宁城,让一只野猫叫来了春又叫走了春。当夜晚归于宁静时,那就是夏季了。

又一个春天,郎猫又至,哭声又起。又是惊讶,又是驱撵,又是认可。风和日丽,院里的人纷纷出来在房檐下晒太阳。

"白的,大白猫。我从窗洞洞里望见了。"

"我撵的我不知道?黑的,跑起来一绺闪电。"

"错了,是花的,我见过,白天,在街上,它朝水洞里窜去,又胖又大,凶叉叉的。"

院里的人议论纷纷。这郎猫闹了我们三个春天,我们却不知道它是什么模样的。"剥皮老爷"突发奇想,说:"我要毒死它,看看到底是黑,是白,还是花。"晒太阳的人们便不再吭声了。

记得那是个早晨,半空里生长着又厚又大的蘑菇云,有风,不怎么强劲,却可以吹散盛开的丁香花那浓郁的芬芳。空气凉飕飕的,像是下雨的前兆。"剥皮老爷"站在院子里大声喊:"死了,郎猫死了,快来看,死了。"从不同方向的门内走出了许多人,都围到了丁香树下。

死猫雪白一片，只在屁股上由浅入深显出一坨杏黄，杏黄上面有三两个黑圈，尾巴黄白两色相接，粗大，此时横斜在地上，半睁着的眸子露出一线晶亮，强烈地闪烁着不死的光芒。

"原来也是一只豹纹雪山猫。"

"怪了，这种猫是不会野的呀。"

我从大人们壮实的腿间挤进去，蹲下，小心翼翼地摸摸，它早已冰冰凉了。

喊没有了，人们也不再争议。春天照样去了又来，一个接着一个。许多年后，我对女朋友也就是现在的妻子说："这是一只殉情的猫，至死才叫人知道它的形象。"女朋友说："重要的是它的形貌吗？不，是它一辈子的约会，尽管每一次都会落空，但它相信绝不会永远落空。你会和这只郎猫一样吗？"我啜嚅着不知道该说什么，因为我是人。人总比猫要聪明优胜许多。

女朋友突然激愤地喊起来："原来你不如一只猫！"

女人与太阳

一个朋友交给我一块有黑色纹饰的红绸子，并告诉我这样一件事——

那时，他是一名个体货运司机。数不清有多少次了，每当他经过玛积草原，就会看到一座红房子从草浪后面冉冉升起，等他摁响喇叭，红房子里就会走出一个穿皮袍的女人。女人戴着红头巾。红头巾的一角在脑后飘曳，很远就能听到哗啦啦响。女人总是朝他这边张望着，直到他消逝。他消逝的地方是青南公路玛积雪山段的第一个山豁口。

他常常猜测那女人，漂亮，健壮，一个人，守在红房子里，日日夜夜，等待着一辆墨绿色的五十铃运货车出现在公路上。五十铃的驾驶室里就他一个人。他是一个壮汉，什么都富有：精力和财产。他每月从西宁到果洛跑一个来回，人家说他挣海了。也就是说，他每月会有两次机会看到那女人。女人也能看到他，无论落雪还是下雨。似乎他们事先有约，而他每一次上路都是为了赴约。

但是他万万没想到，在秋天的一个晴朗日子里，自己会走向那座红房子。原因很简单，他恰好尿憋，停车下来方便，下来就不想上去了。他对自己说，我就不能去要碗奶茶喝？一个司机在人烟稀少的草原去拜访一户人家是天经地义的。想着他就往那边走去。

好像他走了很长很长的路，现在终于停在了女人面前。他有些恍惚，仿佛还处在想象中。那女人的确很漂亮，因为漂亮，就使她的年龄有些模糊不清。他只能这样想：她至多三十五岁。

"有茶吗？我渴了。"

女人把水眼闪闪地一擦，回身走开。他迟疑着跟了过去。到了门口，女人取下带有黑色纹饰的红头巾，回头示意：来呀。他于是跟进了红房子。

接下来发生的事情是他难以启口的。他喝到了奶茶，也喝到了那女人的全部水性。他给她钱。她不要。他问她在这里住了多久。她说二十年，并且还要住下去，直到出现一个很美好很美好的夏天。在那个夏天里，太阳会从西边升起。他专心致志地听着，一点也不奇怪。因为他知道，草原人的想法总是稀奇古怪的。

在以后的岁月里，每当他经过玛积草原，依然会看到那女人，那飘飘欲逝的红头巾。但他再也不敢光顾红房子了。他断定她是个为了情欲不顾一切的女人，怕自己再次堕入诱惑。他也忘了那个会使她离开红房子的夏天。

那个夏天的到来是出人意料的。司机看到红房子前没有了女人的身影，才发现草原变得绿茫茫的。馒头花开了，金钱花开了，把一片片粉红和浅黄随意泼洒在绿绒毯上。鸟韵阵阵。玛积雪山的天上，滚动着携雷带电的铅青色云朵，弄得草原明暗相间，时时处在阴雨到来的前夕。他停车摁响了喇叭，摁了很长时间，才断定他再也摁不出那女人了。他毅然跳下车，走向寂静中悄然孤立的红房子。他看到门前栖落着一群食肉的红嘴鸦，等他走近时，鸦鸟便翻飞而上，旋落在房顶。他走进去，只听哗的一声，数十只鸦鸟惊恐地嘎嘎叫着，飞向窗外门外。他一个冷战打得浑身酥软，看到她已经悬梁而逝了。和她面孔相对的地方，挂着一块红绸子。他一眼就认出那是她的红头巾，便纵身一跳，将它拽下，像偷了别人的东西，踮着脚飞快地走了出来。

草原上到处是清新宜人的绿色岚光。横穿草原的公路上，汽车继续行驶，像一个墨绿色的太阳在地上滚动。远方，玛积雪山把神秘和威严播向四野。大地永远地宁静着。宁静地结束了货运司机的故事。

我把这个故事称之为玛积雪山之谜，说给不少人听。一位精通地方史的专家朋友告诉我，在古代玛积人的民歌里，有这样的句子：当太阳从西边升起，远征的男人就会回家。他猜想，女人的死因是在含辛茹苦二十多年后，并没有看到太阳从西边升起。我却以为，一个人只有死后才会看到太阳从西边升起。可司机说，那个夏天的某日早晨，他的确看到太阳悬在西天边际。而当他驱车进入雪山豁口时，听到阵阵马蹄声和嘶喊声从幽冥处传来。我不相信，太阳属于全世界，女人只属于草原。

其实，秘密就在红头巾上。那些黑色纹饰也许是一种古老的文字。但谁又知道它的内容呢？据专家朋友考证，玛积是古代藏族人的一个部落，早已经消亡了。

吉姆顿巴寓言

　　1992年夏天,我被邀请去参加吉姆顿巴草原的赛马会,也就是物资交流会,顿巴乡的贡布乡长给我说起了牧民索朗丹增的故事,又对我说:"我带你去看看他吧,来这里的人都是要去看看他的。"我去了,看到了索朗丹增和他的老婆。但他们似乎并不欢迎客人,面无表情,连请我们进帐房坐坐的表示都没有。不欢迎客人的还有一只牧狗,它被拴在羊圈的木栅门边,一直冲着我们又扑又叫。乡长问道:"索朗你的羊呢?"索朗丹增说:"送人了。"乡长吃惊地喊起来:"怎么送人了?你们吃什么?"索朗丹增哭丧着脸,想说什么又没说,头一低进帐房去了。他的女人小声对我们说:"我又怀上娃娃了,羊不能再养了。"乡长叹口气,什么话也没说,拽拽我的胳膊,转身离开了那里。

　　以后的许多日子里,我一直想着牧民索朗丹增的故事——

　　没有人理睬索朗丹增,甚至连吉姆顿巴草原上的小孩也对他板起了面孔。因为他娶了盗马贼的遗孀做老婆。"再硬的冰遇到春天也会融化,再白的雪遇到勒勒草(一种可以做染料的植物)也会变黑。"格萨尔的后裔们总习惯于用一些古老的格言支配自己的行动。但索朗丹增明白,老婆是个老实本分的人,要是她真的有罪,也会像盗马贼一样受到天神的惩罚。盗马贼是在别人的帐圈里被人打死的。

　　索朗丹增娶老婆的最大愿望就是有个结实的儿子。老婆很争气,给他生的儿子比他想象的还要结实。他骑着马,在深冬的草原上转悠着,把自己有了儿子的消息告诉每一个碰到的牧人。牧人们很有礼貌地恭喜他几句,完了就远远地离开他,而他的本意是要让牧人们来自己的帐房里做客的。

牧人们不来，寒流却不期而至，一场铺天盖地的大雪下白了吉姆顿巴草原，下白了索朗丹增的帐房。四周杳无人迹，好像满世界就只有他们一家和一只牧狗、一群羊了。大雪天不能放牧，羊在圈里饿得咩咩叫。

一天中午，牧狗在羊圈附近咬死了一只饿得浑身摇晃的幼狼。索朗丹增把死狼的皮扒下来，准备晾干后让老婆缝个皮筒子，裹在儿子肉乎乎的身子上。无意中他把血里呼啦的狼尸扔在了羊圈门口。等傍晚天色将暗，他走出帐房想看看有没有天放晴的迹象时，发现羊圈的木栅门已经被饿羊们用头撞开了，那堆没有皮毛的狼肉被羊啃得一干二净，只剩下了一具湿漉漉的骨头架子。刹那间，索朗丹增明白发生了什么：就在自己的帐房前，在自己的羊群里，出现了羊吃狼的奇迹。而过去，从创世的什巴大神开天辟地到牧人们不理他，吉姆顿巴草原上世世代代流传的都是些狼吃羊的故事。一股喜悦的热流使他脸上新添的皱纹豁然舒展，那些皱纹是孤独留下的痕迹。他想，要是他把这件事儿告诉牧人们，牧人们一定会争先恐后地来到他这里，看看羊吃狼的奇迹，也看看他的儿子。那时候，他将大声对老婆说："客人们来了，快煮一锅新鲜的羊肉，烧一壶滚热的奶茶。"老婆一定会高兴得手忙脚乱，因为她和他一样，也希望自家的帐房成为牧人们向往的地方。他这么想着，心里美滋滋的，脸色和天色都好看多了。

第二天，云开雾散。索朗丹增骑马出门了，牧狗习惯地跟上了他。他迎着被冰雪洗浴过的太阳，满雪原转悠着把羊吃狼的奇迹告诉了每一个他碰到的牧人。

牧人们都表现出少有的惊异，但一听说狼已经被吃得只剩下了骨头，便怀疑起来，不感兴趣了。

藏獒的精神

"索朗你听着，等你的羊咬住了活狼的喉咙，我们再去你家参观。"

牧人们一个个远远地离他而去。他伤感万分，唉声叹气地回到了家里。老婆一看他的脸色就知道怎么回事，说：

"我的好人，是我害了你，你把我撵出帐房去吧。"

他摇头。他苦苦地想，自己的羊虽然吃了死狼肉，但怎么可以咬住活狼的喉咙呢？帐房外面，羊群发出一阵阵凄厉的叫声。好几天没有放牧，它们已经饿急了。他侧耳听听，似乎听出羊叫声里有一种凶残的渴望，有一种逮着什么吃什么的猛恶。他隐隐约约意识到，饥饿大概是能够改变一切的，包括羊的本性。他觉得自己不妨试一试。

于是，他找到贡布乡长，从乡政府借来了五六个套狼的夹子锁，安放在了羊圈的四周。没过两天，一只被同类咬瘸了腿的公狼就成了他的猎物。他让老婆搬来一块石头，和狼紧紧地绑在一起，放在了羊圈里。狼拼命挣扎着，羊群吓得四处乱窜。临到天黑，这只几天没有进食的狼就已经挣扎不动了。羊群挤在离狼较远的角落里，惊恐地看着。又过一天一夜，狼死了，饿羊们开始围挤在一起用狼皮磨牙，磨着磨着就撕破了狼皮，血流了出来，羊们舔着。后来，狼肉就不见了。它和第一只死狼一样，只剩下了一具骨头架子。

索朗丹增觉得他的试验正在接近成功，便又开始布置夹子锁。六天过去了，他捉住了四只狼。饿疯了的羊群也就依靠狼肉维持着生命。又过了一天，当第五只套住的狼被他捆绑在石头上后，他便对老婆说："好日子就要到了，快快准备好肥肥的羊肉、浓浓的酥油茶吧。"老婆也和他一样，坚信今天是好日子，说："羊肉已经放到锅里了，酥油茶已经灌到壶里了，我和你分头去请我们的客人吧。"他点头同意了。为了防止在客人到来之前羊群吃掉这只活狼，他把它放在了羊圈外紧靠帐房的过道里。

第一辑　藏土的记忆

索朗丹增骑马离开了家，牧狗习惯地跟上了他。他骑着马满草原转悠，对碰到的每一个牧人说："去我家看看吧，咬不住恶狼的喉咙，就不是我家的羊。"

牧人们还是不相信。他说："那就和我打赌吧。"

没有人和他打赌。因为他们都知道，索朗丹增的目的是想让他们给他面子，去他家做客。

他从早晨转到中午，没有一个牧人随他的心愿听他的话。他灰心极了，要不是想到自己那结实健壮的儿子，他也许就会自杀。自杀是很容易的，骑马往南走到太阳落山，就能看到鄂陵湖，在湖面上敲开一个冰窟窿跳下去，一切忧愁就烟消云散了。唉唉，孤独的日子真难过，死人才配有这种没人理睬的生活。他朝自己的帐房走去，可一想到自己带给老婆的仍然是失望，便又掉转马头，信马由缰地朝前走，也不知要去哪里。

太阳正红，残雪在沟沟洼洼里闪着白光。眼看就到春天了，但他心里一点也没有牧草即将返青的欢悦，愁苦的脸上又多了几道孤独抹上去的皱纹，古老的悲歌在心里悄悄升起：

远方的山影没有太阳照耀，

荒凉的山坡上

有一只刚出生的羊羔……

唱着，他听到了一阵马蹄的骤响和牧狗的叫声，猛抬头，看到几个牧人骑马朝他奔来。他愣了。他不相信牧人们会主动来找他，而且是骑着马飞奔着来找他，而且是喊喊叫叫地来找他。但这的确是事实，他不由得精神一振，愁眉慢慢地展开了。他策马迎了过去。

"索朗，你的羊真的是吃狼肉的羊啊。"

"你们去我家了？"

"你老婆给我们说好话,就剩下没有下跪磕头了,我们能不去?"

还是老婆有本事。他一阵狂喜。

"快回去看看吧,满草原的人都去了你那里,你家的帐房就要挤破了。"

他带着牧狗,驱马朝前奔去。那几个人互相看了看,紧紧跟在他后面。

索朗丹增看到,自家的帐房四周挤满了人,不光有男人还有女人。他高兴地对他们长长地吆喝一声,跳下马,扔掉手中的缰绳,嘿嘿笑着迎了过去。家里从未来过这么多客人,就像吉姆顿巴草原上的赛马会一样热闹。这是他的荣耀,也是老婆和儿子的荣耀,这样的荣耀千载难逢。"大家都来了?太好了太好了,大家都来了。"但是他马上发现,人们的面孔冷冰冰的,他的热情并没有引来预想的回应。啊,自家的帐房太小了,装不下这么多客人,真是不好意思。他歉疚地望着他们,突然发现饿羊们已经撞开羊圈的木栅门跑了出来,那只被他放在羊圈外紧靠帐房的过道里的活狼也已经被羊啃得一干二净,只剩下一具湿漉漉的骨头架子了。

他叫起来:"你们已经看见了吧,我家的羊是吃狼的,是吃活狼的。"

有个牧人说:"看见了,看见了,索朗,不要管羊管狼了,快进帐房去看看你家的人吧。"

这时他听到了老婆的哭声。他说,哭什么?突然又意识到哭是自然的,自己也应该哭。把这么多客人拒之门外了,哪个主人不着急?他兴冲冲地走进帐房,看到里面竟没有摆上热腾腾的手抓肉和一碗碗的酥油茶,顿时气得直想捶老婆几拳。

老婆被几个女人包围着歪坐在毡铺上。

有个牧人说:"索朗,你的羊不光吃狼,还吃人哩。"

索朗丹增傻乎乎地点点头:"坐啊,坐啊,你们为什么不坐啊?"他四下看看,满帐房都是人,哪里有坐的地方?他不知所措地来回走着。

紧跟着他来到帐房里的牧狗突然汪汪汪地叫起来。他训斥道:"你叫什么叫,快出去!"牧狗不仅没有出去,反而扑向了面前的毡铺。

索朗丹增一步跨过去,伸手要拽狗,眼睛猛地一闪,盯住了毡铺上的一摊血。

他愣了,惊异地叫了一声,接着便打出一个冷战,抖落了所有的喜悦。

他扑过去,抱起了裹着狼皮的儿子。鲜血顿时从毡铺延伸到了他的胸前。他看到狼皮已经撕裂,儿子的喉咙被咬出了一个大窟窿,脸上身上血肉模糊。他呆痴地瞪着狼皮,嗓眼里呼噜呼噜的;渐渐地,那呼噜声变成了一阵阴森森的闷笑……

索朗丹增家的客人从此络绎不绝。

妙　音

永远忘不了楚玛尔河沿江央寺的印经喇嘛云丹多吉。他说过他一辈子都在印经，在布上印，在纸上印，在羊皮树皮上印。除了印他还雕刻。有一次他把经文刻在木质的经筒上，那经筒很大，约有十米的高度，近五米的直径。油漆之后他和他的寺友把经筒抬进河里，悬空安装在水中。于是急流冲击着经筒，经筒不停地转啊转，日复一日。

经筒转一圈，就等于念了一遍经。自然的伟力代替着人的力量，也代替着人的虔诚和执着。这一种统一是别的地方没有的。

统一完了就是分裂。夏天，楚玛尔河发大水，把经筒冲走了。云丹多吉说："水去了哪里经筒就去了哪里，它去了通天河你信不信？去了金沙江你信不信？去了川西川南你信不信？去了大海大洋你信不信？"我不停地点着头。他又说："经筒去了就不回来了你信不信？"这我就更信了。

同样不回来的还有那雕刻的艺术，有那一往无前的痴迷所创造的信仰的文字，还有力量——那种永不复返同时也永远滋蔓着的力量。

那是情感的力量,绝对是情感的,而不是肉体的。云丹多吉说:"我也要去的,总有一天我也要去的,去另一个世界,在未来,在海上,在晶莹的山上,在原野,那个碧绿连天涌的原野。"

然而,水还是水,今天减少了,明天增多了,去了的永远去了,来了的永远来了,长流不息。

云丹多吉说:"我想啊,从那时起我就想,不用转经筒行不行呢?不用把经文刻在经筒上再把它放进水里行不行呢?因为当神灵希望经筒漂过长长的河水,漂进大海的时候,我不能每天往河里放一只经筒哪。我要是把经文刻在水里,每天都刻十万八千句,等满河满海都是经文了,我也就可以去了。二十四臂的白玛哈嘎拉(护法神)说:'功德圆满的人,你可以去了,跟着你华丽的经文,漂到海上那座光明的殿堂里去吧。'"

老喇嘛云丹多吉坐在河边,从此有了对水刻艺术的幻想,而我也从此有了对水刻艺术的等待。我发现了希腊风格的菩萨,那是刻在木头上的;我发现了大威德怖畏金刚的原初造型,那是泥雕的;我发现了一千多年前的《甘露》,那是刻在岩石上的。我还发现了刻在钢板上的、橡皮上的、塑料上的甚至肉体上的六字真言,唯独没有看到水的雕刻,哪怕一笔一画。

有时候想,云丹多吉啊,还有我,不必幻想,也不必等待,世界上不会有水刻艺术,因为水是流动的。

又想,正因为水是流动的,才有了这幻想,这等待,才有了云丹多吉静默的宗教——我想象他每日坐在河边,望枯了眼睛还要望着那水,苦思冥想。这就是生活,生活的全部,平静而伟大的佛陀式的存在方式。云丹多吉仿佛已经死了,他的心脏还在跳动,呼吸还畅通无阻,就已经死了。或者说,他死了以后,心脏还会跳动,呼吸还会畅通。他的生命永远在水边,在水里,在冥想中的水刻艺术里。

我于是明白,那是一种献身的目标,是我们称之为理想的那种东西。那种东西因为永远的虚无而呈现永远的美丽。

楚玛尔河是长江的源头,河沿上的江央寺是宗教的一片莲叶。它起源了人类关于水刻艺术的命题,然后动荡在思维的空间。我发现云丹多吉的精神已经接近人类关于生命永恒的思考极限了,那是一种多么静默、多么高贵的存亡境界。

一切关于终极目标的追求,都将因为意识到水中不能刻上自己的名字而得到慰藉——既然不能刻字那就不刻了,那就变换一种存在的方式把自己融入水里。或者说,何妨做一股水呢?因势而走,所有的障碍都无法阻拦,所有的洼地都能繁殖思想的鱼虾,所有的流淌即流浪、即漂泊、即无归宿,都是我们的归宿。

同时我发现了徒劳是什么,那些云丹多吉的反面都将因为明白水中不能刻上自己的名字而灰心丧气——你不是在追求金钱美女吗?你不是在迷恋官位声名吗?一切都不过是想在东逝的流水中刻上名字的举动。太愚蠢了,能留下什么痕迹呢?除非你来做水,你是水的一滴。而做水是有条件的——总是从上往下流,而绝不是从下往上爬。这就是说,人必须占有思想的高峻、精神的高海拔,才可以得到历史长河的容纳,否则就完蛋,就是爬虫。

我想起有一天我的一位朋友去隔壁办公室倒开水,正碰上人家在暖瓶上刻名字。朋友说:"刻名字干嘛?谁偷你的暖瓶?偷水不就行了,有本事你在开水中刻上你的名字。"刻名字的人说:"你这不是瞎说吗?"

这真是瞎说了,但根据我的经验,大凡真理都是瞎说出来的。假设我们承认这只暖瓶是此人的产品,他在塑料壳上雕刻名字的举动就有可能被认为是追名逐利。暖瓶自然会存在，可是水呢？或许早就没有了。没有水的暖瓶如同没有水的河，能指望它发育出什么来呢？云丹多吉的幻想和我朋友的说法，或许有异曲同工之妙，但一个是要上天堂，一个是要下地狱的，其原因在于：一个是宗教的，一个是世俗的；一个是欢欣的，一个是悲哀的；一个是静默的，一个是嘈杂的。任何人都必须选择其中的一项，但未必知道为什么。

我想起云丹多吉曾经把楚玛尔河里的石头捞到岸上，刻上经文后，又把它请回河里。有个旅游者问道："你这是干什么呀？"

云丹多吉说："你问我还是问石头？要是问我，我就说你问石头；要是问石头，石头就会说你问喇嘛。喇嘛不问石头，石头不问喇嘛。所以你啊，还是问问叫你问的那个人吧。"

旅游者摇头：听不懂。

对没有悟性，听不懂的人，你还能说什么呢？

云丹多吉曾经对我说："我是江央寺的喇嘛，知道江央是什么意思吗？就是妙音。"

无记涅槃

从前,在青海省化隆县的夏琼寺,有一个名叫波且扎西的少年喇嘛,每天天不亮起身,洒扫庭除,煮茶烧饭,伺候他的师傅和别的活佛喇嘛洗漱用膳,然后自己匆匆吃几口糌粑,便去那因多年失修而脱落了壁上彩画的经堂盘腿而坐,或跟着师傅学课,或跟着众喇嘛诵经。这样的生活持续了五年,十年动乱开始了,寺院突然失去了清静,先是来人推倒佛像,后是来人捣毁庙堂,忽一日来了更多的人,要把所有僧众抓起来批斗游行。

师傅推他一把说:"你人小,人家不注意,还不快跑?"

他说:"我往哪里跑?"

师傅说:"往家里跑。"

他说:"我没有家。"

师傅说:"我知道你姐你哥你父母六〇年都饿死了,寺院就是你的家,看现在这阵势,你只能往西藏跑了,西藏才有清静的寺院也才有你的家。"

波且扎西偷偷离开了他从五岁失去亲人后就开始做喇嘛的夏琼寺，朝着师傅指给他的方向往西而去。他一路化缘一路走，半年以后来到了西藏拉萨。然而，拉萨也根本就不是他想象的那样。有的寺院跟夏琼寺的遭遇差不多，有的寺院紧锁了大门，里面静静悄悄没有经声，外面冷冷清清不见香客。在整个拉萨，他没有看到一个穿红衣袈裟的人，活佛和喇嘛都被驱散了，都淹没到俗人俗世里头去了，也没有找到一处能够接纳他的供养三宝的地方。他在拉萨街头流浪了一个月，又用半年多的时间，一路化缘一路走，回到了家乡化隆县。化隆县的夏琼寺已是人去庙空，一片残破景象。他躲进已经没有了佛像的经堂，止不住地号哭起来。

哭声引来了一个人，那人吃惊地说："这不是波且扎西吗？好长时间没见你了，你去哪里了？"

他抬头一看，见是个熟悉的香客，正要回答，那人又道："快走快走，别叫人家看见了，现在没有人待在寺院里，一进寺院就成牛鬼蛇神了。"那人一把拉起他，慌慌张张离开了夏琼寺。

拉他离开夏琼寺的是大巴河林场的汉人李春发。李春发说："你就跟着我去林场侍弄树木吧，别人问起来，你就说你还俗了，再也不念经了。"从此他便成了大巴河林场的一个少年临时工。

林场场部的墙边有个一人深的土坑，他在坑沿上搭起枯枝，覆上茅草，把李春发送给他的草席和铺盖一铺，那便是家了。步出家门，往前一百米，就是大巴河的乱石滩。

李春发说："这乱石滩就是你的了，你就在乱石滩上种树吧，种多少算多少，林场食堂管你的吃喝，一个月再给你三块钱的工资。"

他说："我不要工资，我多吃点饭成不？"

李春发说："食堂是管饱的，能吃多少就吃多少，工资还是要给的。"

他说:"那我就给林场好好干。"

五个月之后,乱石滩上的石头没有了,变成一抹平坡了;第二年又有了几畦绿茸茸的油松苗和两亩扦插在土垄上的青杨苗。油松苗和青杨苗似乎是转眼长大的,很快就是翠绿一片了。

李春发对别人说:"波且扎西过去是寺庙里的人,会念经,他一念经观音菩萨就知道了,观音菩萨给了他一些宝水,宝水泼到哪里,哪里就会密密麻麻长出树木来。"

果如其言,乱石滩上的树林年年扩大,等到波且扎西十六岁的时候,这片树林已经由最早的几亩变成了一百六十亩,树种也不断增加,除了油松和青杨,还有了落叶松、云杉、扁柏和新疆杨。人人都吃惊,这波且扎西怎么这么能耐,只要经过他的手,不管什么树都会疯了似的往粗往高里长。而对此,波且扎西本人并不觉得。他只知道天一亮就起床,干馍就茶填饱肚子,然后进树林,平地,挖坑,栽苗,浇水;中间除了去林场食堂吃午饭和晚饭,他是从不休息的,直干到星光满天,万籁俱寂,才会回到他在树林中间给自己盖起的那座土坯房里,一觉睡到天亮。

时间不居,转眼又过去了十多年,乱石滩上的树木越来越高,林子越来越大了。随着气候的变化,几十里以外的夏琼寺里又有了青灯佛塑、经声梵音,被驱散的活佛和喇嘛们陆续回来了。波且扎西的师傅还活着,听说徒弟在大巴河林场种树,派了人来叫他回寺里念经去。他把树林交给了李春发,自己回到了夏琼寺,一边念着经,一边想着自己一手种起来的树林子。然而念了一个星期,他就坐不住了,跑回林场想看看那些树木,一看就生气,就发誓再也不走了。他看到自他离开以后,他的树林损失了许多,有被人盗伐的,也有被牛羊啃坏的。

他央求李春发专门去了一趟夏琼寺,捎话给他的师傅:"念经是

第一辑 藏土的记忆

积德,种树守林子也是积德,师傅你就让我守着树林子积德吧,我不回寺里去了。"师傅理解他,再也没有打发人来叫他。

他又开始在乱石滩的树林子里迎日送月、熬冬盼春。不同的是,他发现随着农村土地承包制的落实和私有化程度的提高,钻进树林盗树和放牧的人越来越多了,他除了继续种树和养树,必须花更多的精力和时间来对付这些破坏林木的人。

1983年夏天,在临近大巴河的一片落叶松林边,在半个月亮爬上来的时候,波且扎西被五个人摁住了,抱腿的抱腿,搂腰的搂腰,扭胳膊的扭胳膊,因为波且扎西从林子里赶跑了他们的一群牛,又逮住了一头,要牵去林场按制度罚款。

这几个人当然不依,夺回了牛,又死摁着他逼问道:"以后你还罚不罚款了?"

他说:"当然要罚,我还怕你们不成。上个月从西宁来了几个大干部,一人手里攥着一杆枪。我说你们打掉鸟儿的一根毛我都不答应。有人不听,端枪就要瞄准,我扑过去就把枪口堵住了,夺下那人的枪,交给了林场。林场罚了他一百块。大干部的钱都能罚,你们的钱为什么不能罚?快放开我,我波且扎西是夏琼寺的喇嘛,我浑身都是法力,你们几个算啥,敢把我怎么样?"

有人说:"我们都是大巴河对岸的,也算是你的乡亲,你六亲不认,我们今儿要你的命哩。"

波且扎西说:"你们这些人,脑子钝得就像斧头背,就是要了我的命,林子也不能随便让你们糟蹋,林子是佛爷的,是佛爷给人间的福报……哎哟,我的胳膊,疼死了……好我的兄弟哩,快放开。"

"那你说,还罚不罚款了?"

"哎哟,不了,不了,不罚款了。"

几个人互相看了看，松开了手。波且扎西爬起来，甩了甩胳膊，忽地跳出了包围圈，跑前几步，从地上捞起一把铁锨，急转身，大吼一声扑了过去。

"他要拼命了。"不知谁喊了一声。几个人一阵紧张，拽着牛，拔腿就跑。波且扎西骂骂咧咧紧追不舍，一直追过了树林，追到了河里。他们是蹚河而来的，自然要蹚河而去。可是谁也没想到，河水变了，比他们来时变大了，似乎大了好几倍。

有人说："哎哟妈呀，这样深。"接着就扑腾起来，他大概以为自己的那两下狗刨是可以渡过深水到达对岸的，但水不光是深的，而且是急的，他被冲走了。月光下，人们清清楚楚地看到他的黑色头颅迅速消逝在下游的浪峰里。剩下的四个人赶紧回到了岸上，声嘶力竭地喊着那人的名字。

波且扎西愣怔着，问道："是不是冲走了？"

那几个人说："放你的狗屁，好端端的人怎么会冲走？他是回家去了。"

波且扎西说："那就好，那就好，你们快回去看看，看家里有没有他。我这里求你们，以后你们千万不要再来林子里放牛放羊了。"

几个人牵着牛逆河而上，寻找过河的桥去了。

以后的事情是谁也没有想到的。林场的人说，波且扎西把一个进林子放牛的人追到河里淹死了。波且扎西吃了一惊，跑去问李春发："真的死了？"

李春发说："真的死了。"又说："这些日子你小心点，死者全家要来跟你算账哩。"

波且扎西说："算什么账？"

李春发说："以命换命呗，听说铁锨已经准备好了。"

波且扎西说："那我就等着。"他就那么老老实实等着，等着被死者的全家狠打一顿，打断他的腿，打折他的腰，或者就像李春发说的那样，用"以命换命"的理由一铁锨拍死他。这一等就把夏天等没了，也把秋天等过去了一大半。落叶松黄了，青杨和新疆杨黄了，满地的草更是一片金黄。油松、云杉、扁柏虽然还绿着，但显然已不是水灵灵的而是枯巴巴的了。波且扎西已经把"以命换命"的事儿抛在了脑后，照例干他想干的，在林子四周栽上蒺藜，防止牛羊马骡进来吃草啃树；又翻新了自己那间已经住了十几年的土坯房的房顶——盖了一层新鲜干爽的茅草，上了一层水浸不透的房泥。他高兴地对李春发说："明年春天肯定不会漏雨了。"

但是春天没有到来，而且对波且扎西来说，春天永远不会再来了。或者说，对春天来说，波且扎西已经不再是一种存在了，包括他的土坯房，包括他那用生命的全部一树一树培育起来的整个树林子。是火灾，是放火烧林的那种火灾。林场的李春发说，当大火烧起来，当风把火焰从这棵树送到那棵树，当救火已经不可能的时候，波且扎西没有跑，他就像在夏琼寺里念经一样盘腿坐在了土坯房里，任凭火焰烧着了房顶上新鲜干爽的茅草，烧着了他自己——他平静地坐化了。这样的死让人想到涅槃，想到佛在告别人世时所具备的那种超越于生死的境界，想到成佛之道对火的钟爱是自蹈也是宿命。然而，毕竟波且扎西是追撵过人，并让那人在惊慌失措中走向了黄泉的，不管他有多么正当的理由，那人的死于非命对他永远都是一个阴影，只要他活着他就得为此忏悔。

死者家人过于激烈的报复肯定是会惊动法律的，一切公正的法律都应该与佛道监察人世的光焰明锐之金刚杵有异曲同工之妙。至于波且扎西，定论是早已有了的，曾有佛言："其造化介于黑白二业之间，不可断为善，亦不可断为恶者，若其自觉于世无愧，坦然归寂，亦可往生净土，不受轮回苦。以往一切经均将此漏记，故曰无记涅槃。"

哦，阿尼玛卿

很晚很晚我才来到阿尼玛卿冈日的雪光之中，领受那一种旷世清洁带给我的无边净爽。就是说，比起别的神山灵峰来，阿尼玛卿冈日离我的居住地西宁是最近的，只有一千多公里，乘坐汽车，两天就到了。可是，直到我四十五岁的那一年夏天，我才把行旅的心情投放在了这座著名到无以复加的信仰之山上。说它著名，是因为它在最大范围内受到了藏族聚居区僧俗人众的景仰，这个范围包括了西藏、青海以及甘肃南部草原和四川西部草原；说它是信仰之山，是因为关于它的传说不仅是藏传佛教和藏族古老苯教的一部分，更是民间自然崇拜和祖先崇拜的一个众望所归的无上祭坛。

哦，阿尼玛卿。

他的如雷贯耳的名声，已经到了人们不念叨他灾难就不能祛除、幸福就不能降临的地步，已经成了集合着全部虔诚和希望的祈吁、祷祝、呼唤、赞颂，以及神圣灵验的代名词：哦，阿尼玛卿。许多牧人都这样——高兴的时候说："哦,阿尼玛卿。"沮丧的时候说："哦,阿尼玛卿。"回到家里享受温馨的时候说："哦，阿尼玛卿。"走向远方感觉无助的时候说："哦，阿尼玛卿。"当我一路颠簸，风尘仆仆地来到这里，发呆地瞩望那一地气势磅礴的白色崴嵬时，也只能深情地念诵一声："哦，阿尼玛卿。"

然后是沉默。

很久以前我就知道，作为男性神的阿尼玛卿冈日在神界有着至尊至崇的地位和名目繁多的头衔，他是十地菩萨的化身，是开天辟地的九大造化神之一，是拥有无尽宝藏、赐福无穷众生的无量寿佛忿怒尊，是整个雪域高原的东方大神，是观世音菩萨的玉身法相，是安多（旧指黄河源的广大农牧区，包括青海全境、甘肃南部和河西走廊、四川阿坝草原）藏族聚居区地位最高、崇拜者最多的山神，是守卫青藏两地的金刚明王，是兼具无穷智慧、慈悲心肠和震魔威力的河源护法神，是格萨尔王的寄魂山和岭国保护神，是强大刚猛的苯教战神。还有他的名字——那被牧人们千呼万唤过的"阿尼玛卿"——所拥有的含意，也让人肃然起敬："阿尼"代表崇高博大、幸福美满的先祖老翁，"玛卿"象征幸运吉祥、雄壮富丽的雪山至尊，"冈日"就是雪山，"阿尼玛卿冈日"也可以简单地翻译为"祖先大玛神的山"。而流经阿尼玛卿山脉的黄河则被藏族人称为"玛曲"，意思是大玛神的水。

我正是沿着大玛神的水，走进果洛州，来到阿尼玛卿雪山脚下的。站在冷松茂密的雪鸡谷的高丘上翘头瞩望，海拔六千二百八十二米的主峰雄阔莫及，皑皑远大。两种对比鲜明的颜色组成了他的世界：无与伦比的洁白和无与伦比的蔚蓝。整个天穹、所有的蔚蓝都是他的衬幕，那么多白云、所有的山岚都是他的装束以及佩饰的花。以白和蓝的最高衔接处为起点，座座山峰逶迤而远，是冰的雄峙，是雪的汹涌，是玉龙的莽宕，是晶体的壮丽。那重叠着洁白的山峰用地大势高的风格逼视而来，仿佛不是我在走近他，而是他在走近我。他用险峻的造型让我如此震惊，他用高大的身影让我这般渺小，他用耀人眼目的冰白之光让我不由得低下了头。这一刻所有的杂念都悄然消遁了，只觉得他在专心致志地看着我，我必须尽量地纯粹起来，好让他感觉到毕竟我不是一个污浊不堪的人，毕竟我是怀着企求宁静和祈求净化的愿望来这里接受加持的，毕竟在我的全部奢望里只有他的影子、他的格调——我奢望自己有一颗香洁之心、一颗无污染之心、一颗素如雪莲的耐寒之心、一颗闲如白云的高远之心；更奢望我跟他一样有一副冰雪的体魄、一颗冰雪的大脑、一种冰雪的思想，好让我珍重年华，在日后的漫漫风尘里守住芳洁不让它融化，就像面对阳光下的尘埃，尽管它金灿灿地飘洒着，但是心净尘也净，这种貌似辉煌的浮垢永远不能落实到我的内心，我的内心永远有一股清俊的风，吹着，吹着。

阿尼玛卿冈日的风，是过滤了俗念微粒、吹逝了欲望杂质的风，是聚攒了十万澄澈、裹挟着八千明亮的风。

明亮的风路过雪鸡谷的高丘，看到了正在发呆的我，就落在我的心头常驻不走了。于是我的灵魂变成一股穿透了时间隧道的静净之风，吹着，吹着；我的灵魂变成一股逾越了现时光景的超尘之风，吹着，吹着。我知道该是我真正有所作为的时候了，那就是修炼——修炼遗忘，修炼淡泊，修炼平静，修炼欢喜，修炼专一，修炼像雪山冰峰一样的高旷超拔、寒远放达，修炼高大，修炼人的永恒。哦，阿尼玛卿，像你一样，人的永恒是可以修炼而成的吗？

依然是沉默。我的沉默里，浸透了雪山的沉默，竟不辨是我的沉默，还是阿尼玛卿冈日的沉默。雪鸡谷的高丘上，我的瞩望在沉默中凝固，一瞥之中那高高耸立的冰景已是永恒不逝的形态了。

来到这里我才知道，每逢年节或初一和十五，每逢"尼果"（神门)洞开,"冈果"(雪门)融开,每逢阿尼玛卿冈日的本命年马年,四面八方的香客就拖家带口地来了。他们骑马又步行,一拨又一拨,纷纷攘攘,朝转不休,随处可见用柏香、山花、酥油、青稞炒面点燃的煨桑,随处可闻梵语经声、法号真言。风马飘飘,经幡猎猎,消除罪孽,种德收福,灵魂就在这个时候得到了升入天堂的许诺,欢畅的身心沉浸在轻盈松弛的幸福里,就要羽化而成仙了。我的朋友玛沁防疫站的德吉才让告诉我,他曾经两次徒步绕山一周,第一次用了八天,第二次用了七天;要是骑马至少也得五天,磕着长头转拜则需要两个多月。我歆羡地想,两个多月里时时刻刻都处在阿尼玛卿冈日冰洁之光的照耀之下,那真是太幸福了。这种让人"满愿有光"的恩典,这种让人醍醐灌顶的造化,是值得用几个月的风餐露宿来换取的。德吉才让还告诉我,转山的途中,你可以看到胜利白塔和降魔白塔以及佛尊修行过的胜迹;可以看到茂密的原始森林里那些云杉、冷松、红桦、藏柏的古老姿影;可以看到亮如玻璃水晶的河溪、状若飞鸟走兽的怪石、形同天河倾地的瀑布;还能遇到各种各样的动物:吉祥的白唇鹿、敏捷的藏野驴和藏羚羊、胆小的麝和四不像、"人不犯我、我不犯人"的马熊和黑熊、能预言人类未来的红狐狸和水獭等。更重要的是你会撞见"无量关"(既然"山"是无量寿佛忿怒尊,"关"自然也就是无量寿佛忿怒关了),那是一个狭窄的岩石隙口,如果你能顺利通过,那就预示着你福寿安康,终身喜乐;如果你被卡住,说明你已是罪孽深重,在劫难逃。当然很少有人被卡住,除非他做尽了坏事,心中有鬼,抖抖索索瘫软在两石之间,自己让自己过不去。所有通过了"无量关"的人都是被神佛渡济的人,被渡济的人中又有因为虔诚、因为修为、因为利他而成为高超上品者。这些人是大有福气的,而福气又分为耳福和眼福两种。有耳福的人能从冰山的罅口裂缝中听到袅袅传来的鸾歌凤舞、佛语仙音，那是让人顿开明慧、神妙难量的天堂如意曲。听到的人自然是法王在心，得道有成的，此生今世便不会再有大妨碍了。有眼福的人，能从冰山的立面上看到阿尼玛卿护法大神的形象，他一身白色的云水宝氅，右手托着响彻四方的无上法螺，左手拿着降服魔障的无敌白伞，头戴水晶五佛冠，骑着一匹白色天王马，目光如炬，威怒如悲。看到的人自然是法喜在怀，觉悟非常的，诸般苦难比如生苦、老苦、病苦、死苦便不再来心缠身了。

哦，阿尼玛卿。

许多转山的人路过了雪鸡谷的高丘，手摇着经筒，口诵着真言，脸上氤氲着迷人的安详，步履坚定，衣着厚重，一副不急不躁、稳重踏实的模样。我欣赏地望着他们，不由自主地跟在了后面。德吉才让追上来说："你不回去了？你也要转山了？"我说："先跟着走一段吧，转不转山还没想明白呢。"德吉才让说："那就不要回去了吧，我陪着你转山，转完了你就知道，转不转山绝对不一样，身体不一样，心里想的不一样，连看人的眼光都不一样，而且，从此你就一定是个好人了。"我说："照你这么说，我以前是个坏人？"德吉才让又是摇头又是摆手："不不不不，那倒不是，那倒不是，绝对不是。我是说从今以后你就是想变坏也不可能了。"

我摇了摇头。我害怕我过不了"无量关"，害怕过去了又不会成为一个被神佛渡济的人——听不到天堂如意曲，看不到水晶五佛冠。我发现，在阿尼玛卿冈日的天赐圣洁里，我的尘俗的过去突然就变得污浊不堪，我的蒙垢的心灵突然就演化为一根绳索绊住了我的脚步，拴死了我的心扉，我怎么就这么难以开启灵牖、彻底醒悟呢？发现雪山的干净清旷对尘封土盖的我毕竟有着不可回避的冲撞，而当我面对这样的冲撞的时候，就感到人活得太脏太脏，有那么多不干净的思想、不干净的行为、不干净的结果。发现我正在懊恼我的陷落,懊恼我在陷落的悲哀中居然安时处顺了这么久这么久,懊恼我还得继续陷落下去,继续在俗界的泥淖里挣揣,而那冰骨玉灵的山影对我来说,仿佛只是一个怀想一种虚拟的现象。我是多么希望我在陷落中上升,多么希望我身洁如极顶之冰、心静如广寒之境。哦,阿尼玛卿。

沿着转山的小路,我和德吉才让一会儿上一会儿下地走着,突然看到,在雪鸡谷林木旁的一条似乎可以通往雪峰极顶的山豁口,出现了几辆彩色的越野车和一群穿着各色面包服的人。我和德吉才让停下了,然后就像两个守护着一方平安的警察一样走过去问道:"你们是干什么的?"问了好几遍才有人回答说,他们是来登山的,是来征服阿尼玛卿冈日的。我愣怔在那里,不知说什么好,突然冒出一句:"这个时候,你们,要登山?"有人问:"怎么,不是时候?"我摇摇头又点点头:"是的,不是时候,转山的日子里你们怎么能登山?"那人又问:"转山的日子为什么不能登山?"我说:"你们怎么连这个都不明白,当这么多人用全部的感情、用生命全部的激动在和神明切磋灵魂的时候,你们怎么可以用俗人的脏脚去踩踏神明纯洁的身躯呢?"他们嘲笑地望着我:"没想到你还是个虔诚的信徒呢。"

我以雪山的沉默抵抗着他们轻浅的嘲笑,很想告诉他们有些山尤其是西部的山,应该远眺而不是近视、应该观望而不是攀登。一旦你雄心勃勃地打算登上它,你心里就没有了真正的山,没有了让你梦牵魂萦的神圣,在这个世界上很多东西是不应该被征服的。我向来认为,保持自然的尊严也就是保持人类的尊严,维护自然的神圣也就是维护人类的神圣。山对于人类精神活动的创造作用,远远大于包括攀登和开采在内的任何功利目的。这种创造作用一旦消失,那就意味着人文境界的消失,意味着西部价值——理想净土的消失,意味着短暂的豪迈将代替永恒的愿望，我们失去的将是半个世界，将是所有的期待视野和精神空间。为此，我们是不是应该呼吁实现这样一种可能性：建立一些零攀登地带、零开发地带、零考察地带、零探险地带；不要什么地方都敢去，什么地方都想知道有没有埋藏着金银铜铁锡，什么地方都想留下"到此一游"的人的痕迹。

我拉着德吉才让离开了那一群试图征服阿尼玛卿冈日的俗世之巅顶者，并清理着自己的思想，跟着一群衣着斑斓、朗声念经的牧人，再次走向了转山的路。我已经想明白了：我不是来驻足观望的，我是来朝转一周的。一周是七天的意思，也是一圈的意思，我将在一周的时间里沿着神山的袍边走完一周的路程。我相信我是一个走向幸福的人，相信一种无限广大的感动、一种无比泓深的情绪、一种旷世悲爱的思想，正在前方等待着我。我大概是一个可以获救的人吧？因为在我准备走出这"千年暗室"的时候，我比任何时候都更加明白：悟道和解放从来都属于钟情于信仰的人。

哦，阿尼玛卿，我的永远旋转的阿尼玛卿。

星　恋

在记忆深处，最遥远的那个晴夜，我就知道星星数不清。

但是我数过。童蒙未开的我，不止一次地数到十颗或十五颗，就觉得满眼煌煌、满天荡荡，色迷目眩而不能久持。及长，再数，依旧茫茫然恍如海里数浪。但数字却在增加，以五十、以一百、以一百五十为限。

创纪录的一次是在寒凉的草原上。冬季，牧草枯谢，人与动物几近冻僵。坐在远古的岩石上，我裹紧牧人的狼皮大衣，只露出冰麻的半张脸，让眼光穿透夜幕飘飞而去。月亮莹白而大圆，星与星之间疏朗了许多。我直数到一千零五颗，眼睛酸涩得潸然泪下，便喟叹一声打住了。这喟叹证明我已沉淀了一些经历和年龄。

后来，在青海湖蓝波起处，在孟达林原木房前，在唐古拉山口硬邦邦的风里，在新疆霍尔果斯口岸的水泥国门边，在可可西里无人区狼粪的烟袅中，在京城小蜈蚣般拱脊爬行的三环立交桥和天文馆辽远的夜幕下，我又数过十数次，但都没超过五百。我不无沮丧，却没有罢休。天性使然，所谓知其不可为而为之也。如果有人讥诮我徒劳无益，我便要请问：世界上那些不徒劳的事情哪一样有数星星这般孤静、独立，不加害于他人、不索取于他人，也不乞怜于他人呢？

祖先太遥远，只有闭上眼睛闭出一片深黑远墨来才能想象——那人颤悠悠直立而起，翘首夜空的那个瞬刻，其惊异和悲哀是何等的空前绝后。那个瞬刻为保持身体平衡他挺硬了尾巴，那个瞬刻他把好奇和怀疑烙印在星空，星空便愈加缅邈，那个瞬刻他唯一想做的就是数数头顶到底有多少闪烁。他数着，因为数不清而无休无止，而生发出许多不肯割舍的思念。人类的整个童年就这样过去了。而星星越来越多，昭昭烨烨如虫如蚁，仿佛星空至高无上的目标是因袭了人的习惯：繁衍。

光华灿烂，河汉一再地流泻，到了今天便戛然滞涩。人们懒惰了，不再发呆地凝视星空，不再存有数清星星的狂妄欲念，其原因在于浅薄的文明告诉了人们浅薄的宇宙知识。人们自以为懂了，也就不再好奇从而深究了。

还有更要紧的，祖先和后代都发现，尽管夜空金碧辉煌，但你数到底也数不出一滴金子。人不能尽力于无用。在繁华尘世里无目的、无功利地活着，实在也是行之艰难的。

然而我对此知少践少，我还在数星星。我相信知少践少从而数星星的不独是我。有那么多深爱的眼睛一到夜晚就睁得其大无比、其亮无肩。

曾经有一位心理学老师把我拦截在鲁院的门口，想获取一个"创作心态"的例证。我说，别老练、别圆滑、别成熟、别古旧、别精巧，而且永远稚拙、天真、鲜活、诚实、简朴，再加上情有所钟，比如数星星……因为我一直在数，我比任何人更知道星星何以数不清，何以值得数。心理学家说这是孩子的作为。不错,面对无限年轻的宇宙,我们为何要急着长大,急着苍老呢?

你明知数不清而偏要数下去,其结果是你有资格告诉他人:只要你数星星,星星就会数到你——你也会是永恒的发光体,活着是山火,死后是磷光——你从不奢望报答,因为星星和你都不知道应该报答什么。你是一个优秀的恋人,你唯一的财富便是爱和离去。

谢绝庸俗,不必怀疑,虔诚地仰起面容,而后虚静,而后涤除一路风尘,而后把红烟绿雾置于身外,而后从北极星开始,数啊数。这便是古往今来象征不朽的宗教精神,是独善其身而后拥有大千世界的美好机缘。

男朋女友,于悲壮寂寞中,坚守孤独,赤身裸体,以初子的形貌蹲踞如豹,以头指天,数啊数。

前辈后代,一切真灵,一切芳魂,都来这里,数啊数。

空洞之恋,空旷之恋,空虚之恋,空灵之恋——一切无目的的献身,一切大智慧的愚钝,一切大理性的狂妄,都在数啊数。

自尊的人生,罗曼的土地,青春方舟,花月美人,情韵塬上,香风晓雾,悲沉之中,数啊数。

有星为伴,安贫乐道,清风未已,把往日风流一笔勾销,只粗衣淡饭,随缘度日,任人笑我,我又何求?数啊数。

直到黎明,满天星光变作一轮太阳。而你躺在中国,窥破阳光背后的神秘,依然不停地数啊数。

妖媚的那棱格勒河

那棱格勒河位于昆仑山南麓，是横亘在哈萨克游牧区乌图美仁和大旱漠塔尔丁之间的一条河流，它的上游是著名的多喀克荒原，再往上也就是接近昆仑山发源地的流段叫楚拉克阿拉干河，它的下游也就是接近大沼泽的地方是吉乃尔河流域。谁也不会想到，就是那棱格勒这条名不见经传的季节河，会在荒原数百条河流中悄然孤出，闪烁着阴森危险的光波，成为令人心悸的妖鬼吃人河。

妖鬼最早的吃人记录出现在二十世纪四十年代初：西北军阀马步芳试图从青海腹地打开新疆门户，控制塔克拉玛干沙漠以东的若羌地区以及辽阔的北疆，同时在昆仑山以南形成对西藏在边界上的布控。数千藏汉民夫被军队押解着来到大戈壁的酷地里，用每天死亡十数人的代价拓展出一条白晃晃的路来。这样的行为不管其政治目的是如何的不堪，就其敢于在生命禁区筑造景观来说，仍然是人类进取未知的一部分。就像当年秦始皇修长城一样，旷无人烟处斧凿石勒的痕迹证实着民夫们凄凄惨惨、生死不保的营生，竟是前不见古人的凌云之举。

第一辑 藏土的记忆

但那棱格勒河并不成全马步芳，冬天枯水时修通的路，到了春天河水一来，就顷刻崩毁了，崭新的未用过一次的路从此断为两截，再也不能连续，连遗落在西岸的民夫也无法渡河回去，只好流落到青新接壤的阿拉尔草原和藏北高原，娶个牧民的女儿做老婆，生儿育女，逐水草而居了。他们因祸得福，草原上自由自在的牧人生活强似挨打受骂的民夫千倍。

据说这个春天，这次冲毁路段死了一百多人，不管是军人还是民夫，死后的情状都是一样的：全身精赤，仰面朝天，胸腹撕开了，心脏掏走了，下身不见了。多么暧昧的残忍，多么妖媚的毁灭，男人的下身不见了，连心也给拿走了。由此可以断定：那棱格勒河是女人河，那棱格勒水是春情之水。

后来又有过几次冲毁，只要是春夏两季，只要是男人过河，就没有不死亡的，就没有不精赤不残体的。至于女人，人们说很少来这里，来过一次，大概是几个去花土沟油田逃荒或者去对岸那棱格勒寺拜佛的甘肃妇女，被水卷走之后，几十里以外的下游河滩上出现了她们的影子，还活着，居然还活着，因为她们是女人。女人对女人，总是同病相怜、互相关照的。于是人们就更相信那棱格勒河是女人河了。

你是男人，有一个女人爱你，就把你所有的好东西拿走了，最好的东西当然是你的命。命只有一条，于是你就漂起来了，一个没有男根的漂浮物居然是彻底奉献的化身？——是的是的，她爱你，爱得不夺走你的命就不知道如何表达，这就是关于人与自然的关系的那棱格勒式的表述。而你的态度是：要么因不理解而诅咒，要么因超越自己而宁静——当然是永恒的宁静。

也有第三种态度，那便是恐惧，便是死里逃生者的选择：1992年7月14日，一辆二十五吨重的奔驰水罐车大大咧咧驶过河床，河水瞬间暴涨，水罐车沦陷，水流转眼漫过驾驶室。司机和助理赶紧爬上大水罐的顶部。河水跟上来了，淹过罐顶，几乎把他们冲倒。他们互相搀扶着立成了柱子。两天两夜，没吃没喝，瞩望两岸，是那种只可诅咒的空旷。一个说看样子咱们死定了，可是我还没活够，我不想死。他朝着隐隐可见的那棱格勒寺不停地作揖：佛爷保佑，佛爷保佑。一个不说话，死就是沉默，那就提前沉默吧。就这么绝望着，突然水就落了，那棱格勒妖女收回了欲念，不再纠缠。他们开着水罐车出来，一上岸腿就软了，再也开不动车了。司机说："我要是再过这条河我就不是人了。"

1994年6月，油建公司的一辆卡车陷进河里，水流漫过车身，眼看就要没顶了，司机和乘客弃车而逃，水浪翻上车顶就撵过来。他们没命地跑啊，幸亏离岸不远，水浪将他们拍倒时，已经可以扳住岸边的石头了。被遗弃的卡车到了冬天水枯以后才从淤泥里挖出来，已经不是车而是一堆废铁了。如此弃车而逃的，光我知道的就有不下三十个人。

我天性喜欢冒险，趁着去西部油田旅行的机会，就说，过一过那棱格勒河怎么样？朋友说你要去，我跟着，我路熟人熟，尽量不叫妖怪媚了你。我心说那或许就没劲了，我但愿能看到河水淙淙响的地方，丽若晨星的女子跃然而出，艳光一闪，便霓虹璀璨，便黑夜白昼，便人间天上，便是一河仙界之花的烂漫了。如此就死去，就给她——生命给她，心脏给她，那个东西也给她——人活着，不就是为了给啊给吗？

我们上路了。正是七月，荒原上草长水流的时候，我们从花土沟出发，坐着大型五十铃，过大乌斯，过芒崖塬，过黄风山，过甘森草原，到达塔尔丁，再往前就是那棱格勒河了。我们被筑路队拦截在离河岸两公里的地方。筑路队长说不能过,这个季节,轿车不能过,卡车不能过,大型五十铃也不能过,你们这些人就更不能过了。朋友说:"我们就是来过河的,过不去你队长想办法。"队长是朋友的朋友,皱着眉头说:"非要过?过去干什么?"朋友说:"世界大战发生了你知道不知道?地球末日来临了你知道不知道?东边的太阳落山了你知道不知道?那边就是彼岸,过去就是西天,你说我们过去干什么?"队长笑了:"好,好,好!让你们过,叫妖女子拉去睡了觉我可不负责任。"朋友说:"睡觉可以,送命不行,你不负责谁负责?"队长说:"咱们先吃饭喝酒,明天再说。"

在筑路队的简易工棚里住了一宿,一大早赶往河沿,不禁有些茫然:哪里是河呀?队长说脚下就是河了。至此我们才明白,那棱格勒河是数十股水流的合称,这些水流今天这里,明天那里,胡乱流窜着,仿佛没有禁锢的思想。好在那棱格勒河有世界上最宽阔的河床,水流的自由奔涌得天独厚,你就流吧,流到哪里都是那棱格勒河。队长说:"五十多公里宽的河床上不便架桥我们就浇筑了几十座漫水桥,让水和车都从上面过。但就是这样,也得看季节,现在这个季节任何车辆都不能单独过。"

这时我们发现一个庞然大物正在朝我们移动。朋友说:"你把铲运机调来了?"队长说:"我只有这一个办法了。"于是,双引擎,六百匹马力,轮胎几近三人高,山一样雄伟的德国造铲运机,拖起了我们的五十铃,就像历史的车轮那样,碾着坎坷,碾着涡流,轰轰烈烈往前走去。我看到水的咆哮中无数金色的光芒宝剑似的刺来,但是不痛;看到水中到处都是女人的眼睛,就像漂滚着十万八千个黑玛瑙,玛瑙的瞳光寒寒地激射着我们,但是不痛;看到妖女的红唇正在裂开,裂开,吸着水,吐着水,朝向我们,踏浪而来,猛地咬我们一口,但

藏獒 的精神

是不痛；看到女人的发辫瀑泻于昆仑雪峰，黑绸似的流淌着，满河都是花簪了，辫梢蓦然撩起，狠抽我们一下，但是不痛；看到我们舍命而来，在勾引与被勾引之间流浪，青春激荡的时候，一头撞向南墙，但是不痛；看到筑路队长迎着水浪朝我们扑来，大喊一声："小心！"我们在惊愕之中触摸水的冷艳，适才明白：过河开始了。

第二辑

朝圣之歌

旅行启示：走过青藏高原

一

来西部旅行探险的人大致是这样几类：热爱大自然的人，渴求了解世界的人，以"仁者乐山智者乐水"自居的人，内心需要山水安慰的人，探索地理奥秘的人，以职业探险为生为家的人，工作和生活节奏太紧张需要彻底放松的人，富足而又不甘堕落的人——他们厌倦了都市生活从酒店到酒吧、从麻将到扑克牌的无聊消遣，需要刺激，需要提升，需要净化，需要在回归自然的过程中让生命更加明朗，而不必一年三百六十五天都处在灯红酒绿的黯淡之中，被红尘白浪、是是非非纠缠得迷茫憔悴。可以说中国东部、南部以及沿海的经济越发达，人们的生活越富裕，来西部旅行探险的人就越多。他们用有限的钞票换得了精神的再生、头脑的光明、心身的清净，是再划算不过了。那么西部到底有什么呢？

有天之丰采、山之品貌、水之流韵、原之格调，有真言之堂奥、藏佛之妙道、理想之净土、边地之风俗。

二

哪儿都有天，但至少在中国，青藏高原的天是最蓝最蓝的，那种一碧如洗的明快让人直接想到天堂，天堂的确是风露瑶池、美轮美奂的，要不然铺天盖地的雪域信仰怎么会把灵魂升天当成是一生一世乃至几生几世的最高理想呢？天空鲜亮得如同彩绘的图画，透明得如同仙姑娘的眼睛，干净得如同玫瑰色的幻想。我接触过一个专门来找天的旅行者，他说他是个搞摄影的，他来青藏高原就是因为这里的天是真正的天，一点杂质都没有，那么新鲜那么亮堂，就好像刚刚诞生似的。顺便说一句，在青藏高原，天的蔚蓝也是各处不同的：青南高原的天蓝得晶亮而华丽，柴达木荒原的天蓝得遥远而永久，藏北草原的天蓝得亲切而慈祥，雅鲁藏布江河谷平原上的天蓝得奢侈而夸张。而最最美妙的蓝天不在天上而是在湖中，在青海湖、纳木错湖、奇林湖等这些高原大湖中。当晴空万里、水天一色的时候，你会看到天在荡漾，天的静影沉碧正在幻化成丝绸一般柔美的宇宙，宇宙的涟漪里，你再也分不清是水在天上还是天在水中了。

三

哪儿都有山，但只有在青藏高原，当你面对祁连山、布尔汗布达山、昆仑山、可可西里山、巴颜喀拉山、阿尼玛卿山、唐古拉山、念青唐古拉山、冈底斯山、喜马拉雅山的时候，你会看到每一座山脉都是人类没有穷尽的未知区域，你会觉得你是第一个来到这里的人，你发现了它们；你会觉得一种固有的意识顿时被什么击碎了，脑子里出现了一片空白，不知道用什么语言来形容自己来赞美山脉；你会陡升一股敬畏感，杌陧不安地意识到：这里如果没有神，那就不对了。的确是这样，青藏高原是有山便有神、有石便有灵的，一洞一佛祖，一峰一菩萨。有情有性的森林、土林、石林、冰林静悄悄地朝你走来，走进了你内心的烂漫动荡中，走进了你灵气十足的发现里：你发现神对地球的眷顾原来是真理，发现藏地民众信仰里的万山有神原来就是指人与山脉的心心相印，它是人类联系自然的纽带，是心理结构上的梁柱、感应框架上的螺丝。也就是说万山有神的前提是你首先得心中有神，就像古人所言：若人欲识佛境界，当净其意如虚空。其实关于佛的信仰是一种热爱自然的宗教。佛像是自然的化身，自然是佛的代言，有时候它对你的震撼和改造并不是为了让你立地成佛，而是用山的伟大超迈和高远淡泊直接作用于你的心身，让你的灵魂飞升起来，摆脱污垢达到清凉，摆脱战争达到和平，摆脱烦恼达到虚静，摆脱痛苦达到欢喜；让你做一个干净的人，一个高尚的人，一个有益于别人的人，一个脱离了低级趣味的人。在这里，我不想对高原上那些伟大的山作更多的评论，只想说说一座虽然同样伟大却经常不被人提起的山——阿尔金山。

作为柴达木盆地和塔里木盆地分界山的阿尔金山素以干燥剥蚀著称。剥蚀是沙漠盛行风的专利，它在绵延五百多公里的山体上剥蚀出了元古代地刻、震旦纪岩雕、石炭纪褶相、侏罗纪金字塔、第三纪镂壁，凡此种种，荒凉得让人想起月球地表、火星地表。尤其是称为雅丹地貌的风蚀残丘，成为西部景观中最有冲击力的一部分，让看到它的人一个个目瞪口呆，患了失语症似的不知道如何表达那种被震撼的感觉。雅丹是维吾尔语，意思是陡峭的山丘，雅丹地貌主要分布在阿尔金山南麓的冷湖、大风山、牛鼻子梁、俄博梁，以及更远一点的南八仙、茶冷口、一里平一带。风的力量、时间的力量把砂岩、石灰岩、红泥岩雕琢得形状诡异、姿态怪诞，有人形，有狮形，有牛形，有龟形，有羊形，有狼形，有骷髅形，有伟人形（据说在风雕群里可以找到当今世界上所有伟人的头像，但我却一个也没有找到，或许是因为我不敢进入风雕群的深处，或许是因为我知道的伟人太少了，或许是因为我认定的伟人和天认定的伟人是风马牛不相及的）。形形色色指天而立，森森然然漫漠而去，真是鬼斧神工，浩瀚无边。

我曾经三次来到三个不同的雅丹地貌群落里，看到的形状一次比一次魔鬼，感受到的惊怕一次比一次强烈，那种走向极致的荒凉就像风把地壳剥蚀干净后露出了地狱一样令人心惊肉跳。我发现世界上最最恐怖的，原来不是炸弹，不是妖魔鬼怪，不是杀人复仇、死去活来，而是荒凉，是让你死不了但又让你时刻感觉到死亡就在眼前的荒凉，是那种不光你恐怖而且整个人类都会恐怖的荒凉。在如此荒凉的地方，谁也不知道雅丹地貌的深处以及阿尔金山群的深处还隐藏着什么，是活着的生物，还是已成化石的生物？对化石的研究表明，地球上每隔两千六百万年，就会发生一次大规模的生物灭绝，人们因此推测是地球以外的原因造成了这种灭绝。更有人推测，不管是地球以外的原因，还是地球内部的原因，比沙漠更古老的阿尔金山脉或许就是一座生物灭绝的见证山。

四

哪儿都有水，但青藏高原的水是源头的水。无比丰富的水利资源，无比清澈的源头活水，从梦想中溢出来，又在神话里流淌着。清澈、

藏獒的精神

纯粹、晶莹剔透，虽然以前经常用到这些词语，但直到见识了这里的源头水，才明白真正的清澈是什么，纯粹是什么，晶莹剔透是什么。更重要的是，所有的水源都来自山峰极顶，来自一些神佛居住的圣洁之地：长江发源于格拉丹东冰川，黄河与雅砻江发源于巴颜喀拉雪山，澜沧江与怒江发源于唐古拉山，雅鲁藏布江发源于冈底斯山。这些水源之山，都是在人文经典和社会意识中取得了崇高地位的山，都是人类精神的制高点。众神缔造的另一个文明世界像云彩一样在众山之上盘旋游弋，让我们叹为观止，让我们看到汩汩而来的水源之流，就像一匹匹未经驯服的炽情的野马，永远都是奔放的姿影，让人恍然明白：为什么高原人的信仰无比清澈？为什么佛的家园必定要选在最干净、最清凉、最宁静、最透彻的水源之地。当一个旅行者把亲近自然、理解自然、膜拜自然，作为心许、作为行动、作为必然的时候，他就离青藏精神、高原境界越来越近了。

我的武汉朋友雕刻家杨健夫1990年在长江源、黄河源和澜沧江的源头留下了十几块藏汉两种文字的六字真言石刻，有两块是很大的，固定在山崖上；不仅有六字真言，还有一段选自《金刚经》的文字，他认为可以看作是六字真言的注解。从三江源回到西宁后他告诉我："刻完了才发现丢了两个最关键的字'灭度'，你说遗憾不遗憾？你能不能想办法给我补上？"我曾经两次在三江源区他告诉我的地方寻找他的石刻，想请当地的藏族刻经人补上这两个字，但我看到的都是藏文的六字真言而没有看到藏汉两种文字的，只好找来一块石板，单独刻了"灭度"两个字，放在了长江正源沱沱河桥边的河滩上，并把那段经文朝着河水大声地诵读了一遍，算是为他补上了缺漏。

水是生命的本源，源头之水是生命之本源的本源，在生命之本源

第二辑 朝圣之歌

的本源，佛在微笑，在灭度，在为一切众生之类服务。而水是要流向四方、流向下游的，它带着佛的微笑、佛的关照、佛的智慧流经了陆地，流向了海洋，流向了虚空。漫长的时间里，辽阔的流域内，水到之处，无不恩惠于人，无不泽润于大地万物，可谓是大道如水。水的形状是柔软的，见什么都拐弯都忍让，而力量却是无限的，有什么东西能阻挡水的流淌呢？石头吗？石头变圆了变小了。山脉吗？山脉裂开豁口让水过去了。水要么从你的空隙中走过，要么从你的头顶上淹过，要么是浩浩汤汤、汹涌澎湃的，要么是见缝插针、水滴石穿的。旅行者要是明白了这个道理，就会明白为什么佛会选择大江大河的源头安家落户，为什么青藏高原的民间信仰会如此长久地保持鲜活如初的生命力，为什么在这片被称为地球第三极的高原大陆上，自然的魅力、藏传佛教的魅力、民众信仰的魅力会如此紧密地粘连到一起。因为是源头，是水的源头，是关于生老病死的思考的源头。我们有理由相信，人类信仰的源头、人类最初的宗教模式，应该就是这个样子的：是自然崇拜和神明崇拜的结合，是精神的五体投地和身体的五体投地的结合，是关于灵魂的赞歌和挽歌的结合。任何一个旅行者在青藏高原看到的世俗和宗教的场景里，都将有他的祖先弯曲的身影，都将有任何一个民族走向文明时最为艰难也最为踏实的脚踪。

　　藏族人对水的崇拜和爱护几乎到了无以复加的地步，供佛必须要用净水，祝福信徒必须要用海螺舀起的清水，受戒灌顶更需要神圣的源头水。他们不吃水中的生命——鱼，碰到有人钓鱼，便会掏钱把鱼买下来，然后放生；他们不会在泉水中洗脸、漱口、洗衣服，也不会将任何不干净的东西扔进水中。据三江源学者解放考证，在藏文经典中，太阳称为"水盗"，月亮称为"水晶王"，太白金星称为"水神之子",大地称为"水护"或"以海为腰带者",天空称为"水界"或"水鸣",大海称为"增水"或"水主",云称为"水持""负水""水之坐骑",霹雷称为"水持生",电称为"水生者";快刀叫"水刀",水井叫"水眼",马的套绳叫"水绳",食盐叫"水藏""水之精华",胆量、勇气和精神叫"水满盈",夏季叫"中游上涨",眼珠叫"水泡",神经纤维叫"水脉",莲花叫"水饰",财神叫"水中居",岸边煨桑祭神叫"水香";另外,还有与宗教有关的"沐浴节"、"正月初一供晨水"、"水长寿"(六种长寿之一)、"五种瓶水灌顶"、"水转嘛呢轮"、"八功德妙水"、"温泉舍利"、"河流喻心"等。

　　面对佛主的水源和水源之民对水的信仰,旅行者常常会被感动,会生出一些智慧的想法,譬如有人就曾经大声疾呼:"对源头之水保持足够的恭敬就意味着永葆中国水系的长流不息,保护好源头之水就是从根本上保护好长江黄河、保护好我们的家园,在这方面,我们要像信徒一样虔诚。"事实上,对神的存在,对自然的恐惧,对宇宙的亲近,只有两种人能感觉到,一种是出类拔萃的智者,一种是信仰虔诚的底层人。他们生活在神造的世界里,拥有高远的精神和冰雪的智慧;我们则生活在人造的世界里,拥有着物质和繁华。我们和他们,到底谁应该羡慕谁呢?或者说谁也不应该羡慕谁,各有各的命,各走各的路就是了。但有一点我是明确的:烦恼并不会因为你富贵、你高高在上就离开你,快乐并不会因为你贫穷、你地位低下就嫌弃你。人命呼吸,迅速无常,江河之源的生民都坚信:佛在生命的源头关照着生命。在这里,信仰是幸福的尺度,虔诚是欢喜的标准,包括水在内的自然是衣食父母的化身,除此之外,一切身外之物,都将在未来的黎明中化为乌有。

第二辑　朝圣之歌

五

哪儿都有原，但在这个世界上，只有青藏高原是山和原不分的，行走在茫无际涯的原野上，也就是行走在高入云天的山顶上，甚至有时候你登上了山顶还在到处找，山顶在哪里？大山大到极限就是原，高原高到绝处就是山，山就是原，原就是山，原不说自己是原，山不说自己是山，山说自己是原，原说自己是山，到底是山还是原，问谁谁也不知道。但只要你说它是山，马上就会有人说它是原，只要你说它是原，马上就会有人说它是山，其实叫山也罢叫原也好，根本就不重要，重要的是你来了，你正在升起，你站在这片和人类同龄的高原上正在一步步接近着太阳。

从已经发现的动植物化石看，青藏高原曾有过西藏三趾马、吉隆三趾马、唐古拉大唇犀、小古长颈鹿、黑河低冠竹鼠、古猫、萨漠兽和古羚羊等，曾有过热带植被中的代表性植物桉树、桃金娘、水杉、山龙眼科植物等，有过亚热带山地森林草原植被中的雪松、槭木、棕榈、栎树、藜科植物等，这说明青藏高原是地球之上最年轻的高原，它强烈隆起的时代最早也是新生代第四纪。第四纪是地质纪年中离我们最近的一个阶段，也是人类出现的时代。可以这样说，青藏高原在一点点升高，人类在一步步成长。是青藏高原的崛起造就了人类，造就了适合人类生存发展的地理条件和气候条件，人类在这个地球上所需要的一切——水源、河流、空气、猎物、鱼虾、草原、田野，甚至烧制陶器的泥土、垒墙造屋的石头，都是由于青藏高原的崛起改变了地球的地质结构和地理结构，打破了原有的水陆分布和生物分布的格局。

藏蓺的精神

青藏高原，是我们人类看着升高的；我们人类，是青藏高原看着进化的。你站立在海拔八千八百四十八米的珠穆朗玛峰顶上，也就等于站立在了人类最早生养儿女的那个茅草窝子里。目前青藏高原尤其是喜马拉雅山脉还在继续上升，我们人类也还在继续发展，谁也不知道青藏高原会崛起到哪一步，不知道我们人类会发展到哪一天。但是你是知道你自己的，你最多能活一百岁，百岁之中，如果你不来看看这片和人类同龄的世界最高陆，不来看看那些和我们人类同生同长、两小无猜的大山原或者叫山顶荒原，那就太对不起青藏高原的存在了。

六

我一向认为，西部尤其是青藏高原在经济上是落后的，却有最现代最前卫的观念，那就是它给人类返璞归真的前瞻思想，给人类回归自然的先锋意识，提供了认同，提供了绝大的可能性，提供了足够的理由和条件，提供了信仰的力量和帮助。也就是说青藏高原用它的原始古朴和源清流洁，用它的宗教启蒙和民众意识，呼应了人类走在最前面的思想。如果没有青藏高原，回归自然的前卫思想、返本还原的先锋意识、崇尚光明的净土理想、生命永恒的终极关怀，就将无所适从，就没有附着点，好比一个人拼命举着一个很沉重也很美好的东西，因为找不到合适的地方老是不知道往哪儿搁；现在好了，青藏高原朝你走来了，超拔辽远的大地面朝你走来了，你就搁这儿吧，那才是最妥帖的，而且是这个世界上唯一的妥帖，是空前绝后的妥帖。我曾经在一首诗中写道：

谁理解并拥有了原始，

谁就发出了一千种声音。
当回归已然超越了一万年的历史，
什么日子里，
神的灵伟和人的寻常
出现在同一条地平线上。

照我的想法，对来青藏高原旅行的人来说，意图和观想是最重要的，假定你认为自己是来寻找原始，回归自然的，尽管你仍然是个匆匆过客，你得到的就一定会比别人多得多。因为你除了观光看景，还有心领神会，心与景相碰，情与物相连，那才是情到深处花自俊，意在无限山当远。境由心高是一重，心由境远是一重，高山仰止，景行行止，如是而已。

七

在青藏高原，拉萨是永恒的圣地，不管你是佛的信徒还是俗世的人民，都对它怀有蒹葭之思、首丘之念。即使宗教不能成为你的向往，那还有神秘之相、狞厉之美、还有风情之惑、民俗之媚，还有文化之观、艺术之光，还有节日之请、山川之邀。面对如此灿烂而强烈的诱惑，去拉萨的人越来越多了，一年比一年多了，不算做生意办事情的，光是单纯旅游的，每年就有好几万人。遗憾的是，这几万人中的一半是坐着飞机去拉萨的，从成都或者从西宁飞往遥远的太阳城，几个小时就到了，然后大街小巷地到处走一走，寺里寺外地胡乱串一串，很快就回去了，也是坐飞机，几个小时就到家了。家乡的人问他：拉萨有什么？他说有大昭寺、哲蚌寺，独特的感受和新鲜的见闻根本没有。

藏獒的精神

每一个坐着飞机去拉萨的旅行者都不可能有太多的感受、太多的见闻，他们对拉萨乃至青藏高原的描述显得跟没到过青藏高原的人一样苍白而贫乏。去拉萨应该是个过程，而不是目的，省略了过程，也就是省略了自然对你的洗礼，省略了拉萨无法给你的关于高原地理的体验，省略了无量山、大悲原对你的感化和指引，省略了你本该阅历的百分之九十九。没有过程的旅行不叫旅行，没有过程的精神朝拜不叫朝拜，即使你双脚踏上了拉萨的土地，也等于没有看到真正的拉萨。就好比我们阅读《西游记》，诱惑人的地方都在路上，都在九九八十一难的折磨里，要是唐僧一行坐着飞机去西天取经，那还有什么意思？"西天"的意义也就荡然无存了。

拉萨是万山支撑的圣城，是千水托起的胜地；而覆盖整个藏族聚居区的藏传佛教，说到底是一种地理的宗教、自然的宗教，是山水精神、天地精神、宇宙精神的人格化、情感化、神圣化。通俗地说，也就是只有在这样的山脉水流、原野沼泽之间才能诞生这样的宗教。藏传佛教长存不灭的理由不在于任何人为的因素，而在于自然的神秘、狞厉、深刻、浑融、恢廓、精微，在于青藏高原汪洋恣肆又奥义无穷的地理风貌。一个旅行者如果不从自然入手、不从根底上入手去了解藏传佛教，当然也就不会有太多的感想和了悟。按我的建议，走向拉萨，走向青藏高原，最好是坐汽车，走公路，最好是从甘肃的兰州走向西宁，然后沿着青藏公路走过青海腹地走向西藏，到了拉萨之后，再向东沿着川藏公路走出西藏走到四川。或者相反，从四川出发，穿越青、藏两地之后，到达西宁（或甘肃兰州），然后返回。如果路途中不遇到天然障碍，比如泥石流当道，积雪封盖等，不到二十天的时间里，你的旅行就会有大圆满的结果：

你领略了地球之上最壮丽的景观，领略了世界上大部分人一生都没有领略过的高极之山、大极之川、盛极之水、阔极之原；再进一步，你会感悟到自然无限奥秘无穷的真理，会获得水澄明、山虚静、地方圆、天亿重的智慧。形而下地说，你的旅行阅历至少应该有这样一些内容——你经过了中国农耕文化与游牧文化的分界线以及唐蕃（唐帝国和吐蕃王国）分界线的日月山，经过了盛传水怪出没的中国最大的咸水湖青海湖，经过了柴达木盆地中世界最大、最壮观的盐湖盐景，经过了死寂之最的大戈壁，经过了气势磅礴的莽莽大昆仑，经过了羚羊野驴竞相奔逐的可可西里无人区，经过了寥廓无涯的唐古拉山顶荒原，经过了长江源头沱沱河，看到了和太阳一样耀眼的格拉丹东雪山，经过了绿野无极的藏北高原，看到了雪山低头迎远客的念青唐古拉山，经过了地热升腾、云蒸霞蔚的羊八井，穿过了山岩嵯峨的拉萨峡谷。这样一番壮阔的经历之后，你才看到拉萨终于到了，才明白原来大昭寺、哲蚌寺还有那么多寺庙，就深藏在这个叫作卧马塘的万山封闭的水边坦地上，才算实现了一次肉体的也是精神的万里大朝拜。更重要的是，到了拉萨你才算完成了旅行的一半，你必须离开拉萨沿着川藏公路走出西藏。

又是一番终生难忘的旅行阅历：你经过了峰峦奇拔的横断山，经过了凌虚而下的怒江，经过了大水横溢的澜沧江，经过了峻急翻滚的金沙江，经过了险峰耸峙的雀儿山，经过了横穿甘孜草原的雅砻江，经过了雪岭突起的折多山，经过了浪涌如峰的大渡河，经过了峭壁连城的二郎山。之后你进入了四川盆地，又走了不到一天的路程，猛然一个惊醒：啊，成都。你见到了繁花似锦的大都市就像见到了拉萨一样激动万分。至此你才可以长舒一口气，才可以自豪地告诉别人，你去了一趟拉萨，上了一趟青藏高原。你会深沉而多情地告诉别人你的独特体验，那么多那么多：什么是孤独，什么是寂寞，什么是壮美，什么是辽阔，什么是生与死的界限，什么是神与人的亲和。这个时候的你，已经随着步步高的海拔提升了自己，已经随着无污染的空气洗净了自己，已经是今非昔比，跨过从前的精神洼地，行走在另一个境界里，面对人生世界了。

我的一个家住北京的朋友告诉我，他是为了宣泄失恋后的孤独才来到青藏高原的，可是到了高原他发现，不仅他是孤独的，整个人类都是孤独的；不仅人类是孤独的，整个地球都是孤独的；不仅地球是孤独的，整个宇宙都是孤独的。既然连宇宙、地球都是孤独的，个人的孤独又算得了什么？这时候他发现他的孤独突然走到了极致，物极必反，他就再也感觉不到什么孤独了。他想到的是人与人、人与自然绝对不能处在长期隔膜的状态中，沟通和联姻既是人类的需要，也是自然的需要。人与人的和睦相处，人与自然的同舟共济，是抵御地球的孤独和宇宙的孤独的唯一法宝。

朋友的话启示了我。我曾经奉劝许多内地的朋友，当你因失恋而苦闷，当你因失去亲人而悲伤，当你因失败而沮丧，当你因遭受打击而愤怒，当你心情灰暗，当你失意潦倒，当你焦灼不安，当你空虚无聊，你哪儿也别去，你就来青藏高原，人文环境带给你的创伤，自然环境会让你痊愈。这是青藏高原的承诺，是一个旅行者和弥漫高原上空的六字真言的神圣约定，是天地之间唯一的声音——你听到了吗？你应该听到，整个青藏高原，所有的山石水浪都在向你祝福：唵嘛呢叭咪吽。

八

有的旅行者来到青藏高原既不是为了自然也不是为了宗教，而是为了搜集和观赏民族风俗。他们大多具备文化人类学的眼光，当然比

第二辑　朝圣之歌

我更明白，即使是同一座高原、同一片天空、同一个民族和同一种信仰，其民俗的表现形态也是千差万别的。因此他们中的许多人屡屡向我打听：哪个地方的藏族民俗是最古老、最有代表性的？我的回答往往是这样的：概略地说，游牧地区的民俗粗犷而单纯，注重的是人畜平安；农耕地区的民俗细腻而繁缛，注重的是春种秋收；中心地区的民俗华丽而隆重，注重的是仪规和气氛的渲染；边远地区的民俗古老而神秘，注重的是内容和心灵的表达。所以对一个民俗爱好者来说，他要想接触到原始宗教统摄下的古老习俗，就必须深入到那些边远藏地的沟沟洼洼、村村寨寨里，等待节日祭祀的到来，等待婚丧嫁娶、生老病死的发生。然而，登上青藏高原，并不是越往里走就越边远，因为边远的概念一方面是相对于内地、着眼于全国，一方面又是相对于城市、着眼于藏族聚居区内部。相对于内地的时候，青海和西藏都应该是边远地区；着眼于以藏族人为主要居民的整个藏族聚居区的时候，它的边远地区就很难用一句话说清了。整个藏族聚居区的中心是拉萨，理论上讲，离拉萨越远就越是边远地区，但实际上离拉萨越远就越接近了内地，在这样的地方当然不可能找到最古老、最纯粹、最具代表性的藏族的风俗。据我的见闻，只有在那些离内地很远、离拉萨同样也很远的地方，才是藏族习俗精华的温床和原始习俗经典的保留地。具体地说，就是地处青藏交接处而又属于青海的玉树藏族自治州、果洛藏族自治州、黄南藏族自治州以及藏北安多、聂荣以东黑河流域的广大地区，还有四川阿坝藏族自治州和甘孜藏族自治州靠近西藏、青海的一角（据说云南的迪庆藏族自治州也有不少藏族习俗的古老遗存，但我没去过那里，惴惴乎不敢妄言）。它们离世俗的中心内地有上千公里，离藏传佛教的中心拉萨也有上千公里，是一些具有双重边缘特点的区域。在这些地方，你能看到在拉萨四周甚至整个西藏都稀有其

藏羲的精神

类的古羌人(形成现代藏族的一支古老民族)舞蹈、原始春祭、六月傩祭、於菟(虎)崇拜、生殖崇拜、山神奉祀、说唱艺术、图腾表演、丧葬仪式、婚礼场面、生活习惯、人际关系、部落痕迹、土司制度、藏医藏药、以命价赔偿和血价赔偿为核心的习惯法规,以及服饰、面具、日常用品等。当然,这些地方的民俗并不是藏族古老习俗的全部,而只是保存完整、异化较少、相当珍贵的一部分。从民俗的数量和品类上来说,更多更齐备的当然还是应该在西藏腹地。如果一个文化人类学者在那些具有双重边缘特点的地方生活一段时间,再去西藏深处以及围绕着拉萨搜集民俗,他的收获就一定是车载斗量的。

祈愿民俗吉祥,祈愿旅行者吉祥,祈愿青藏高原吉祥再吉祥。

冈仁波齐，我的灵魂之家

第一次听到冈仁波齐这个名字是在1975年。那个时候还是十年动乱时期，报纸上登出一条振奋人心的消息："5月27日北京时间14时37分，中国登山队再次（第一次是1960年5月）从被称为'死亡之路'的北坡登上世界最高峰珠穆朗玛峰。"这次登顶的队员一共九名，由三十七岁的中国登山队副队长潘多率领，潘多因此成为我国唯一一个征服世界最高峰的女运动员，也是世界上第一个从北坡登上地球顶点的妇女。那时候的中国，为自己人长脸的事情很少，只要有那么一点点，大家都是要欢呼雀跃、上街游行的。游行的这天，正好我从陕西兵营回到青海，去看望我的小学老师卫东多杰。卫东多杰老师领着学生刚从街上游行回来，满面红光，兴致勃勃地对我说："你知道吗？潘多是个藏族人。"我说："知道，报纸上登了。"卫东多杰老师嘿嘿笑着说："牧区的藏族人别的本事没有，爬山的本事有哩，再高的山也跟走平地一样，从不气喘。"他也是个藏族人，是一个虽然连名字都已经汉化，但言语之间仍然情不自禁地流露着一股民族自豪感的藏族人。他把潘多使劲赞美了一番，又把珠穆朗玛峰使劲赞美了一番，突然遗憾地叹口气说："我要是潘多，就带着人去攀登冈仁波齐。"我问道："冈冈冈……波齐是什么山？"卫东多杰老师无比自豪地说："冈仁波齐是西藏的山，珠穆朗玛峰跟它比起来，是这个。"他说着翘起小拇指在我面前晃了晃。我纳闷地说："珠穆朗玛峰是世界最高峰，我上一年级的时候就知道，怎么是这个？冈冈冈什么波齐我连听都没听说过。"卫东多杰老师说："你不是藏族人你不懂。"回到家里，我把卫东多杰老师的话学给父亲听，作为一名曾经多次进藏采访的老记者，父亲说："冈仁波齐是冈底斯山的主峰，在靠近尼泊尔的地方，是藏族人的神山。"我问道："它难道比珠穆朗玛峰还高？"父亲用了一句《陋室铭》里的话回答我："山不在高，有仙则名。"

  第二次听说冈仁波齐是在七年之后，我们一行五人来到藏北高原朝拜纳木错湖的时候。那一天，我们站在湖边，眺望着远处临水而峙的念青唐古拉山，看到以海拔七千一百一十七米的念青唐古拉峰为中心，雪山序列此起彼伏，十万座大山冰浪滚滚，让我不得不承认我从来没有见识过如此"浩茫连广宇"的山与雪的堆积。一起来的人中，我算是对青藏高原比较熟悉的，就把听来和读来的一些关于念青唐古拉山的事情说给他们听："念"字在藏语中表示凶猛和威严，又是苯教对羊神的称呼，繁殖崇拜的仪式里念神往往处在主祭神的位置上。古人所谓"多事羱羝之神"中的"羱羝"，指的就是藏地的大角公羊，即念神。念神是暴烈与福祉的合体，西藏的许多神祇都是善恶一身、凶吉同体的。"念青"是大念之神，"唐古拉"是高原之山。作为雄霸一方的山神，他原本属于苯教，曾经向佛教密宗大师莲花生施展威风。古藏书上说，他变成了一条大蛇，蛇头伸到青海湖，蛇尾扫到康巴地区，拦住了莲花生的去路。莲花生口中念念有词，随手捡起一根树棍打败

第二辑 朝圣之歌

了他。他逃往唐古拉山,缩成一条冰蛇躲藏在雪宫里。莲花生入定三日,施以金刚乘瑜伽密咒,只见绵延数百公里的山脉冰雪消融,洪水滔滔,一座座山峰轰然崩塌。念青唐古拉山神惊恐万状,赶紧现了原身,跑出来向莲花生行了大礼献了供养,并发愿要遵从莲花生上师的教导改邪归正,一生不舍清源净界的佛道,协助上师消除人世间的一切障碍。莲花生封它为北方山神,起密宗法号为"金刚最胜"。从此念青唐古拉山神就变成了一个头戴锦盔,身穿水晶护胸甲,手持一支白银长矛,骑着一匹白色神马,并且有多种应化身相的佛教护法神。这位护法神有一位美丽的妻子,她就是纳木错湖。纳木错湖意为天湖,蒙古人又称她为腾格里海,是西藏的第一大湖,也是世界上海拔最高的湖,面积一千九百二十平方公里,湖面海拔四千七百一十八米。她属羊,每逢藏历羊年,信徒们簇拥而来,点起煨桑,朝拜神湖;更有手持嘛呢轮步行绕湖一周(需要大约半个月)和磕着等身长头朝转一圈的(需要近四个月)……

就在我如此这般地讲述念青唐古拉山和纳木错湖的时候,一辆"巡洋舰"从远处飞驰而来,停在了离我们不远的地方。几个头上缠着粗大辫子和红色丝穗的康巴汉子从车上跳下来,跑步来到一堆刻着六字真言的嘛呢石前,给几个朝湖的藏族人说了几句什么,然后抬起一个一直卧倒在嘛呢石旁边的中年人,又跑步回到了车上。"巡洋舰"很快开走了,是奔西而去的。四周那些朝湖的藏族人顿时簇拥到嘛呢石前,互相打听着议论纷纷。我们走过去,想知道发生了什么事情,结果什么也听不懂,他们说的是藏语,只有一个词我是听懂了的,那就是被他们屡次提到的冈仁波齐。我壮着胆子大声问道:"怎么了,冈仁波齐?"大家突然不说话了,都瞪眼望着我。片刻,有个戴眼镜的藏族人用汉话问道:"你们是干什么的?"我说:"我们是来朝拜神山神湖的。"戴眼镜的藏族人说："马县长是汉民你们不认识吗？"我摇了摇头。戴眼镜的藏族人靠近了我，用半生不熟的汉话非常吃力地给我们解释了足足半个小时。原来事情是这样的：刚才一直卧倒在嘛呢石旁边的那个中年人就是马县长，马县长得了"重重的病"，县里的人认为只有念青唐古拉山神和纳木错湖女神才能救他的命，所以就把他拉到了这里，由几十个藏族人替他念经祈祷。但是刚才县里又来了几个人，说是寺里的活佛说了，马县长的灵魂已经被风吹走了，念青唐古拉山神救不了他的命，只有冈仁波齐山神或许能够让他死里逃生。那辆巡洋舰就是拉着马县长奔向冈仁波齐的。

冈仁波齐，青藏高原上的冈仁波齐，比珠穆朗玛峰伟大，比念青唐古拉山神奇的冈仁波齐，就这样又一次闯入了我的视野。我和一起来的几个人商量："干脆，我们不要去林芝了（我们原定的目标），改去冈仁波齐怎么样？"他们都在犹豫。我给司机使了个眼色，司机说："我同意。"长途旅行中，司机的意志就是一切。大家都说："好吧，那就去冈仁波齐吧。"我马上向戴眼镜的藏族人打听去冈仁波齐怎么走。他指着一条以车辙为标记的往西的路说："就照着它走，它到哪里你们就到哪里，遇到第一个湖，你们不要停下来，遇到第二个湖，你们不要停下来，遇到第六个湖，你们停下来问一问湖边的牧民，冈仁波齐就在离湖不远的地方。"

我们在纳木错湖边的收费帐篷里住了一夜，第二天一早，就开着那辆老式的北京吉普上路了。走了差不多两个小时，太阳才从远方的山豁里露出了脸。金光斜射而来，汽车里装满了灿烂，暖烘烘、烫乎乎的。我们兴奋地聊着冈仁波齐，兴奋地望着窗外没有人烟的荒原，路过了一个湖，又路过了一个湖。下午，我们路过了第三个湖。司机累了，停下来，趴在方向盘上扯起了鼾。我们从车座下面拿出锅盔和水壶，下车吃喝了一通，继续上路的时候，天已经黑了。一夜都在走，颠颠簸簸，昏昏沉沉。我打着哈欠不断地提醒司机："你看着路，别走错了。还有湖，路过了几个？"司机说："你放心好了，坐我的车，绝对不会走错地方。"

天亮了，路过了一片有水的地方。我问道："这是第几个湖？"司机说："昨天半夜两点和三点连续路过了两个，这应该是第六个。"我们赶紧下车，一看，哪里是什么湖，是一条河，一条似曾相识的河。看看四周没有人，我们又往前走去。大约走了一个小时，司机一脚踩住了刹车，长喘一口气说："他妈的。"我们说："怎么不走了？"司机说："公路到了。"我们看到一线漆黑的公路就在几百米以外的地方，汽车鸟儿一样在公路上"飞翔"；接着又看到，路的一头连接着一片灰色低矮的房屋，好像是我们来时路过的那曲镇的模样。我们很快开上了公路，开到了有房屋的地方，一看商店门口的牌子，沮丧得差点儿晕过去——果然是那曲镇。我冲着司机吼起来："你是怎么搞的？"司机苦笑着："他妈的，见鬼了，我从来没有这样开过车。"沮丧完了又是大笑，不知是戴眼镜的藏族人有意指错了路还是我们迷失了方向，这一天一夜我们居然颠簸在返回青海的路上。看来这一次进藏，别说是冈仁波齐，就连原定的林芝也去不成了。

有了这次经历之后，我对冈仁波齐就格外地关注起来，只要是有关它的文字，我都会认真地读，认真地记，认真地联想。

冈仁波齐是一处世界上少有的超越了宗教门派的存在，是印度教、耆那教、藏族苯教、藏传佛教共同的圣地。当印度教的教徒对它遥远的姿影五体投地时，总是把它想象成湿婆大神的天堂、日月星辰的轴心、千水万河的缔造者、世间万物的恩育之地；当耆那教的教徒称它为"阿什塔婆达"时，那就意味着他们把它看成了平面宇宙的制高点，而他们的教主瑞斯哈巴正是在那里获得新生并施展法术战胜一切的；当藏族苯教徒千里迢迢前来朝拜它时，在他们的意念里，它就是天上的祖师敦巴辛饶的人间落脚地和苯教所有神灵的修行处；当藏传佛教的信徒们亲切地呼唤它的名字时，那意思就是："我的雪山宝贝啊。"冈仁波齐——雪山宝贝，坐落在西藏阿里高原普兰县境内，海拔六千七百一十四米，在它冰盖雪罩的山体上，留下了释迦牟尼示现真身弘化度生的行踪，药师琉璃光如来消灾延寿的大法洪音，阿弥陀佛发愿解除娑婆世界轮回生死万般痛苦的无敌经声，文殊菩萨骑着狮子举着宝剑斩断一切众生烦恼的圣迹，观世音菩萨循声救苦普度众生的法门，以及弥勒佛的无量智慧、白度母的优美之形、五百罗汉的修行踪迹、空行母的吉祥风裙、大威德金刚的威仪之表、格萨尔王和他的王妃珠牡的冰身雪影、密宗大师米拉日巴的亢亮道歌。总之，藏传佛教里的众多佛尊神汉、高僧大德都曾经来到冈仁波齐纯洁虚净的怀抱里修炼真法、磨砺正信，趺坐在山顶之上，向着尘间人世播洒甘露。难怪它被佛教信徒们看成是万灵之山、众神之巅。西藏著名的佛尊杰尊·达孜瓦是这样描述冈仁波齐的：它的山顶直刺云霄，白云就像斑斓的冠冕戴在它的头上；山体是水晶的砌造，明光四射，透亮晶莹。清泉淙淙流淌，如同天上的仙乐，听到它的人浑身清轻爽快，似乎瞬间有了骑鼓飞行的法术。傍晚，夕阳西下，霞光照射，山顶披着彩缎，山腰裹着锦绸，山脚飘拂着草新花艳的袍襟。冈仁波齐的四周，山峰肃立，如同八瓣莲花。莲花之间，碧波荡漾，绿水潋滟，来自胜乐轮宫的圣水随风起浪、潺潺湲湲，形成了马泉河、象泉河、狮泉河、孔雀河四条纯洁的河流，和一座般配着冈仁波齐的神湖。神湖的名字叫玛法木错（面积四百一十二平方公里，海拔四千五百八十七米，最深处七十七米），它是西藏三大圣湖之一（另外两大圣湖是藏北的纳木错和藏南的羊卓雍错），是藏族聚居区湖泊女神中至尊至贵的王后。碧蓝的湖面之上，成百上千吉祥的空行母守护和管理着王后的宫殿；湖水透明澄澈，能看到五丈以下的鱼群，还能洗掉人心的五大毒素：贪、嗔、痴、怠、嫉，能祛除人身的病魔污垢和一切晦气，使人福寿康宁、财源广进。因为玛法木错王后的存在，冈仁波齐拥有了无数儿女，那就是冈底斯山区所有的山峰、所有的湖泊、所有的河溪，它们百鸟朝凤似的环绕着冈仁波齐，成了冈仁波齐神明家族永远兴旺发达的象征。

在古老的佛教典籍里，冈仁波齐又是妙高光明、金银琉璃的须弥山，以它为核心，形成了著名的七金山、七香水海和大咸海，形成了北俱卢洲、东胜神洲、南赡部洲、西牛贺洲，形成了一小世界中最外围的铁围山。冈仁波齐虽然不是地球之上最高的山，却连接着十万亿佛土之外的极乐世界。极乐世界的教主阿弥陀佛每天从宝瓶里取一滴水滴向冈仁波齐，人间就有了河流和海水，就有了受用无穷、利益无限的幸福时光，真正是水因善下能成海，山不争高自极天。据说，围绕冈仁波齐转一圈，可以洗清此次轮回中的全部罪孽；转十圈，可以避免五百轮回的苦难；转一百圈，就可以升天成佛了。成佛，这应该是佛教信徒的最高目的，能达到这个目的的人当然是稀世之珍。所以又有人说，佛境自然是高不可攀的，但一个智者如果能够站在这雪山冰壁之前独自沉思一分钟，哪怕是在不远万里的路途上经历世界上所有的艰辛也是值得的。当所有的烦恼和苦痛因为我们的独立和沉思，而被来自山顶的清凉之风一吹而尽的时候，觉悟也将随之而生，奇迹也将随之而显了。

这是一座人类精神的理想之山，是信仰缔造的真实之山，是佛教用超现实的存在最大范围内造福于民众的成功范例，是艺术和文学借助想象的力量和流传的故事率真地表达宇宙真理和宗教历史的天然宝库——尤其是在口述艺术非常发达的广袤的藏族聚居区农村和草原。对于神圣的冈仁波齐和他的妻子玛法木错，你问一百个人就会听到一百种故事，人们按照自己的想象和听闻创造着符合内心需要的人物和事件，并且试图让听故事的人相信他说的便是正宗的历史，是唯一的真实。有时候，两个人甚至会为了说服对方接受自己的故事而争吵起来，不可开交的情况下，还会请出第三者来调停。但调停者往往会说出第三种故事来，并声明自己讲的才是符合实际的。于是他们又和调停者嚷嚷起来。冈仁波齐的膜拜者，就是如此地让人迷恋，如此地具有孩童般的纯真和可爱。这样的情形让我鼓舞也让我惭愧，毕竟我还没有一次站在冈仁波齐的雪山冰壁之前独自沉思，毕竟我还没有因为到达它而在不远万里的路途上经历世界上所有的艰辛。我算不上是一个智者，但我绝对是智者的候选，我期待着这样一次朝圣，期待着来自冈仁波齐的清凉之风吹尽我的全部烦恼和苦痛，期待着觉悟的产生、奇迹的显现。

再一次奔向冈仁波齐是1985年夏天。我和两个朋友来到位于柴达木冷湖镇的青海石油管理局，又通过朋友关系，以采访石油人的名义，敲定了前往冈仁波齐的专车——一辆红色的沙漠王。我们的路线是从冷湖到西部油田，再到盛产石棉的茫崖，从这里进入新疆，沿着塔克拉玛干大沙漠的南部边缘一路向西，过若羌，过且末，过民丰，过于田，过和田，到达叶城，然后往南往东，沿着新藏公路穿越昆仑山，从铁隆滩进入西藏阿里，过日土，到达狮泉河。我们听说从狮泉河往东走向冈仁波齐，就只有不到一天的路程了。遗憾的是，我们的壮行正应了那句说烂了的俗话：计划没有变化快。变化是在若羌县加油站出现的——那时候的汽油供应没有现在这么方便，跨省必须要有全国统一油票，否则汽车就别想加油，花钱也不行。我们出发时在西宁搞到几百公斤可以代替全国统一油票的军用油票，以为是万无一失的。到了冷湖油田，朋友要帮我们到石油管理局局长那里特批五百公斤全国统一油票，我们谢绝了："带的有，带的有，派了车就已经感激不尽了，还能让你们再出汽油？"没想到一到新疆若羌县，加油站的人就告诉我们："军用油票我们不收。""为什么？"回答是："新规定的。""是新疆的规定，还是你们县上的规定？""不知道。"不知道就好，就说明很可能是若羌县的土政策。我们继续走下去，第二天到了且末加油站，加了油，给他们军用油票，他们二话没说，收下了。我们庆幸地喘口气，兴高采烈地往前赶，赶了几百公里，到了民丰后，唯一的一家加油站又有了跟若羌加油站一样的口径："新规定的，地方加油站不收军用油票。""是你们县上的规定？""这种事情县上怎么能规定？全新疆的规定。"红色沙漠王的司机说："完蛋了，离开青海已经将近两千公里了，到达西藏的狮泉河可能还有三千多公里。"怎么办？几个人商量的结果是，再往前走一走，走到于田，要是于田加油站跟民丰一个样，那就只有打道回府了，车上还有一桶自带的汽油，看能不能凑合着跑到青海境内。我们奔向于田。真是让人愤怒而又无奈，于田的加油政策和民丰完全一样。我们愣怔在加油站的窗口前，半晌无语。这一刻，我的感觉就像死去活来，活来又要死去一样难受，想喊，想哭，想骂，但最终什么也没做，只是乏力地沉默着。司机说："走吧，又不是不能再来了。下次吧，下次你们准备充分一点，各种困难都考虑到，长途跋涉不容易。"

　　冈仁波齐，遥遥远远的冈仁波齐，就这样，又一次成了我寒凉无声的梦寐，成了我虚旷无影的思念。

　　还是司机说得对，又不是不能再来了，下次吧，下次一定把油票的事情解决好。返回的路上，我一再地说："明年，明年我一定要达到目的。"司机也说："要是明年你们还让石油局派车，我一定争取再跟你们出来。"我们几个人都说："那就一言为定。"

　　这个世界上最大的遗憾大概就是人说话往往是不算数的，算数的总是一些不以人的意志为转移的东西。到了第二年，我们的"一言为定"就不知不觉被风吹散了。大家都忙啊忙啊，也不知都忙些什么，忙得都把冈仁波齐忘掉了。直到四年以后的那个夏天，我去北京办事，事情没办成又匆匆赶回来，突然就觉得该是放弃一切杂事、蠢事、无聊之事的时候了，突然意识到了城市的糟糕，也再次意识到了冈仁波齐对我的重要，突然就行动起来，到处打电话，到处找人："去不去？去西藏，去冈仁波齐？"那一年不知怎么了，居然没有一个人愿意和我共同行动，也找不到愿意为我派车的单位和愿意给我开车的司机，甚至连我自己的行动也受到了约束。单位上有人对我说："今年的主要任务就是开会学习，上面要求一个也不能落下，这个阶段你可千万不要离开。"我说："不。"可是我毫无办法，我还得听从命运的安排，老老实实待着。直到有一天，在西藏拉萨武警交通支队工作的大学同学打来电话问候我的情况，我才像抓住救命稻草一样一把抓住了一个摆脱约束的机会——我给同学苦涩地说起我想离开城市，想去冈仁波齐的事。他说："那有什么难的，你来就是了，只要是在青藏高原，多远我都给你派车，或者我陪你去。"我激动地说："真的？"于是我开始请假，一次一次地请，执着得让人讨厌地请，执着了半个月，才批准了半个月。我心急意切地上路了，这一次我是先坐火车到达了格尔木，再坐公共汽车前往西藏，八天以后才到达拉萨。拉萨正在下雨。

　　下雨的拉萨烟霭蒙蒙，走在街上，甚至都看不到布达拉宫辉煌的金顶。哲蚌寺躲藏在山怀的衣襟里仿佛消失了，大昭寺门前冒雨磕头的人影如同风中起伏的树，罗布林卡从围墙里伸出头来吃惊地望着雨色，满街都是湿淋淋的人和湿淋淋的狗，拉萨河的水正在高涨正在狂哮。我的同学病了。他抱歉地说："实在对不起，迟不病早不病，你一来我就病了。"他陪我在拉萨转了一天，说好一旦雨停马上出发前往冈仁波齐。但就在雨停的这天晚上，他突然肚子疼得满头大汗，腰都直不起来了。送到医院一检查，急性阑尾炎，马上就做了手术。手术后医生说："一个月之内不能坐汽车跑长途。"医生是对的，西藏的路大都很颠，颠开了刀口怎么办？同学抱歉地说："那就只好你一个人去了。"同学的家人不在拉萨，我陪护了几天，正准备出发的时候，来探望我同学的武警交通支队的支队长带来了一个不幸的消息："拉孜一带出现大面积泥石流，前往阿里的路已经堵死一个星期了，你们幸亏没有走，走了还得回来。"我赶紧问道："什么时候能通车？"支队长说："很快，半个月就通了。"老天爷，半个月还算是快的？我的假期已经到了，如果再等半个月出发，加上来回路途上的时间，至少得超假一个月。行不行呢？我给单位领导打电话，领导几乎是哀求着说："回来吧，大家都在学习，就你一个人这么长时间在外头，我给上面怎么交代？这样吧，明年，明年我给你两个月的假，你想去哪儿就去哪儿。"又是一个明年，这样的明年以及所有计划中许诺中的明年对我都是毫无意义的。我不想回去，实在是不想回去，但最后我还是坐着同学派的车闷闷不乐地回去了，毕竟我已是一个依靠单位生存了几十年的人，毕竟我还得考虑领导给上面如何交代的问题，毕竟我不是一个干脆利落得只剩下了勇敢和无畏的叛客，不是一个自由自在、啸傲林泉的江湖隐者。

两千公里的青藏公路转眼消失了。西宁撞入我眼帘的一瞬间，我突然感到我的故乡不是这里，不是，我的故乡在远方，在冈底斯山的怀抱里，在冈仁波齐的皑皑白冠上。我突然感到自己非常孤独，恰如一片被冬天抛弃的雪花、一轮从冰山滚落的雪浪。我不停地叩问着自己：难道冈仁波齐对我来说就是如此地不可企及？难道我对一座旷世神山的渴慕会因为我没有吃尽苦中苦而无法得到满足？难道在我和冈仁波齐的缘分里就只能是永远的久怀慕兰、永远的难得一见？我突然变得非常后悔：我回来错了，真的回来错了。为了矗立心中越来越沉的冈仁波齐，我为什么不能再等半个月？为什么不能超假一个月？为什么要顾及一些绝对不能使人的生命增光增值的无谓的约束？这约束和冈仁波齐比起来又算得了什么？一粒米和一个世界比起来又算得了什么？一种速朽的现实需要和一种永恒的精神追求比起来又算得了什么？

我原本是属于冰天雪地的，属于高寒带的洁白，属于虚静澄澈的所在；我应该生活在雪线之上，应该是一只孤傲的雪豹、一朵冰香的雪莲、一丛绝尘的雪柳。我想回去，即刻就想回去，回到宁静的冈仁波齐那慈爱的山怀里头去。那是我的家，是一个虽然没有待过一天却比这个作为故乡的城市更温馨、更干净、更让人踏实的家，是一个没有欺诈、没有蒙骗、没有恐怖的家，是一个充满了和平、宁静、光明、美善的老家。

什么时候才能回去呢——冈仁波齐，我的梦恋，我的灵魂的老家？

青海湖边的遐想

我曾经数十次来到青海湖边,每一次来都会让我浮想联翩。我有时会把这些想法记下来,时间长了,就是厚厚的一沓。闲来审视,发现这些没有什么明确目的的文字也还不是一无可用,顺手拈出几段来,再标上时间,交给读者看看,到底它们是些什么样的思想和情绪。

1987 年 5 月 4 日

来到青海湖,首先接触到的是湖边的荒原。

荒原是一种象征,是一种生命的体验,是我经历过的危险的心理历程。对一个写作者、作家来说,没有什么比这种历程和体验更重要的了。它告诉我们,每个人身上都拥有人类命运的全部形式。我庆幸我生在西部,庆幸荒原直接给了我自然演变的全部启示,庆幸自然的苦难和人文的苦难让我成为一个虽然寂寞却很充实的作家。而作家的终极追求应该是灵魂的再生和精神的永恒。我常想，我们能为永恒做些什么？我们在宇宙、在宏阔的荒原面前，微不足道，渺小如尘芥。我们的生命哲学和自然哲学就是如此明快地给我们确定了悲观主义的地位。但是，人生的进取意义从来没有离开过我。我的文字就在这种宇宙的悲观主义和人生的乐观主义相增相减的过程中流淌出来了。这就是作品的起源，是我对生活保持足够激情的原因。基于此，我充满了信心，对自己，对他人，对一切。文学是马拉松赛跑，如同生活。生活是赛耐力，而不是赛速度。我希望我的耐力好一些，希望自己有很久远、更充沛的投入。——目的不算什么，过程就是一切。

1988 年 4 月 19 日

蓝波荡漾，风吹鸟乱。我伫立在水边，严肃得就像日月山。

我相信青海湖的灵性，相信青海湖的清爽会荡涤尘世污浊的灵魂，相信它已经给了我一种经久不息的渴望，由这种渴望而产生的一切创造便是对人类精神的丰富。因此，对我来说，青海湖的存在已经超凡入圣了，它容纳了我太多的感情，容纳了我对苍生万物深深的祈祷，容纳了我对生活全部的满足与不满足。岸边的荒凉，水域的辽阔，早已和包括我在内的所有的流浪之心达成了默契，这就是在我的作品中一再出现青海湖的原因了。

在时间的长河里，人生不过是一朵浪花，一闪一跳就悄然消逝了。但我是青海湖的浪花，假如我在凌厉的高原，在解冻的悲烈中，冒着寒冷的北风，能够蔚蓝一个瞬间，我就会知足而返。

第二辑 朝圣之歌

1988 年 7 月 31 日

我们驱车从南岸奔赴北岸,在刚察县招待所住了一宿,翌日清晨,直奔海晏县的克土垭豁。那儿是荒凉的沙漠,是能够和青海湖对称的瀚海,黄灿灿的丘山如同一个个裸睡的女人,孤独的沙蒿和遥远的湖面变成了一条绿色的潮线,在我眼前晃动不止。我突然想到,和如此恢宏的地域相比,人生真是太渺小,社会真是太轻浅了,一切存在都显得百般无奈。

存在就是挑战,面对沙漠,我们更能感受到一种挑战面前的恐怖和茫然,这或许就是我们常常会驻足不前的原因吧。冰山正在退化,沙漠无休止地侵蚀着草原,人类的生存环境越来越小了。生命走向末路的唯一原因,就是生态的失衡。认可这种命运,并向人类提出警告,是文学的任务。从这个意义说,没有什么比描写人与自然的断裂、自然与悲剧的统一、人对自身价值的否定,更能体现超前的先锋意识了。

沙漠的荒寂辽远映衬出人世间的苍凉。因此我热爱对沙漠的描写,热爱沙漠所揭示的生命意义——如果有一天我毅然走向沙漠深处,只要不饥渴而死,沙丘上的每一个脚印,就都意味着胜利。

1990 年 9 月 1 日

比起我所居住的城市,湖边的秋雨疾骤了些,噼里啪啦的。站在鸟岛宾馆的窗前,看到一些匆匆闪逝的人影、一些漂浮的伞、一些雨靴和赤脚、一些沥着绿水的树。汽车唰唰来去。远处,雨雾遮挡着山

藏獒的精神

群和帐篷。微茫的灯光像是即将浇熄的火苗。我期待着什么，又失落着什么，期待的和失落的都已经十分苦涩了。——苦涩的青海湖。

青海湖极美。但她美得空旷，美得荒凉，美得虚幻，如同一个红紫的影星，她越美丽离普通人就越遥远。

游子，胸腔里憋着酸潮的游子，历来都是普通人。

冉冉的雨雾，冉冉的孤寂之情，动不动就逼出眼睑的湿热。空荡荡的，心和世界都这样；空得像流干了水的海，飘尽了云的天。我始才明白，当灵魂无所依归，当荒凉成为心里的风景时，就可以掩杀一切生机，包括青海湖，包括鸟岛，包括环湖的草原；或者说，对漂泊的人，城市和沙漠、草原和戈壁，其实并没有什么区别。

可我为什么要飘来飘去呢？说不清，就像说不清这雨为什么要从天空降落到地上。

绵绵秋雨。风把它吹成丝丝斜线，一落地就不见了。在它顺地势迅速流走时，人们会诧异，它是从哪里来的？人，没有了故土，就是没来由的水，就是失根的树，就是走失了灵魂的躯壳。我还能傲岸吗？还能骂娘吗？还能风风火火吗？冷下去，冷下去，我已是如此苍白，连孤寂都苍白无色。

孤寂是风，谁也不知道会从哪里刮起，会在哪个季节产生，会去吹折杨柳，吹落枯英，还是要去吹散一片墟烟，吹出一抹秋的凄艳？

又想起了我所居住的城市——我是真正忘记了那些树的呀：稀稀的叶子、很短的绿光阴的那些树，一夜间经一阵风就会变成枯冬景致的那些树。一棵一棵地忘，形状、味道、声音，蓦然就消逝成空洞的以往了。以往是荒原。

我来自荒原，在过去的日子里，即使那儿万里无人烟，也不会空旷，绝不；在我不会为柴米油盐酱醋茶操心的童年，即使走得只剩下我一个人，也不会寂寞。这就是一方水土养一方人吧。

依然是秋雨。鸟岛宾馆窗外的路边，两个少男少女在愉悦地说话；哪儿的鸟那么猛亮地叫了一声，大概是伴侣归来，相逢了；有人踏踏踏地跑过去，脚下肯定是溅起了水的。我敏感于斯，并且愿意把思维的空间贡献给他们，可他们知道我吗？知道我是谁呢？惨然而想：客居久了，连自己也不知道自己是谁了，何必希求于别人呢？

朝远望，湖阔天空，从未经历过这么荒凉的世界。

1992年6月5日

我常常迷恋于诗的诱惑，以为自己就是先知了。先知如果不能标示神性的光辉在临照人间的那一刻所产生的巨大喜乐，就只好把生活囿于青海湖一样的孤静的澄明里。然而，真正的澄明是没有的，如同寻求孤静不过是对理想境界的假设一样。我假设我是孤静的，我假设我是先知。我想干什么？历史越遥远就越明亮。我把历史毫不吝啬地抛在脑后，因此而浑浊不清。

一切动机最好是浑浊的。

灵魂直线上升，在不耐烦的时候，就停下来把荒凉的意绪变成了文字。那文字是什么形貌？不得而知。依靠天性写作的人们，总是不知道应该让文字屈就于某种评判的框架，而后才能得到世界的关注，才能卑微地领有头戴桂冠的喜乐。于是我想到，喜乐大概就是感官受到刺激后不能自持的早产儿。

我是有过喜乐的。这喜乐就像瘟病一样给我带来了久远的痛苦。我开始带着凋残的风景上路，想做一个默默无闻的苦行的使徒。我企图占有小说，再拿诗作为忠贞不渝的恋人。如此，我献给世界的就只能是生命的休书与情书了。

把休书理解为绝唱，把情书理解为挽歌，这是孤拔者的义务。我看到大河就像苍凉的情思浩荡东流，看到草莽遍地的地界里一只鼠兔悲烈地死去，看到湖边雄丽的冰峰在原始的宁静中优雅地跃上云端，看到一方微不足道的石灰岩在度过了凄风苦雨的所有世纪之后依旧凛凛地指天而立，看到那个美丽无比的青海湖的女神走向我饥饿的灵魂，悄然细语：请跟我来。我感动得几欲号哭，双膝跪地，为她和一切生命，祈祷默默。

我是祈祷的天才。我的文字是祈祷的钟声。

1994 年 5 月 18 日

多少次我站在青海湖漫漠的沙岸上，泪眼瞩望远山，远山何其孤卑。沙漠里劈腿而立的井架，湖面上愤然耸出的"海心山"，鹰隼的扶摇直上，太阳的东边升起，飞天女神的高高飘扬，如此等等，所有转瞬即逝的风景，莫不都是一种神秘的不为人知地拔起、一种精神的象征、一种男神追逐女神时对心迹、对永恒直截了当的表述？

是的，我确乎受到了女神的引诱，确乎知道大湖与鼠兔的造型是我钟爱的形象，确乎得到了岩石的帮助才使文字有了或朴素、或华美的纹理。我是自然的宠儿。我和一只野鹿、一只牛虻一样，敏感于荒原，依赖于荒原，奉献于荒原。我和荒原彼此都有一种特殊的慷慨。我们早已联姻成家族了。

> 情欲在落日之后孤独地崛起
> 整个黑夜都是涨满的风潮啊

> 随着黎明悲愤地散向原野的背景
> 只留下遥远的声音
> 在获救的寂静里
> 溶作一片回味
> 而后滋养秋声秋气
>
> ——摘自拙诗《来自荒原的主题》

在那些伟大而寂静的日子里，我踏踏实实活着。我不是先知，但我相信有先知伴我同行，相信我已经得到了她的启示：只要超拔就必然孤独。我将撕碎自己，而后重新组合，再次开始。

我以太阳的名义起誓……我以太阳的名义祈祷……

康定之心——我们的情歌精神

世界上还没有另外一座城是情歌城。世界上只有康定城是情歌城。

据说不会唱情歌的人，一进城就会了，可我进了城还是不会，不会的原因是我总觉得情歌是唱给情人的，没有情人，哪有情歌？

不会唱情歌的人在康定城是孤独的，那是怀着期待又透着凄凉的孤独，是一个男人的灵魂已经有所依归却又不肯不甘不罢不能的那种微妙的迷茫和失落。这个时候，我似乎第一次知道我还有那方面的野心：找一个仙女，做我的情人，偷偷地带着隐秘的浪漫爱恋到永远的情人，悄悄地唱着情歌把全部的甜蜜和激动一点点奉送而去的情人。

其实我的野心也是许多人的野心，只是他们轻易不说。他们把野心埋藏在很深很深的地方，窥伺着别人的动静，也期待甚至怂恿着自己的动静。谁都知道一种愿望正在朦胧中执拗地崛起，不管他是本土的康巴人，还是外来的都市人，不管他是藏族人，还是汉族人，苍茫的意绪都是如此的多情多思、多姿多彩！

有一条河穿城而过，有一些山峡峙（挟持？）而来，不需要打听它们的名字,我就叫它情人河,叫它仙女山。情人河环绕、仙女山拥抱的康定情歌大酒店,你能给我提供这样的服务吗——找一个仙女,做我的情人?大堂经理诚恳地告诉我:"不能,我们不负责介绍,情人都要自己找,仙女更要自己找,找到找不到,就看你们有没有缘分了。"

情歌潮涌动、情人雨绵绵的街口,一帘一帘的雾岚遮去了康定人的行踪,都是成双成对、卿卿我我的面影,在青山白水之间款款来去。只有我是一个人,撩开雾色的帘子,瞅着,瞅着,傻子一样瞅着。

有人告诉我,康定城的情人,都来自丹巴美人谷,来自清澈的河水边、峻峭的山顶上,那些插天而立的古碉——石片砌成的姊妹碉、老土夯就的夫妻碉、黄泥堆起的母子碉。

康定城连接着美人谷。我去了,去了才知道古碉是数不清的,有四角碉、五角碉、六角碉、八角碉、十二角碉、十三角碉,底宽三米、五米、七米不等,高达二十米到三十五米。陪伴我的朋友说,每一座古碉里都住着一个美人,要见到美人,你首先得学会"爬墙子",就是像蜘蛛人那样爬墙进入碉楼,一边爬一边还要唱情歌。一般来说,爬上了碉楼,唱了情歌,你就可以大胆地爱她了。一个男人,只要你体格健壮,有力气和技巧爬上爬下,你就可以一生拥有好几个仙女般的爱人。

我说:"难道一个人,比如我,只要能爬上去,就可以名正言顺地见一个爱一个了?"

他说:"是的,而且不承担任何责任,孩子由母亲抚养,你想管就管,不想管拉倒,这叫走婚,是母系社会的遗存。"

我说:"母系社会真好,真现代。"

遗憾的是,我太瘦,墙太高,我爬不到古碉上去。我一座座地经过，一次次地叹息，不断安慰自己：下一个，下一个碉楼是最低的，下一个美人是最美的。但碉楼越来越高，仙女越来越美，而我却越来越小，越来越瘦，越来越相形见绌。朋友说，这里的男人，都是高个子，细长细长的，肌肉特别发达，生来就是为了爬古碉的。他们的后代，自然都是形貌玉立姣好的美女、体格高大矫健的俊男。

明白了，古碉的作用原来是为了人类繁衍的优胜劣汰。而我只有一米七的个子，也没多少爬墙的力气，只能在碉楼高高的悬窗后面那些明眸皓齿的嘲笑中被淘汰出局，任由落败的沮丧在绿得醉人的美人谷里变成一抹不合时宜的枯黄。

说真的我不是情圣，也不是情王，甚至连情种也谈不上。我只需要一个，就一个，谈谈而已，就像舞台上走戏，假装有了情人而已。但就是这样，巍峨的古碉、云烟遮掩的情人广场也把我和她们的距离无情地拉开了。

后来我知道，不美的女人是不能住碉楼的，女人越美住的碉楼就越高，最强健的男人才能爬上去。这就是说，为了子孙后代永远优秀，都是最好的与最好的恋爱，那些跟伟岸健壮不沾边的男人很可能连饱饱眼福的机会都没有。

终于在甲居藏寨碰到了一个美人，她招着手说："你来啊，跟我来。"我激动地跟了过去。她说："梨要不要？没有污染，很好吃的，一块钱一斤。"我说："要要要。"心里头顿时就很酸楚：这梨啊，"梨"就是"离"，我跟她刚一见面就要离了。

美人谷里没我什么事儿，怀揣一颗不死的心，继续顾盼流连在康定城里、仙女山下、情人河边，突然看到亮炯·朗萨女神从云雾深处缓缓走来。我迎她而去，却发现怎么也走不到她跟前。她捧着一摞《桑德尔誓言》，把它送给了所有的朋友，唯独落下了我。当朋友们捧着她的《桑德尔誓言》如饥似渴的时候，我非常不安，一种被女神抛弃的孤独感油然而生，我失落了，难过着，几乎要潸然泪下。我为女神而来，却被女神冷对；我不肯寂寞的时候，就走进书店，买了一本亮炯·朗萨女神的旧著《恢宏千年茶马古道》。

然后，我走向安觉寺，已是夜深人静了。

我对守在大殿门口的江巴喇嘛说："你一整天让所有人都进去了，为什么不让我进？你说下班了，什么意思啊，难道祈祷也有下班的，虔诚也有下班的？"江巴喇嘛说："那是为了让你下一次再来。"我说："有一个女神，她把她的珍宝送给了所有的朋友，唯独不送我，这是什么意思啊？"江巴喇嘛说："那是为了让你下一次再来。"我说："这里是情歌的故乡，我想找一个情人，但是我发现所有的大门都对我关着，这是什么意思啊？"江巴喇嘛说："那是为了让你下一次再来。"一语点破，我顿时欢喜若狂，心说她唯独希望我下一次再来，而不希望别人下一次再来是不是？——是不是这样啊，朗萨女神？

我知道我已经不需要回答了，因为我说了一到情歌的故乡我是见一个爱一个的。康定城是贡嘎山嘴里吐出来的一颗夜明珠，我带着夜明珠的光泽走进了贡嘎山群，就激切地爱上了微笑在山怀里的海螺姑娘。

海螺姑娘是我起的名字，她原本叫央金，央金是妙音的意思，妙音来自何处，来自吉祥海螺，就像《大日经》里说的："汝自今日起，转于救世轮，其音普周遍，吹无上法螺。"还有一层意思，那就是我送给了她一个从青岛带来的右旋白海螺，这右旋白海螺原本是要送给寺院里的金刚萨埵的，但是我送给了她，她是一个世俗的女子，一个在康定城生活了二十年的土伯特姑娘。她欣然接受，好像吉祥的海螺本来就应该属于她。

那时候，和我同一个房间的扎西达娃泡温泉去了，所有的朋友都泡温泉去了，他们要泡很长很长的时间，泡够了还要吃烤全羊。就剩下我一个人，神不知鬼不觉，啊，神不知鬼不觉。

我对她说："……"

她对我说："……"

兴奋的我唱起了情歌，来到情歌的故乡康定后我第一次唱起了情歌。唱着唱着，又跳起来，一跳就跳到海螺沟里去了。

海螺沟几乎是现代海洋性冰川的代名词，长约三十一公里，面积二百二十平方公里，是国家冰川森林公园和地质公园，一个大美之境、一个神在之地、一个冰清玉洁之所、一个情深意长之界。下雨，有雾，走在原始森林的小径上，坐在白雪皑皑的山峦上，浓雾始终笼罩着我们。我们看不见一切，一切也看不见我们。冰川藏起来了，我们也藏起来了。我们不知道冰川藏起来干什么，但是我们知道我们藏起来会干什么。哈哈，朋友们，想象去吧。你们在一览无余的浅浅的温泉里泡得昏昏欲睡，而我却栉风沐雨在贡嘎大雪山的极顶之上，鸟瞰着溜溜跑马山，冰峰一样挺拔了自己，雾朵一样怒放了自己。

我是幸福而空灵的。那一刻，在贡嘎山腹地迷迷茫茫的海螺沟里，朦朦胧胧的海螺姑娘无限深情地依傍着我。什么叫天作之合？这就是。

接着就是离别，所有美好的相聚紧跟着都是离别。离别的时候，我情真意切地说了几句话。有个诗人鉴定了一下说："也算是诗吧。"于是我把这几句话按诗行排列在了心里：

我们没有唱着情歌来，

我们却要唱着情歌去；

我们没有带着情人行，

> 我们却要带着情人走。
> 啊,康定城醉人的风景,
> 我们永远的情人,她的名字叫:
> 救度的母亲、空行的仙女。
> ——在此离别之际,
> 不必表示谢意,不必说声再见,
> 我们只想一声比一声肯定地说:还要来,还要来。

飞机上,抱了一堆书,想看,但精力怎么也集中不到字里行间,一直默唱着情歌,想着康定城以及飘然欲仙的海螺姑娘。

到达青岛,回到家中,已是午夜,妻子在等我。我进门后拥抱了妻子,诚实而沉重地告诉她:"我把心丢在康定城了,我真真切切爱上她了。"

妻子望着失魂落魄的我,一声不吭。她理解我的爱,知道我是个梦幻中陶醉、理想中纯粹的人,更知道如何实现我的爱。

第二天早晨,遥遥远远的《康定情歌》把我从梦中唤醒,歌声是从光碟里流淌出来的,三男两女的五人组合把这首来自民间、朴素平实的古老情歌演绎成了跌宕起伏、激情喷溅的现代摇滚:

> 跑马溜溜的山上,
> 一朵溜溜的云哟,
> 端端溜溜地照在,
> 康定溜溜的城哟。
> …………
> 张家溜溜的大姐,

藏獒的精神

> 人才溜溜的好哟；
> 张家溜溜的大哥，
> 看上溜溜的她哟。

歌声戛然而止。妻子说："回来吧，你的心，这里就是康定城。"我说："接着放啊，为什么不放了？下面的才是真谛。"

妻子坚持不放。于是我唱起来：

> …………
> 世间溜溜的女子，
> 任我溜溜的爱哟；
> 世间溜溜的男子，
> 任你溜溜的求哟。

是的，世间处处康定情，我们都是康定人。许多人去了一趟情歌的故乡，就希望自己的家乡或生活的地方也是康定城，我也未能例外。

我说过，情歌的故乡，是一切有情人的故乡——我的跑马溜溜的康定城，它是一座让人迷茫，又让人在迷茫中清醒、冲动、激昂的城，是一座能医治抑郁、萎顿、焦虑、怯懦、厌倦等感情残缺、精神阳痿的城，是一座能给人带来幻想，并让人在幻想中升华出美丽、率真、仁慈、智慧的城，是一个生机勃勃的心灵要塞、绿色澎湃的生命之都、青春激荡的情乡爱土。

去了一趟康定城，就变成了一个康定人，这是何等神奇的进化。

从此后，一切都变成了悄声细语，康定城坐落于我的枕边，夜夜都在悄声细语。

从此后，我知道情歌是康定的心脏，那自由奔放的境界和敞亮开阔的旋律，是一颗不朽的康定之心与生俱来的跳动和展示。

从此后，我常常沉浸在《康定情歌》的魅惑中，回忆我的康定行，恍然明白，情歌的意义就在于它能变成所有的期待，满足现代人日益匮乏的内心世界；就在于任何时候任何情况下它都会以最诚挚、最高尚、最纯洁的形态，代替情人、代替所有的美好、代替遥远的理想，来到我们心中嘴边，让我们感动，悲欣交集，心旷神怡；就在于它能让我们发现自己、创造自己、享受自己，同时也让我们发现了光明、创造了愉悦、享受了生活；就在于它能慰藉失恋的心情，能舒展疲惫的身心，能解脱困厄的心灵，能播种荒芜的心田；就在于它能让你把心握在手中，把爱含在眼睛里，送给她或他，送给这个世界，送给故乡与他乡，送给贫穷与富有，送给战争与和平，送给东方与西方。

——这就是情歌，是如此富有魅力的情歌精神。

愿天下到处都是情歌潮，愿世间人人都有一颗康定心。

心灵的骏马

就地理来说,它高旷而寒冷,就精神来说,它馨香而温暖——我的青藏高原它就是阿妈的乳汁,喂大了我的躯体,也喂饱了我的精神。

我出生于青藏高原,在那里被峻拔的雪山、辽阔的草原映衬了四十年,然后悄然离开。我知道我出生的目的就是寻找,我离开的目的也是寻找,我似乎已经找到了我想找到的——青藏高原的灵魂。我想知道,那些被我们因为朝夕相处而看淡了的东西,是不是远远地看着会更加清晰。

是的,我的预知并没有欺骗我,在我用眼光清晰地捕捉到我过去生活的全部内涵之后,我突然发现我可以回答一个许多人问过我,但许多次我都无言以对的问题,那就是:人为什么活着?为了希望,真的是为了希望。青藏高原为希望而存在,藏地的文化为希望而灿烂,我们为希望而吃饭而睡觉而行走。一个懂得如何为希望而信仰、而做事、而活着的人,就有了一半青藏高原的气质。

大概就是因为青藏高原的气质感染了我,多少年来我都在焦灼地思考这样一些问题：我们的道德沦丧了吗？我们的信仰丢失了吗？我们的精神残缺了吗？我们的心灵不再美好了吗？当我看到那么多人，或骑着自行车、摩托车，或坐着汽车、火车、飞机从四面八方走向青藏高原的时候，我知道他们和我一样，也是带着同样的问题，走向了河流的源头、山脉的源头、信仰的源头、精神的源头。我不知道他们找到答案没有，但有一点我相信他们一定会明白，那就是：希望并不会因为失望或绝望的存在而失去光彩。

都说我的家乡是人类的最后一块净土。是的，我喜欢"净土"这个词，净土的意义就在于它让我们的内心生出了一片永不污染的绿地、一股清俊凉爽的风，你带着它可以抵御所有的不幸，预防所有的心灵疾病，就像我们通常期待的那样：莲花自馨，金刚不坏，所有的生命都将因为有了精神而常青不衰。

我想我一生的使命就是回报，用我的心、我的血，回报我的故乡青藏高原。她给我的寒冷和冰凉我忘了，她给我的温暖和热情我永远记得，一点一滴都记得。所以我一直在写，二十多年来，我的几乎所有文字，都是关于高原故乡的描述。这样的描述让我愉快、幸福、轻松自如。

我的祖辈是河南孟津的农民——他们是成吉思汗蒙古铁骑的后裔，我的父辈和我自己曾经是藏族地区游牧高地的一员，我现在又身居青岛，天天呼吸着来自太平洋的腥咸空气。这样一种地缘背景让我有幸经历了三种截然不同的文化对人的塑造。游牧文化的自由、浪漫与热情，农耕文化的道德、秩序与坚忍，海洋文化的凝聚力、果敢性与独闯意识，三种文化的三种优势让我如此痴迷，我相信中国人的现代形象和未来人格，就应该是这三种文化内部优势的杂交或者综合。它首先要克服的，当然还是这三种文化越来越凸现的劣根性，那就是：

游牧文化的易于满足与散淡随意,农耕文化的僵化守旧与胆小怕事,海洋文化的抹杀个性与冷漠无情。

我作品的走向应该就是为了这样一种建树——依托青藏高原和我所生活的青岛以及我的祖国,建树中国人的现代形象和未来人格。一个作家的使命大概就是肩负着良知去建树,建树已经被历史挖空了的精神家园以及关于"人"的全部内涵,既忠于社会良知,也忠于人类理想。而当务之急就是把心灵交给信仰,信仰是超越所有宗教的一种精神现象,它首先关注的是道德认同和自我完善,是人生境界的无限提升,是人与环境之间最有价值的和谐。愿我和我的作家同道,用我们勤劳的双手擦干净信仰路途上的所有污迹。

写完《藏獒2》后,《当代》编辑部又希望我能修订我二十多年前写的第一部长篇小说《环湖崩溃》,他们将重新发表。一部作品在二十年以后还具有生命力,具有新鲜感,这是令人欣慰的。它让我想起了1987年的年初,《环湖崩溃》首次在《当代》问世后,十一个藏族汉子来到我家的情形,他们从海北藏族自治州冈察县远道而来,就为了跟我说几句话:"我们知道你写了青海湖,写了我们藏族人,青海湖是我们藏族人的神湖,你说要保护,对着哩。你写了我们藏族人的事你就是藏族人的朋友,以后到我们冈察县哈尔盖草原来,哈尔盖草原就是你的家。扎西德勒,扎西德勒。"说着双手捧过来一条洁白的哈达。那一刻我感动得不能言语。"哈"是"嘴"的意思,也有"心里话"的延伸意,"达"是"马"的意思。送你一条洁白的哈达,就是送你一匹来自心灵的骏马。对一个作家来说,还有什么比骑着读者送给你的心灵的骏马更踏实呢?

哈达是高贵而平凡的。它让我享受,也让我平静,更让我知道了珍惜信任,珍惜文字,也珍惜平凡的意义。

读城二章

西宁，望麻了一对大眼睛

公元前121年，西汉名将霍去病领军入驻湟水流域，在土著草顶房的一侧，筑起屯兵之所西平亭。西宁作为城市的历史从此开始。

这座城市后来让人有了这样的期许：如果你想在一个城市一天之内领略三种以上的民族生活场景和文化精髓，西宁便是首选。西宁把分布在广袤天地间那些最古老、最普遍、最有情彩和质量的文化凹凸集纳起来，让它成了一个民族交融、风情黏连的立体浓缩版。城东的伊斯兰文化，浓烈如圣地麦加；城南的藏传佛教文化，原生如古佛临世；城中的儒道文化，坚实如城垣不摧。还有星罗棋布的移民文化和现代文化，使这座城市具有了民族交会地带人文呈现的所有特征。著名的东关清真大寺是汉式宫殿和阿拉伯寺庙的融合，而脊顶的镏金宝瓶以及鸣经楼上的小经筒却又彰显藏传佛教的经典饰风，这样的组合在世界上绝无仅有。西宁有两个大广场：中心广场和新宁广场。大广场就是大舞场，每天早晨和傍晚都有气势磅礴的千人集体舞，各个民族，男女老少，汇聚在这里狂舞锅庄。锅庄是遍布藏族聚居区的藏族圆圈舞，它可以消除疲劳和烦恼，产生爱情和喜乐。现在爱情照样产生，但已经跨越了民族界限，汉藏婚姻以先锋时尚的方式继续演绎着松赞干布和文成公主的故事，看着他们的下一代茁壮成长，你会发现那已经不仅是民族融合而是血液融合了。藏族人穿着汉服，汉民操着藏语，见你一声"乔得冒"（你好），分手一声"扎西德勒"（吉祥如意），很多场合都这样，你都分不清谁是谁了。我有一个朋友老家在北京，他总说"乔得冒您哪"，或者说"扎西德勒您哪"。说久了，连藏族朋友也学他："乔得冒您哪。"在藏族聚居区，汉族才是"少数民族"，因此首先是汉族人的藏化，这是生存的需要，比如你必须习惯喝奶茶、吃糌粑，必须遵从藏族的风俗习惯以及信仰等。其次才是藏族人的汉化，藏族人的汉化是一种走向进步的表现，是藏族自发而必然的趋势。

由于冬天漫长、夏天短暂，西宁人对绿色的追逐，跟牛羊是一样的，跟鸟儿是一样的，顽强执着得几近疯狂。只要有点树林子就能冒出个茶园，只要有个茶园就能常常爆满。喝茶，吃酒，唱歌，跳舞，城市和人群，在这里诠释出了最本真的意义，那就是不管生存多么忙累、艰难，人都要创造享受，享受附带着忧伤，因为一直不肯放弃的，还有期待。

> 西宁的佛爷藏里的经，
> 塔尔寺的宝瓶，
> 想烂了肝花花疼烂了心，
> 望麻了一对大眼睛。

我不认为这仅仅是一首情歌，西宁人的"大眼睛"望得更远，他们认为"藏里的经"才是值得"想烂""疼烂"的真经。所以，西宁成了青藏公路和青藏铁路的起始。

青藏公路和青藏铁路从西宁延伸而去，就像伸出两条结实的臂膀，紧紧搂定了西藏。青藏高原——青海和西藏，因为这两条命脉的存在，使亘古及今的一体联通变得可触可感。它既是整一的地理板块、区域板块、民族板块，又是整一的风情板块、文化板块、经济板块，它在不可分割也从未分割过的意义上，成为中国的信仰大陆、福音高地。而西宁就是高地的门户，是历辈达赖喇嘛和班禅活佛的尊师宗喀巴的诞生地，它发祥了藏传佛教格鲁派，并在一块八宝莲花的福地上，生长出了一棵十万叶片上自然描绘着十万狮子吼佛像的菩提树。六百多年前的西宁人意识到这是震惊世界的奇迹，在奔走相告的激动平息之后，垒起石板，围树造塔，于是有了"世界一庄严"的塔尔寺。

塔尔寺是信仰的灯塔，为的是把众生引向光明与和平、高尚与幸福。正是在这个意义上，藏传佛教格鲁派的塔尔寺从来不仅仅是藏族人的圣地，汉族人的心灵也大都有着对它的依附和崇敬。有一次，我捡了一把塔尔寺大金瓦殿前菩提树的叶子，带给一个汉族朋友久病不愈的母亲，告诉她这种树叶有祛除病魔的作用，这在我不过是给她一种心理安慰。但一个月以后，朋友告诉我，自从喝了那些树叶泡的水，母亲的病渐渐好了。我知道这位汉族母亲的心里早就耸立着神奇的塔尔寺，所以塔尔寺的树叶才是灵验的，是她和藏族人共同的信仰治好了她的病，而不是我或者树叶。

从格尔木到青海湖

格尔木是一座充满传奇色彩的城市,我把它称作瀚海之星。

五十多年前,彭德怀的民运部长慕生忠将军带领数万头骆驼往西藏运粮,听说有个地方叫格尔木,可以作为转运站,就穿越八千里瀚海的柴达木一直往前走。到了昆仑山下一个有草有水的地方,他把旗杆一插,告诉大家,这里就是格尔木。慕生忠的选择恰好契合了这个名字的内涵:格尔木,蒙古语意为"河流密集的地方"。

这就是这座城市的起源,这样的起源在流行"形而上"的青藏高原很容易变成神话,变成"创世记":疲惫不堪的行路者,把拐杖杵到地上说,这里将有一座城市,于是城市就拔地而起。伟大的事情都是不经意间做成的,伟大的人也是不经意间伟大的。格尔木最初是一座帐篷城、骆驼城,后来由于运输工具的变化和进藏物资的飞速增加,骆驼城变成了汽车城。再后来,为利用丰富的地下水,机关、厂矿和居民点纷纷打井,一时间水井密布,水塔遍地,这里又成了水塔城。接下来更是几年一变,因为察尔汗盐湖的开发和可以给地球人口提供一亿年食用盐的储量,它成了盐城;因为淘金人的涌入,它成了淘金城;因为输油管线和大型炼油厂的建成,它成了动力城。而现在,叫什么都已经不确切了,它就叫格尔木,一座被建设者和拓荒人用青春和生命架构而起的年轻的城市,一个在茫无际涯的戈壁瀚海之上,无可替代地枢纽着青海和西藏、和新疆、和甘肃、和北京乃至所有内地省份,成为航标式的西部大要塞。

需要提到的是,当年慕生忠的驼队是举着火把走进格尔木的,火把的意义除了照明和取暖，还有驱散蚊蝇和预防野兽。那是用遍地生长、易着耐燃的茨芭拉草制作的火把。后来驼队又举着火把走向了昆仑山、唐古拉山、念青唐古拉山，走向了拉萨以及贯通整个西藏的雅鲁藏布江流域，以令人惊羡的浪漫和勇敢，开通了天堂之路——青藏大通道。

我曾经许多次来到格尔木，把那些和我打过交道的人串联起来，就能看出这个城市的人群组合是如此奇特，人生是如此斑斓。他们之中有在铺设"格拉（格尔木至拉萨）输油管线"而青春早逝的士兵，有青藏兵站部运输团因高寒缺氧而落下后遗症终生痛苦的军官，有西藏驻格尔木办事处的在昆仑山口冻坏了双脚最后截肢的老司机，有二十世纪五十年代初牵着骆驼送十世班禅进藏和给粮荒时期的西藏运送"救命粮"的老驼工，有迄今仍然在格尔木的广阔天地春种秋收的山东知青，有在青藏公路改建中（1973年至1985年）十二年没洗过澡、没吃过青菜的工程师，有活到十六岁还没见过绿色植物的盐湖工人的后代，有在戈壁滩上三十年栽活三十棵树的两代道班工人，有去可可西里拿生命赌博人生的淘金客，有在抓捕盗猎藏羚羊、藏野驴的犯罪分子时九死一生的英雄。但给我印象最深刻的还是我在戈壁大坟场里看到的那些已经把自己的名字写上墓碑的人，他们来自天南地北，为了这座城市的耸起和发展，把血汗、生命、后代统统留在了这里。无法统计在形成一座城市的过程中需要牺牲多少人，只能感觉到人类的精神在开拓、创造、冒险、破天荒的层面上从来没有止息过，人类对自己的描述在每个时代都可能是崭新而悲壮的。

从格尔木往东直到柴达木的尽头，便是青海湖。

如果说格尔木是瀚海的心脏，青海湖则是一块闪闪发光的护心镜。这不仅是因为青海湖处在青海的腹心，更在于它的海拔高度和涨落大小直接描述着冰川的状况。而青藏高原——地球第三级的冰川，每一方的消融，每一滴的流淌，都准确预示着地球环境的优劣走向，预示着三江之源的青海有多少积冰给了长江，有多少古雪给了黄河，有多少储水给了澜沧江。由于冰川退化导致水资源不足，我们的青海湖——中国最大的咸水湖，多少年来，都是面积越来越小，水位越来越低的趋势。但就从前年开始，它涨了，大了，真的涨了，大了，而且直到今天还在涨，还在大。这是报答，是自然的恩惠！它的启示永远都那么朴素简单：只要我们给它一点点关爱，它就会给我们满怀的欢喜、无边的希望。

青海湖，古称青海，青海省因它而得名，它瘦了，青海就瘦了，它胖了，青海就胖了。

第三辑

藏獒的精神

远去的藏獒

一

一切来源于怀念——对父亲，也对藏獒。

在我七岁那年，父亲从三江源的玉树草原给我和哥哥带来一只小藏獒，告诉我们，藏獒是藏族人的宝，什么都能干，你们把它养大吧。

遗憾的是，这只小藏獒对我们哥俩很冷漠，尽管我们哥俩每天都在喂它，但它从来不主动接近我们，更不会讨好地冲我们摇尾巴。我们不喜欢它，半个月以后用它换了一只哈巴狗。父亲知道了很生气，但也没有让我们再换回来。过了两天，小藏獒就自己跑回来了。父亲很高兴，教育我们说："我早就知道它会跑回来。这就叫忠诚，知道吗？"

但我们依然不喜欢小藏獒，不仅不逗它玩，连喂它也是有一顿没一顿的。父亲说："你们好像不是我的儿子，居然不喜欢小藏獒，那我还是把它带回草原去吧!它在这里也不习惯,想家想得都没有精神了。"父亲回到草原上去了,那是他工作的地方。小藏獒离开了我们,一晃就是十四年。

十四年中我当兵,复员,上大学,然后成了《青海日报》的一名记者。第一次下牧区采访时,已经从三江源回到西宁的父亲说:"去牧区采访,第一要过生活关,就是要吃得惯牧民的手抓、糌粑、奶皮;第二要过行走关,也就是要学会骑马,不然你就寸步难行;第三要过藏獒关,你要喜欢藏獒,也要让藏獒喜欢你,否则牧民就不会信任你。我建议你去找旦正嘉,让他教教你。"我认识旦正嘉叔叔,他是父亲的房东,父亲带他来过我们家。

我去了。下了车,一路打听着走向了旦正嘉叔叔的碉房,远远看到一只硕大的黑色藏獒朝我跑来,四蹄敲打着地面,敲出了一阵殷天动地的鼓声。黑獒身后哗啦啦地拖着一根粗重的铁链,铁链的一头连着一个木橛子,木橛子腾腾腾地蹦起又落下。从碉房里跑出来一个老男人和一个老女人,看到眼前的情景,大声喊着:"酋格!酋格!"

黑獒好像没听见,更加凶猛地朝我跑来,越来越近了,只有十来步远了。老男人和老女人追过来,但他们离黑獒足有三十步远,根本不可能拦住它。眼看我就要被它扑倒在地了,老女人尖叫一声,一屁股坐在地上,不敢看似的双手捂住了脸。老男人咚的一声跪下,朝着天空喊道:"佛爷佛爷,酋格要咬死人了,快让它不要,不要……"

我害怕得不知道怎么办好,死僵僵地立着,连发抖也不会了。但是谁也没想到,就在离我只有两步的时候,黑獒突然停下了,屁股一坐,一动不动地望着我。老男人跑过来,一把拽住铁链,又扑倒在地抱住了硕大的獒头。我长舒一口气,叫了一声:"旦正嘉叔叔。"旦正嘉仔细看看我，恍然大悟地丢开紧抱着的獒头说："原来是你啊，怪不得酋格没有咬你。"

往家里走的时候，旦正嘉说："酋格认出你来了。你大概忘了吧，它去过你们家。"我想了半天才说："它就是那只小藏獒啊？都十四年了，它还能认识我？"旦正嘉说："它比人的记性好，十四年算什么？只要它不死，就能认识你。你看它使了多大的劲，都把钉在地上的木橛子拔出来了。它要是不认识你，不会这么用力。"

我在旦正嘉叔叔家住了半个月，学会了骑马，煮奶茶，拌糌粑，还让旦正嘉的儿子强巴带着我到处走了走。当然这期间我最关注的还是黑獒酋格。它是一只你仅仅喂了它一个月，但十四年以后它还能认得你，还能把你当作亲人的狗；是一只你给它做了一天的主人，它都会牢记你一辈子的狗。仅凭这一点就足以让我对它肃然起敬，足以让我反躬自省：我们，人类，是不是太多了一些朝三暮四者、昨是今非者、反复无常者、"一阔脸就变"者、翻脸不认人者？我依稀想起黑獒酋格小时候的情形：在我们家中，在我们哥俩把它用一只哈巴狗换给别人之后，在我们不喜欢它，不愿意理睬它，连喂它也是有一顿没一顿的时候，它是多么委屈啊。

启发我热爱藏獒的酋格，黑狮子一样威武雄壮的酋格，很快老了，死了。它死后不久我就成了三江源的常驻记者，一驻就是六年。这六年里，父亲和一只他从玉树带去的藏獒生活在城市里，而我和许多以前从未见过面但一见之下就对我十分亲热的藏獒生活在草原上——后来我知道，这是因为它们是熟悉父亲的藏獒，而我身上神秘地遗传着父亲的味道和一些别的信息。父亲在草原上先后生活了将近二十年，做过记者，办过学校，搞过文学，也当过领导。草原上流传着许多他和藏獒的故事，就像我在小说里描写的那样，传奇而迷人。可以说父亲是最早对藏獒产生浓厚兴趣的汉人,无论他做什么,他总是在自己的住所喂养着几只藏獒。父亲喂养的都是品貌优良的母獒,母獒们一窝一窝下着崽,他就不断把小狗崽送给那些需要它们和喜欢它们的人。所以他认识和认识他的藏獒,跟他有过喂养关系的藏獒,遍布三江源的玉树草原、囊谦草原、曲麻莱草原、杂多草原。有个藏族干部对我说,十年动乱中他们这一派想揪斗父亲,研究了四个晚上也没敢动手,就是害怕父亲的藏獒报复他们。他说:"草原上走到哪里都是你父亲喂过的藏獒,防不胜防。"我替父亲庆幸,也替我自己庆幸,因为正是这些灵性威武的藏獒,让我发现了父亲,也发现了我自己——我有父亲的遗传,我其实跟父亲是一样的。

是的,在常驻三江源的六年里,父亲给我的遗传一直发挥着作用,使我不由自主地像他那样把自己完全融入了草原,完全像一个真正的藏族人那样生活着。我很少待在州委所在地的结古镇,而是一头扎在了对于城镇来说更加边远的杂多草原、曲麻莱草原和康巴人的囊谦草原。我有时候住在父亲住过的房东家,有时候住在牧民的帐房里,有时候住在寺院的僧舍里,因为在这些地方,我会天天看到日渐变少的藏獒,并在它们的生活中扮演一个朋友的角色。我穿着藏袍,骑着大马,参加所有的牧业生产活动、所有的节日活动和所有的佛事活动,和牧民们混在一起,喝酒,吃肉,放牧,喂狗,议论他们的家长里短,帮助他们解决婆媳矛盾,邻里纠纷。那时候的记者,尤其是像我这样生活在边远牧区的记者,工作任务是很轻的,一两个月写一篇报道就已经算得上敬业了,我有的是时间忘情忘怀地去做我愿意做的一切。常常是这样:骑着马,带着房东或者寺院的藏獒,走向很远很远的草原,醉倒在牧人的帐房里。我那个时候的理想就是:娶一个藏族姑娘,和父亲一样养一群藏獒,冬天在冬窝子里吃肉,夏天在夏窝子里放牧,偶尔再带着藏獒去森林里雪山上打打猎,冒冒险什么的。我好像一直在为实现我的理想努力着,几乎忘了自己是一名常驻记者。

有一次我在曲麻莱喝多了青稞酒,醉得一塌糊涂,半夜起来解手,凉风一吹,吐了。守夜的藏獒跟过来,二话不说,就把我吐出来的东西舔得一干二净。结果它也醉了,浑身瘫软地倒在了我身边。我和它互相搂抱着在帐房边的草地上酣然睡去。第二天早晨我迷迷糊糊醒来,摸着藏獒寻思:我身边是谁啊,是这家的主人戴吉东珠吗?他身上怎么长出毛来了?

这件事儿成了我的笑话,在草原上广为流传。姑娘们见了我就咏咏地笑,孩子们见了我就冲我喊:"长出毛来了,长出毛来了。"介绍我时,再也不说我是记者,而是说:"这就是与藏獒同醉、说戴吉东珠长出毛来了的那个人。"牧民请我去他家做客,总是说:"走啊,去和我家的藏獒喝一杯。"

那时候的我是有请必去的。一年夏天,我去结隆乡的牧民尕让家做客,住了短短一个星期,他家那只大黑獒就和我产生了深厚的感情,感情深到它一天不见我一面,就会满草原寻找。我猜想,它一定是一只父亲喂养过的藏獒,而且已经意识到了我跟父亲的关系,不然不会对我如此依恋。几年后我要离开草原,正好是从结隆乡出发的。大黑獒看我打起行装坐进了汽车,知道这是一次长别离,就对汽车又扑又咬,牙齿都咬出血来了。在它的意识里,我是迫不得已才离开它的,而强迫我离开的,正是这辆装进了我的该死的汽车。后来我听别人说,我走了以后,大黑獒一个星期不吃一口食,不喝一口水,趴在地上死了一样,好像所有的精气神包括活下去的意念都被我带走了。主人没了办法,就把一只羊杀了,又从狼皮上薅下一些狼毛,沾在死羊身上,扔到它面前,怒斥道:"你是怎么看护羊群的?羊被狼咬死了你都不管,那我养你干什么?你看看,你看看,看到狼毛了吧?狼呢?还不赶快去找。"大黑獒大受刺激,草原上狼已经很少很少,它都有一年没咬过狼了,没想到就在它因感情受挫而一蹶不振的时候,狼会乘虚而入。它立马摇摇晃晃站起来,吃了一点,喝了一点,按照一只藏獒天赋的职守看护羊群牛群去了。

遗憾的是,以后我多次回到结隆乡,再也没有见到牧民尕让和深深眷恋着我的大黑獒。听说他们迁到别处去了,因为这里的草原已经退化,牛羊已经吃不饱了。

二

很不幸我结束了三江源的常驻生涯,回到了我不喜欢的城市。在思念草原思念藏獒的日子里,我总是一有机会就回去。雪山、草原、骏马、牧民、藏獒、奶茶,对我来说它们是藏族聚居区六宝,我在精神上一生都会依赖它们,尤其是藏獒。我常常想,我是因为父亲才喜欢藏獒的,父亲为什么喜欢藏獒呢?我曾经问过父亲,他想了想说:"藏獒好啊,不像狼。"那时候还没有"狼文化"这一说,但父亲却超前地思考着狼,因为在父亲钟情藏獒的时候,无意中按照草原人的思维习惯,把狼看成了藏獒的对立面。

有一次我对父亲说起报纸上的一篇文章,那篇文章把藏獒说成是狼的演化。父亲听了非常生气,几乎是拍案而起。他说:"照它这么说,狼成了藏獒的祖先了?胡扯!狼怎么能和藏獒比呢?我在草原上生活了几十年,我了解狼。"于是就开始比较,开始总结。他说,狼是欺软怕硬的,见弱就上,见强的就让,一般不会和势力相当或势力超过自己的对手发生战斗;藏獒就不一样了,为了保卫主人和家园,再硬的对手也敢拼，哪怕牺牲自己。狼一生都在损害别人，不管它损害的理由多么正当；藏獒一生都在帮助别人，尽管它的帮助有时是卑下而屈辱的。狼的一贯做法是明哲保身，见死不救；藏獒的一贯做法是见义勇为，挺身而出。狼是自私自利的，藏獒是大公无私的。

狼是奸诈的盗贼，藏獒是光明的公仆。狼始终为自己而战，最多顾及子女；藏獒始终为别人而战——朋友、主人，或者主人的财产。狼以食为天，终生只为食物活着；藏獒以道为天，它们的战斗早就超越了低层次的食物需求，而只在精神层面上展示力量——为了忠诚，为了神圣的义气和职责。狼的生存目的首先是保存自己，藏獒的生存目的首先是保卫别人。狼的存在就是事端的存在，让人害怕；藏獒的存在就是和平与安宁的存在，让人放心。狼动不动就翻脸，就背叛群体和狼友，所谓"白眼狼"说的就是这个；藏獒不会，它终生都会厚道地对待曾经友善地对待过它的一切。

父亲的思考一直延续着，后来他又对我说，他太了解草原了，草原上的牧民最恨的就是狼，狼最没有德行，是人的对手。牧民最爱的是藏獒，藏獒有德行，是人的伙伴。就说吃吧，为了抢到一块肉，狼群里的强者会毫不客气地咬伤弱者。如果在进攻目标时，对方咬死了自己的同伴，它们抢着要做的不是奋起报仇，而是吃掉同伴，尽快填饱自己的肚皮，虽然吃肉的事情成功了，道德的水准却丧失得一干二净。狼是群集动物，尤其在冬天，大雪封山，冰天雪地的时候，它们会成群结队地追踪撕咬猎物。一旦猎物到手，首先得到满足的是头狼和它的妻小，下来是少数几个跟头狼亲近的得宠者，跟着头狼盲目厮杀的大部分狼有时候连一点残血碎肉都得不到。除非狼群杀死一只大动物，头狼和它的妻小以及得宠者吃不完，才会分给别的狼一点。也就是说，狼群的团队精神并不是为团队的每一个成员服务的，团队行动的结果根本不可能是人人得利。藏獒就不一样了，藏獒的一贯做法是，奋不顾身、大义凛然、先人后己、任劳任怨。獒群里的獒王也决不会把别人辛苦得来的食物窃为己有，它的任务首先是保护大家，是率领大家共同生存，共同吃肉，共同为人类服务。说得绝对一点，在草原上，在牧民们那里，道德的标准就是藏獒的标准。人们对藏獒的热爱实际上就是对道德的热爱。最后，父亲说，他还是那句话，狼和藏獒的反差这么大，绝对不可能是同宗同源。你可以喜欢狼，但你千万别把狼和藏獒扯到一起。

从父亲的这些话里，我恍然明白，父亲喜欢藏獒其实就是喜欢它们那种沉稳刚猛而又宽宏仁爱的精神，喜欢那种他总结出来的藏獒之德：放牧骏马牛羊，奔走万里雪山，驱逐豺狼虎豹，守护主人家园，感知凶吉祸福，不避苦难艰险。父亲反感狼，也是因为他看到的以"吃掉"对方为目标的狼的精神太野蛮太残酷。他始终认为，在人的身上，狼的精神太多太多，藏獒的精神太少太少。中国近代过于频繁的政治运动，都是"狼性精神"的一次次爆发，而忠诚磊落、见义勇为的"藏獒精神"却在连续不断的"运动"中一次次受挫，一次次销蚀。所以当父亲评价那些喜欢整人的人、剥夺别人生存权利的人、窝里斗的人、阴险诡诈的人时，总是说："那是一条狼。"而在一本《公民道德准则》的小册子上，他郑重其事地写下了"藏獒的标准"几个字。父亲以总结历史的口气对我说："我们需要在藏獒的陪伴下从容不迫地生活，而不需要在一个狼视眈眈的环境里提心吊胆地度日。"

其实父亲的感想也不难猜测，肯定和我一样，因为我也不喜欢狼。我觉得大凡真正喜欢藏獒的人，都不喜欢狼。现在有人提倡向狼学习，还说我们的祖先都是因为学了狼的本领，才有了他们的胜利和地盘，这是片面的。要说学习，那也是向所有的动物学习：向老虎学

藏獒的精神

习勇武，向狮子学习威仪，向豹子学习敏捷，向牛学习力量，向狗学习忠诚，向羊学习繁殖能力，自然也要向狼学习一点什么。我们的祖先包括马背上的民族，有过虎崇拜、狮子崇拜、豹崇拜、马崇拜、牛崇拜、羊崇拜、狗崇拜、熊崇拜、鹰崇拜、鹤崇拜、象崇拜、驴崇拜、骆驼崇拜、黄鼠狼崇拜等，自然也有狼崇拜。很多人不了解情况，就说我们的祖先只有狼崇拜。其实我们没有必要夸大"狼崇拜"的作用和力量，因为在狼的精神里，蕴含着掠夺的残酷和生存的紧张，蕴含着仇恨与战争、不公与欺凌、私欲的恶性膨胀与两极分化，蕴含着对弱势群体生存现状的漠视和把不合理变成合理的危险，蕴含着给巧取豪夺、损公肥私寻找借口的倾向。虽然可以说狼的种种不良举动取决于它的生存法则，但天经地义的生存法则决不能改变同样也是天经地义的我们的道德评判，因为我们毕竟不是狼。在人类社会里提倡狼的精神，恰恰说明我们的道德水准正在下降，我们的精神正在被物欲、金钱、权势蒙垢。一个人、一个社会，发愤追求的，应该还是公正、道德、和平、幸福，以及用"藏獒"的无私和勇敢挽救弱者、平等均富、营造和谐等，而不是用"狼"的自私和贪婪让贫者更贫，让富者更富。

一个企业家、一个商人，自然可以把"兼并""收购""牟利"的"狼性精神"看成是成功的标志，但如果他同时又是一个"藏獒精神"的实践者，是一个保护弱小、帮助他人和贡献社会的慈善家，那就不仅是企业的成功，也是人格和形象的成功。而人格和形象的成功，才是一种高境界的成功。有一种世俗的见解：如果你不做一匹狼，就必然是一只被狼吃掉的羊。当大家都不愿意做羊的时候，就总想把自己变成狼。我想说的是，在这个世界上，不想做狼的人们，并不一定就是一只会随时被吃掉的羊；不想做羊的人们，也不一定要做一匹自私害人的狼。我们还有第三条路可以走，那就是做一只堂堂正正的藏獒，它可以制约狼的猖獗，不让狼性肆意泛滥，还可以保护那些软弱的羊。总之，藏獒身上有那么多人类社会非常需要又非常缺乏的优秀品质，它让我们迷恋，让我们觉得毕竟我们还没有缺失道德的标杆和人性的魅力，毕竟人类还是认同了藏獒与生俱来的精神气质而让它们成了自己永远的伴侣。

三

不错，是有一种"藏獒精神"漂漂亮亮地存在着，这种存在支撑了父亲的一生，使他在晚年总是沉浸在这样的怀想中：藏獒回到他的生活中来，或者他回到藏獒的生活中去。当我知道父亲的怀想就是他活着的意义时，我同时也就知道，总有一天我会写一本关于藏獒的书，里面的主人公除了藏獒就是"父亲"。

藏獒是由一千多万年前的喜马拉雅巨型古鬣犬演变而来的高原犬种，是犬类世界唯一没有被时间和环境所改变的古老的活化石。它曾是青藏高原横行四方的野兽，直到六千多年前，才被人类驯化，开始了和人类相依为命的生活。作为人类的朋友，藏獒得到了许多当之无愧的称号：古人说它是"龙狗"，乾隆皇帝说它是"狗状元"，藏族人说它是"森格"（狮子），藏獒研究者们说它是"国宝"，是"东方神犬"，是"世界罕见的猛犬"，是"举世公认的最古老、最稀有、最凶猛的大型犬种"，是"世界猛犬的祖先"。公元1240年成吉思汗的后裔攻克欧洲后，把跟着他们南征北战的猛犬军团的一部分——三万多只藏獒留在了欧洲，这些纯种的喜马拉雅藏獒在更加广阔的地域杂交繁育出了世界著名的大型工作犬——马士提夫犬、罗特威尔犬、德国

藏獒的精神

大丹犬、法国圣伯纳犬、加拿大纽芬兰犬等。这就是说,现存于欧亚两陆的几乎所有大型凶猛犬种的祖先都是藏獒。公元1275年意大利探险家马可·波罗这样描写了他所看到的藏獒:"在西藏发现了一种从未见过的怪犬,它体形巨大,如同驴子,凶猛声壮,如同狮子。"

父亲把这些零零星星搜集来的藏獒知识抄写在一个本子上,百看不厌。同时记在本子上的,还有一些他知道的传说,这些传说告诉我们,藏獒在青藏高原一直具有神的地位。古代传说中神勇的猛兽"狻猊",指的就是藏獒,因此藏獒也叫苍猊。在藏族英雄格萨尔的口传故事里,那些披坚执锐的战神很多都是藏獒。同时藏獒也是金刚具力护法神的第一伴神,是盛大骷髅鬼卒白梵天的变体,是厉神之主大自在天和厉神之后乌玛女神的虎威神,是世界女王班达拉姆和暴风神金刚去魔的坐骑,是雅拉达泽山和采莫尼俄山的山神,是通天河草原的保护神。而曾经帮助二郎神勇战齐天大圣孙悟空的哮天犬,也是一只孔武有力的喜马拉雅藏獒。

关于藏獒的知识和传说给了父亲极大的安慰,尤其是他从玉树草原带回家的那只藏獒老死以后,它们便成了父亲和藏獒接触的唯一通道。有一阵儿,父亲很高兴,因为他从报纸上看到了关于藏獒集散地的介绍和藏獒繁殖基地的广告,看到了藏獒评比和藏獒展示会的消息。他把它们剪贴下来,还用毛笔在剪贴本的封面上写了"千金易得,一獒难求"八个字。但是渐渐地,他就变得忧虑重重了,总是说:"这恐怕不行吧?这怎么可以呢?藏獒毕竟不是宠物。"现在想起来,父亲的忧虑不是没有道理的。藏獒是一种高素质的存在,是游牧民族借以张扬游牧精神的一种形式。在它的身上,体现了牧家生存的需要和草原凌厉风土的塑造,集中了草原的野兽和草原的家兽应该具备的最好品质：孤独、冷傲、威猛和忠诚、勇敢、献身以及耐饥、耐寒、耐一切磨砺。一旦把藏獒当作宠物养起来，每天定时定量地给它们喂食，无微不至地给它们梳毛，洗澡，打针吃药，牵着它们在光滑干净的地面上遛弯儿；一旦饱食终日、无所作为的生活让它们变得闲散懒惰，狗中贵族的身份让它们日益成为活生生的玩偶，没有挑战甚至摧残的成长让它们陶然欲醉，养尊处优、好逸恶劳的习惯成为必须和必然，这样的藏獒还能保持伟岸健壮、凛凛逼人、狂野刚猛、疾恶如仇的特性吗？

藏獒是壮士，是龙骧，是虎贲，是"能杀才能生，能憎才能爱"的勇愤之狗，是"倘受了伤，就躲入深林，自己舐干，给谁也不知道，大抵休息一会儿，就仍然站起来"的不屈之灵，是"敢于直面惨淡的人生，敢于正视淋漓的鲜血"的哀痛者和幸福者。而不是世代簪缨的公爵，更不是"绣花也感累昏头"的闺中小姐或虚有其表的裙屐少年。它们的生命只能在回归严酷自然和承担生活责任的状态中，走向拔山扛鼎的境界。

父亲和我都有过这样的预言：离开草原进入宠物社会的第一代藏獒有可能还会是凶猛威武、忠诚勇毅的，但到了第二代、第三代就很难说还会延续这种既属于藏獒也属于高原大野的风采了。因为藏獒素质的形成，除了遗传和血统，更重要的是环境的熔铸打磨，是狗和自然、狗和人类互为依存、艰难发展的必然结果，是青藏高原的特殊环境发育和雕塑出来的一种特殊的生命质量。如果不能让它们奔驰在缺氧至少百分之五十的高海拔原野，不能让它们啸鸣于零下四十摄氏度的冰天雪地，不能让它们时刻警惕和发现十里、二十里之外的狼情和豹情，不能让它们把牧家的全部生活担子扛压在自己的肩膀上，它们的嗅觉、听觉、视觉以及大脑的思维、反应的能力、打斗的力量、出击的速度就都会严重退化，骨骼、肌肉、内脏、体魄、毛发、皮肤、内分泌等也会离开原有的模样走向衰弱和异变。

更让父亲担忧的是，即使我们不把藏獒当作宠物豢养在温室里而是放归雪山草原，它们同样也面临着退化衰变的危险。因为古老的藏獒赖以生存的原始生态正在消失，狼、豹、熊等野兽在人类的大肆猎取之下越来越少，甚至到了濒临绝种的地步。当藏獒借以磨炼斗志、称雄扬威的对手不存在了的时候，它们还能像它们的祖先那样笑傲草原吗？它们的精神和能力是不是也会像它们所处的环境那样严重衰退呢？事实上，在辽阔的青藏高原，在我离开之后每隔一两年都要回去一趟的三江源地区，现在已经很难找到真正纯粹的藏獒了。父亲的藏獒，已经一去不复返了。

四

在对藏獒的怀想中，父亲与世长辞了。

我和哥哥把父亲那个零零星星抄写了许多藏獒知识的本子，和那个封面上写着"千金易得，一獒难求"八个字的剪贴本，一页一页撕下来，和纸钱一起烧在了父亲的骨灰盒前。父亲，你终生的爱好跟你去了，你的藏獒跟你去了。假如真的有来世，一定还会有藏獒陪伴着你。

第二年春天，我们的老朋友旦正嘉的儿子强巴来到了我家，捧着一条哈达，里里外外找了一圈，才知道父亲已经去世了。他把哈达献给了父亲的遗像，然后从一个旅行包里拿出了他带给父亲的礼物。我们全家都惊呆了，那是四只小狗！不！是四只小藏獒。这个像藏獒一样忠诚厚道的藏族人，知道父亲一辈子喜欢藏獒，在偌大的三江源地区千辛万苦地寻找到了四只品系纯正的藏獒,想让父亲有一个充实愉快的晚年。可惜父亲已经走了,再也享受不到藏獒带给他的快乐和激动了。

四只小藏獒是两公两母,两只是全身漆黑的,两只是黑背黄腿的。旦正嘉的儿子强巴说:"我已经想好了,它们是兄妹配姐弟,就好比草原上的换亲,妹妹给哥哥换来了媳妇。"说着,过家家一样把小藏獒按照他安排好的夫妻一对一对放在了一起。

母亲和我们赶紧把它们抱在怀里,喜欢得都忘了招待客人。我问强巴,已经有名字了吗?他说还没有。我们立刻就给它们起名字,最强壮的那只小公獒叫冈日森格,它的妹妹叫那日。最小的那只母獒叫果日,它的比它壮实的弟弟叫多吉来吧。这些都是父亲给他养过的藏獒起的名字,我们照搬在了四只小藏獒身上。而在写这部小说的时候,我又用它们命名了我的主人公,也算是对父亲和四只小藏獒的纪念吧。

送来四只小藏獒的这天,是父亲去世以后我们家的第一个节日。这个节日让我们喜悦得几近疯狂,也让我们在忘乎所以的炫耀中埋下了悲剧的种子。两个星期后,我们家失窃了,什么也没丢,就丢了四只小藏獒。

寻找是不遗余力的,全家都出动了。我们就像丢失了自己的孩子,疯了似的在城市的大街小巷一声声地呼唤着:"冈日森格,多吉来吧,果日,那日。"听不到它们的回音,就觉得肯定是朋友在跟我们开玩笑,他们把四只小藏獒藏了起来,等我们着急够了,就会送还给我们。但是没有,我们找遍了所有能想起来的朋友的家,都没有找到四只小藏獒。

以后的日子里,我和家人漫无目的地到处乱找,找了一个月,两

藏獒的精神

个月,三个月,又通过托人、报警、登报、悬赏等办法,找了整整两年,这才意识到,父亲的也是我们的四只小藏獒恐怕已经找不到了。偷狗的人一般是不养狗的,他们很可能是几个狗贩子,用损人利己的办法把四只小藏獒变成了钱。能够掏钱买下小藏獒的,肯定也是喜欢藏獒的,他们不至于虐待它们吧?他们会尽心尽力地喂养好它们吧?就是不知道,四只小藏獒是不是在一个主人家里,或者它们已经分开,天各一方,各过各的生活,完成各自的使命去了。

我们全家万般无奈地放弃了寻找四只小藏獒的愿望,因为它们已经不是四只小藏獒,它们早就长大,该做爸爸妈妈了。我在这里只想告诉那个或者那些收养着它们的人,请记住它们的名字:"冈日森格"是雪山狮子的意思,"多吉来吧"是善金刚的意思,"果日"是草原人对以月亮为表征的勇健神母的称呼,"那日"是他们对以乌云为表征的狮面黑金护法的称呼。"果日"又是圆蛋,"那日"又是黑蛋,都是藏族人给最亲昵的孩子起乳名时常用的名字,说明草原人对"果日"和"那日"是既亲昵又敬畏的。

我希望收养它们的人能像草原人像父亲一样对待它们,千万不要随便给它们配对。冈日森格、多吉来吧以及果日和那日,只有跟纯正的喜马拉雅獒种生儿育女,才能在延续血统、保持肉体高大魁伟的同时,也保持精神的伟大和品格的高尚,也才能使它们一代又一代地威镇群兽,卓尔不群,铁铸石雕,钟灵毓秀,一代又一代地成为人类生活的一部分。

此刻,窗外已是微曦阵阵,藏獒燃烧的精神正在黎明的突围中凸现成天际一抹奋勇的霞影,我听到草原不朽的绿风正在耳际回荡,看到雪山之光正在浩浩然奔涌而来。而在青藏高原的怀抱中,在三江源的臂弯里,藏獒爸爸已经上路了,它带着清晨一样透明而滴血的深情,跑向了千里之外那只独一无二的藏獒妈妈。

冈日森格、多吉来吧、果日和那日,你们究竟在哪里?父亲和我们共同的朋友,你们究竟在哪里?草原悲逝的藏獒,中国远去的天骄,你们究竟在哪里?魂归来兮,魂归来兮。

《藏獒》之外的藏獒

　　昆仑山下的阿尔顿曲克草原曾经是哈萨克人的驻牧地，现在一个人也没有了。三十年前，我在这里赶牛羊，骑骆驼，做了半个月的牧人。我住在牧人的帐篷里，最大的苦恼是深夜不敢出去小解，因为外面游荡着守夜的藏獒。虽然我和它们白天相处得不错，但夜里就很难说了，我出去再进来，它们把我当成了贼怎么办？一天夜里，尿憋得实在受不了，我只好跪着，把尿解在我的皮鞋里，再把皮鞋从帐篷下面塞出去，泼掉里面的尿。偏偏我在白天喝了许多奶茶，一泡尿接了满满五只鞋才接完。第二天，太阳一晒，皮鞋就变形了，两头翘起来如同一只歪葫芦，穿在脚上根本没办法走路，只好扔掉。但扔了几次，不管我扔多远，皮鞋最终都会回到我身边。原来一只黑色藏獒在辛劳地为我服务着，它总以为是我丢了皮鞋而不是扔了皮鞋。我离开时还带上了这只不能穿的皮鞋。牧人说："你看我家的藏獒对你多好啊，你已经是它的主人了。你要是不带走，它还会叼着皮鞋去追你。"我说："早知道它把我当成了主人，我就没必要用皮鞋接尿了。"

第三辑 藏獒的精神

皮鞋是藏獒带给我的损失，但我不能对它们有丝毫的怨恨，因为对它们的家园来说，我是一个摸不清底细的外来者，它们的威慑是天经地义的。我欣赏藏獒的立场：在它们的眼里，人只分两种——主人和敌人，没有既亲又疏、亦友亦敌、忽左忽右、时好时坏的中间人物，所有的中间人物、骑墙人物、两面三刀的人物，都是坏人，自然也就是敌人。虽然它不一定马上咬死这样的敌人，但它时刻监督着你，时刻准备着向你发起进攻。

我庆幸这家的藏獒把我当成了主人。可惜我要离去了，更可惜的是，离去后我再也没有见过这家牧人和他家的藏獒。等我有机会再来此地时，这里已经没有人烟了。

在康巴人的囊谦草原，我和三只牛犊大的金黄色藏獒狭路相逢。它们是从路边的石墙后面冒出来的，堵挡在我必须经过的地方一声不吭地望着我。我停下了，我知道一声不吭便是藏獒咬人的序曲，更知道它们在一开始出现的时候就已经选择好了适合扑咬的最佳距离：二十米，只有二十米，从助跑到咬住我只需要五六秒钟，我根本不可能逃走。好在我已经是一个"老牧区"了，非常紧张但没有惊慌失措。我慢慢地脱下了衣服，心想一旦藏獒扑来，就先把衣服迎头抛出去。它们肯定会首先扑向衣服，趁这个机会，我转身逃跑，能跑几步是几步。三只藏獒都张了张利牙狰狞的嘴，马上就要行动了，危险即刻就要到来。

正在这个时候，我身后传来一个牧民焦急的喊声："磕头，磕头。"我回头望了他一眼。他又是比画又是说："磕头，磕头。"他是一个朝拜者，正在磕着等身长头匍匐而来。我一下子明白了这位牧民的意思：只有磕头才能挽救我。我的前面是囊谦寺，所有来这里朝拜的人藏獒未必都认识，但它们绝对不咬磕头朝拜的人，因为它们天天看到的就

藏獒的精神

是这样的人，已经司空见惯了。于是我把衣服裹在了腰里，朝着藏獒身后的寺院磕起了等身长头，嘴里还念叨着"唵嘛呢叭咪吽"的六字真言，慢慢地接近着藏獒。

三只藏獒让开了，但并没有离开，似乎有点奇怪地研究着我：怎么一个穿汉服的人也在磕头？我在心惊肉跳中和它们擦肩而过，过去了很远，才停止了磕头，回头再看那三只藏獒时，它们已经不见了。我长舒一口气，脑子里蓦然冒出一个词来：护法金刚？莫非它们是护法金刚的异体化身，来这里告诉人们：只有虔诚的朝拜者才能通过这里走向囊谦寺？我寻找那个教我用磕头躲过了一劫的牧人，发现他离我越来越远了。他是在一丝不苟地磕头，每一个动作都做得标准而到位；而我是以磕头的方式逃之夭夭的，动作肤皮潦草，能省略就省略，连额头必须触地、必须蹭到泥土这样的细节也忽略不计了。幸亏三只藏獒没看出来。

那年冬天，在九曲黄河第一去湾的河南蒙古族自治县，县长对我说，我们这里野狗多，你采访的时候千万要小心。说罢交给我一根半尺长的腿骨，并说它是豹子的骨头，人只要把它揣在身上，狗就不敢近身了。果然是这样的，在县城和宁木特公社采访的那些日子里，我腰里别着这根豹骨，走到哪里哪里的狗就会远远地躲开，几乎是屡试不爽的——只听见狗在汪汪地叫，越叫越远，越叫越远，最后就声影俱消了。但是在去种畜场的那天，我差一点因为这根豹骨而惨遭不幸。

下午，我正在棚圈里参观优良的河曲种马，一只灰色的大狗从老远的地方奔腾而来。陪同我的场长愣了，紧张地问道："你身上有什么？"我说："豹子骨，吓狗的豹子骨。"场长喊起来："扔掉，快扔掉。"我赶紧从腰里拔出了那根豹骨。场长一把夺过去，使了最大

第三辑 藏獒的精神

的劲儿朝前扔去。大狗的奔跑改变了方向，径直扑向了那根豹骨。我们远远就听到了它咬碎豹骨的咔嚓声。蒙古族的场长擦着脸上的汗珠说："太危险了，你怎么敢带着豹子骨到我们这里来，我们这里有一只藏獒。"

当所有的狗闻到我身上的豹子气息而纷纷远离的时候，只有一只狗狂猛地迎我而来，因为它是藏獒。藏獒是一见凶残的野兽就要愤怒，就要拼个你死我活的，如果我是一只真正的豹子，我相信藏獒也一定会把我打败。

经常去草原的人大都有这样的经历和感受：草原上的一切都是温柔而亲切的——孤独的人、寂寞的马、结队的牛、成群的羊，还有炊烟袅袅的帐房、五彩斑斓的风马、曲曲弯弯细又长的小路，甚至一摊摊黑色的牛粪、一只只时刻伴随着人群的乌鸦，都给人一种冬日阳光的感觉。看到了它们，你就等于看到了依靠，看到了茫茫孤涯、漫漫羁旅中的栖身之所、温饱之地。唯独藏獒是一种威猛而警惕的存在，它们对除了主人以外的所有人都充满了怀疑，对一切敌意和非敌意的闯入者都抱着防患于未然的态度，只要它认为你有无法信赖的举动、难以把握的眼神以及不合常规的衣着，就会死死地盯着你。更有一些心浮气躁的藏獒干脆省去了盯人、琢磨人的过程，甚至都懒得用它们那低沉的豹子似的声音打一声招呼，一见陌生人走近就会本能地行动起来。这样的行动大致可分为三个连贯的步骤：首先它张大嘴露出满嘴的利牙发出进攻的信号；其次它抖动长毛、抖起满身的尘土一跃腾空；然后它裹挟着疾风、刨动粗大的四腿呼啸而来。人吓坏了，头皮木了，头发直了，呼吸一下子没有了。只听哗啦一声响，威猛的藏獒直立着停下了。这是铁链的声响，粗大的三米长的铁链死死地拽住了一颗已经发射出去的骨肉的导弹。

藏獒的精神

铁链是藏獒的法律，是主人对它的限制。我见过的拴狗的铁链大都是用指头粗的铁条打造而成的，镣铐一样拖在地上哗啦啦响。牧人们明白，虽然他们豢养的狗也许是天下无敌的好汉，但它的天职是看家护圈而不是伤害人身，哪怕对方是真正的坏人。所以藏獒只在豺狼虎豹出没而人需要休息的夜晚才有行动的自由，天一亮牧人和"法律"就会出现在它们面前，铁链锁定它们的一刹那，它们就注定成了背景和道具，而不再是主导事件以及生活流程的角色。也就是说，更多的时候，藏獒只是一种威猛的象征，只是一个凛然不可侵犯的比喻，而并不等于牧家的风貌和威猛本身。

草原上的情形往往是这样的：家狗越凶猛它的主人就越善良，或者说越是善良的牧人就越会喂养凶猛的藏獒，因为他们需要用狗来弥补自己的不足，用家养的猛恶来安慰自己的赢弱，就好比皇帝喜欢用龙来描绘自己的背景，朝廷喜欢用虎符作为验证大臣身份的标记，大王喜欢用豹皮来铺垫自己的座椅，古人喜欢用饕餮来装饰青铜器皿一样。不同的是，藏獒作为象征是活生生的，而皇帝、朝廷、大王、古人都是把传说或者尸体当作了自己的图腾。当藏獒面对吃羊的狼和豹子的时候，它永远是一首自由愤怒的诗，是一支狂飙突进的歌，它的五脏六腑会因为仇恨而剧烈搏动，它的精神会因为强烈的使命感而更加强大。

不错，是有一种藏獒精神漂漂亮亮地存在着，你对藏獒知道得越多，就越觉得正是这种精神挽救了一个犬种的命运，使它们在漫长的历史中成了草原生活的重要组成部分而没有被淘汰出局；成了决定牧人生死存亡的可靠伴侣而始终拥有家庭成员的地位。牧人们常常会发自内心地说："你看我家的狗，多好啊，给我一座金山我也不换。"用这样的语言来说明他对自家藏獒的偏爱自然有其表述的夸张，但当你知道每当灾难来临,藏獒的超常表现往往比任何强大的关注和支援更为重要、更有青藏风格的时候,你就会觉得牧人的语言竟是如此质朴,竟是夸张得不够。

1986年冬天,我在采访玉树大雪灾期间,曲麻莱的牧民东珠加告诉我,他们一家住在雅合山下的喇嘛沟里,根本就不知道直升机已经把救援物资空投下来了,是他的藏獒凭着灵敏的嗅觉闻到了异样后冒着大雪跑出去从一公里外的地方叼来了一捆三件皮大衣,又从两公里外的河冰上拖来了一箱饼干。他们全家五口人就是靠了这一箱饼干和三件皮大衣才活着从两尺深的雪灾区走出来的。我说:"你的狗呢?让我看看你的狗。"东珠加伤心地说,他的狗拖来饼干后自己吃了几口便又去给他们找东西,这一去就再也没有回来,大概是死了。他竖起大拇指说:"它是一只这么好的藏獒,死了也好,早死早转世,再转世它就是人了,是一个有本事的人,可以当我们的县长。"我说:"不一定,很可能比县长还要大。"东珠加点着头,他绝对相信我的话,他早就在脑海里把他对藏獒的祝福变成了不久的将来,变成了一定会出现的事实,所以他的伤悲里又有几许欣悦,他是既悲又喜的。

我朋友桑杰十三岁的孩子带着藏獒去放牧,狂雪即刻成灾,根本就来不及往回赶,羊群全部被困住了,接着就是冻死,就是被大雪埋葬。好在孩子还活着,他在冻僵之前本能地趴在了藏獒身上。藏獒硬是把他驮回到了十公里外的帐房,进了帐房看到里面没有人,又硬是把他朝三十公里外的公路驮去。半途中孩子从藏獒背上滑了下来。藏獒就用牙撕着他的衣袍往前拖,拖一段,便停下来,趴在孩子身上,用自己的体温暖暖他,生怕他冻僵了。就这样一直拖到了有车有人的公路上,结果孩子活了,藏獒累瘫了,几乎死掉。我曾经费力地想找到这只藏獒和这个孩子,但是没有奏效,玉树草原太大,藏獒太多,

藏獒的精神

我还没打问几个人，又冒出了另一只藏獒的另一个事迹。

有一只藏獒，老得已经不能嚼肉了。雪灾的晚上，奇寒降临。牧人把它拉进帐房，让它在火炉旁边暖一暖。拉进来一次，它出去一次，几次三番都这样，最后只好由它去了。牧人说，它就是舍不得离开每夜都要守卫的地方，那是羊群的旁边，面对饿狼的风口。就在这天晚上，老藏獒死了。作为一只工作犬，它老死在自己的工作岗位上。什么叫忠于职守？这就是。死了还要威胁狼群。狼群来了没敢靠近，看老藏獒一动不动的样子，以为是扑咬前的屏声静息。直到天亮，狼群才发现，它们的天敌早已经没有威胁了。

在很多情况下牧人会把羊群交给藏獒去照看，自己去办别的事情。平常的日子里只要主人不在，到了牧归时间，藏獒就会跑前跑后、喊喊叫叫地把羊群赶回来。但是遇到特大雪灾羊群完全走不动了的时候它怎么办呢？它只有原地守护，等待着主人的到来。但主人在这种时候根本就到不了它们那里，到了也没用，也是毫无办法的。于是藏獒就一直守着，直到所有的羊都被冻死，直到它自己也被饿死、冻死。藏獒是决不吃自己看护的羊的，哪怕是冻死的羊羔，除非主人杀了羊割下肉来丢给它。由此可见，对藏獒来说，忠诚、勇敢的含义并不轻松，它是要以生命为代价的。藏獒当然知道自己只要吃掉冻死的羊就可以活下去；当然知道自己只要离开必死无疑的羊群，只身去找主人去投奔人群，就完全可以脱离死亡的陷阱。但它没有这样做，所有真正的藏獒都不会这样做，这是本能，是青藏高原赋予它们的使命，是遗传、后学、家教种种因素合力而成的狗之道德。一旦违背了这种道德，或者说一旦在它们的道德律令中只有凶狠威猛而别无其他懿行特征，藏獒就不是奇伟的草原英雄，而仅仅是野蛮的荒地杀手了。

写到这里,就有一些悲哀。这些年,我常去草原,但无论走到哪里,都很少听到藏獒的故事。所听到、看到的,都是如何搜罗、贩运、买卖藏獒,以及它们高得惊人的身价。藏獒有了身价,却没有了故事,好欤?坏欤?

扎西德勒——祈愿草原,祈愿藏獒,扎西得勒。

藏獒精神：完成文学的思想使命

一

前些日子在青岛坐出租车，司机是一个看上去很朴实的中年人，他说："我在报纸上看到过你，你就是写《藏獒》的那个作家？"过了一会儿又说："现在的人哪个不是狼，我也是狼，你卖书就卖书嘛，说狼干什么？"我很奇怪，他一个开出租的怎么就变成"狼"了，而我连坐出租车都能遇到"狼"，心里突然滋生出一种害怕来。面对司机，面对满街的人流和车流，我突然就说不出话来了。我被一种清醒的悲哀牢牢钳制着，我很想告诉他：许多把自己当成狼的人，其实都不是狼，而是羊。

有三个问题始终困扰着我：一是为什么反对我批判"狼文化"的人，往往并不是"狼"，而是一些备受"狼性"伤害的"羊"？是不是连"羊"都觉得应该让"狼文化"遍行天下呢？二是为什么我诚实地表达自己对"狼文化"的反感，会被很多人包括那个普通的司机看成是功利之举呢？固然我是借着《藏獒》和《藏獒2》的出版在发表我的看法，但如果没有《藏獒》和《藏獒2》，我有批判"狼文化"的资格吗？我有抑"狼"扬"獒"的平台吗？在一个虚饰、虚假、虚伪的世界里，我们怎么样才能相信一个人的真诚呢？难道连真诚本身也成了作秀和哄炒的代名词吗？真诚地生活、真诚地说话，本来应该是人生在世最起码的要求，现在居然荒诞了，变成一个怪物了。三是为什么我们大家都习惯于营造一种可怕的冷漠气氛，为什么我们对明显恶劣的精神现象和文化现象失去了修正的冲动和干预的兴趣呢？难道"狼文化"已经成了我们的心理定势，就像吃饭睡觉一样稀松平常、合情合理，而没有任何贬褒的价值了吗？我有一个朋友，是教授，有一天打来电话说："你最大的问题是不能面对现实，现在都什么时代了，谁还听你批判'狼文化'？"

从现实来看，"狼文化"确实有其土壤。它完全无视人之为人的基本行为准则，公开提倡弱肉强食、贪得无厌、损人利己、无信无义的强盗哲学、市侩哲学，把狼子野心当作人的正常之心，视弱者为草芥，置弱势人群于不顾，是极端利己主义的恶性膨胀。在这里需要说明的是，所谓"狼文化"与狼这个物种毫无关系，很多坏提倡、坏主意、坏思想都是人强加给狼的。比如，狼的贪婪只针对食物，是生存的需要，它要活下去就必须这样。人的贪婪则表现为骄奢淫逸、损公肥私等。狼在现实中越来越少，几近绝迹，是自然中的悲剧角色，"狼文化"却大行其道，是社会中制造悲剧的角色。这是动物的悲哀，也是人类的耻辱！

"狼文化"首先是对狼这个物种的侮辱、强奸和歪曲，其次才是对人类社会和道德标准的践踏和戕害。所以我在《藏獒》三部曲中用很多笔墨写到了狼，既写了狼的荒野原则——凶狠残暴，也写了狼温情脉脉、义气多情的一面。这说明我对狼这个物种没什么偏见,我只是对"狼文化"有批判的态度。在《藏獒》中,我虽然也写到狼,但篇幅很小,批判也是很概念化的批判。但在《藏獒2》中,我对狼的写法由以前的形而上变成了形而下,由概念化变成了形象化。作为一个群体出现的狼,不是只有一种表现,有好的也有坏的,还有中间状态的狼。草原上的人都说,狼是"千恶一义"的动物,也就是一千匹恶狼中必有一匹义狼,或者说,狼做了千件恶事之后,必有一次义举,这匹义狼在哪里?这种义举是什么?我想有所表现和挖掘,以便多层面、多角度地表现狼。到了《藏獒3》,狼与藏獒甚至成为自然和人类对峙的伙伴。

"狼文化"——这种獠牙狰狞的所谓"文化",绝对是法西斯主义的。它起源于中国传统文化中最腐朽的那一部分,比如封建礼教。鲁迅的《狂人日记》就是对"吃人"的"狼文化"的批判,"救救孩子"也是从狼性十足的腐朽文化中拯救民族灵魂的呐喊。比如在《藏獒2》里,有壮狼以弱狼、小狼为食的故事,这肯定是动物行为,是狼生存所必需的野性原则,是艰难的生存条件逼出来的极端行为和扭曲表现。狼吃了弱狼、小狼以及死狼,才能保证壮狼的生存和狼群的不衰,这种行为典型地代表了狼性,尽管是可以理解的狼性,但要是把它变成人类的"生存法则",那就惨了!狼性对人性的反动,由此可见一斑。

二

与"狼文化"相对立的,就是我在《藏獒》三部曲中张扬的"獒文化",也就是我所认同的藏獒精神,这是我在"藏獒"系列里不遗余力地描写的。藏獒精神指的就是一个人的道德风貌和行为举止。首先要做到不卑污、不虚伪、不贪婪、不阴险、不弱肉强食、不损人利己，这是我们为人处事的底线，藏獒的行为举止恰好给我们提供了这样一个底线；其次要勇敢面对一切丑恶，忠诚于你的事业、爱情、理想、信仰，不受别人的欺负，也不欺负别人，懂得秩序，讲究规则，舍己为人，公正廉洁，有恩必报，光明磊落。这是一个比较高的标准，但绝不是高不可攀的，努力之下一定能做到，就像藏獒。

我崇拜精神，我选择文学是因为它最能展示人的精神世界，最能挖掘人类精神中最后的阴暗和最初的阳光，也最能让我的精神崇拜得到寄托和延展。真正的文学必须具备一定的思想含量，要有精神的普世性和手法的通俗性，还要传达作者独特的生活经历和生活感受，它体现着社会普遍认同的良知，同时又氤氲着理想主义的冲动和生命不灭的火焰。藏獒精神是最能传达我的人生理想的旗帜。

说实在的，选择藏獒这种题材是我表达内心世界和实现理想的一种方式，是我个人情感的总结。有很多人问我为什么写藏獒，其实这跟我养过藏獒，熟悉它们的生活习性，似乎并没有太直接的关系。我在青藏高原生活了四十年，一个汉族人和藏族人在感情、生活上已经融为一体，在所有方面都没有什么区别的时候，你必然觉得那个地方的一切，包括狗的生命，都是你生活的一部分了。这种情感的驱动是促成我写藏獒的原因。1996年，我因为工作关系来到青岛，在海边回想青藏高原，我才知道，什么是我应该记住的，什么是我应该牢牢抓住的，什么是我应该无法忘怀的。离青藏高原越来越远了，对她的那种感情却越来越浓了，这种感情是我写作的最好状态。我和那个地方有一种天然的联系，也许是一种比较神秘的东西在里面。

另一种思考就是藏獒与藏族文化的关系。我写藏獒就是想宣扬

藏獒的精神

一种道德的力量,这种道德力量就是藏族文化的核心。藏族文化大体可以分为三个境界:首先是世俗层面的境界,它告诉你,在什么层面上才是有益的、高级的,才是有利于你自己的。比如说你不能做坏事,你必须善良,必须虔诚地拜佛,才能脱离苦海。这个层面就是在告诉人们善有善报,恶有恶报。不行善,来世你就会变成一个恶鬼,一个畜生。其次精神层面告诉你,除了脱离苦海,你还可以进入佛的境地。经过你的努力,你可以摆脱轮回对人的束缚。这个追求是对每个活佛、喇嘛提出的要求。第三个境界也是最高的境界,无论是活佛还是普通人,都要有一颗菩提心去普度众生。不光让自己做个好人,也要让所有人做个好人。不光自己获得幸福,也要让所有人获得幸福。

有时我们会觉得一个普通人背负着这么宏大的目标有些空泛,其实这些东西并不是说教。信仰的出现会把人的灵魂托举到一个很高的点上,它让我们看到那个灵魂时,我们会发现那个灵魂就是我们自己,那我们就朝着自己的灵魂去努力走下去。现在人的所有需求都是从物质角度出发,所以才会患得患失。而藏族文化是把人的心灵和灵魂作为服务对象的,它告诉我们,我们追求的不是金钱、物质利益,而是幸福,而这种幸福其实就是一种感觉。我感觉幸福就是幸福,有时跟物质有关,有时又跟物质无关。在西藏,因为有信仰,人们更能体会到幸福的本质,更能饱满而充实地活着。它觉得人的追求,活着的目的是精神的,在精神上幸福,是真正的幸福。

这样说来,我写《藏獒》,就是期待社会的道德回归与信仰重建了。这其实是一个不可期待的梦。在我的梦想里,有着理想人格的模式,有着好社会、好生活的模式,我不忍放弃梦想是因为我太过天真。我用我的天真写出了我的《藏獒》,天真地希望别人能和我一样把复杂的现实变成单纯的人格修炼和自我完善，以此对抗邪恶与诱惑。我在书中写到了藏传佛教，藏传佛教的精髓就是修炼自身和抗衡邪恶，所谓金刚不坏之身就是能够抵御任何诱惑，使自己变成一个道德高尚的人，以此来感染自己的环境。我以为在当下，一个人最最要紧的就是独善其身，在你自己发表匡救世界的大论，谆谆教导别人的时候，首先要检点一下自己，"修身齐家"做得怎么样。藏獒是修身的样板，它的舍己为人、大公无私、光明磊落、勇敢忠诚等品质都是出于本能，一个人能够把这些品质修炼成本能，那才有资格和底气去"兼济天下"，去做一个精神使徒应该做的事情。启蒙者的艰巨任务首先是启蒙自己，或者说首先是接受别人对你的启蒙。

有人说"藏獒"系列有重塑国民性的意图。我是有过这样的考虑。富裕了，强大了，随之而来的就是你以什么样的姿态出现在别人面前，你是要让人家信任你、亲近你呢，还是要让人家感到你的威胁从而害怕你、远离你？这就要靠自己对自己的塑造。一句话，要用优质文化重塑国民性，创造中国人的新形象。重塑国民性包括三点：一是形象的重塑，二是心理的重塑，三是人格的重塑。其中人格的重塑是最最重要的。在这里，提升道德的底线是重塑国民性的关键。我们不是狮子、老虎，因为狮子、老虎尽管威猛却没有亲和力，也不讲忠诚，"狼"作为精神符号就更不值得一提了，它是自私而贪婪的。也不能是大熊猫、藏羚羊，因为它们太懦弱，百无一能，只能让人欣赏和保护。我们只能是藏獒，它勇敢而忠诚，威猛而柔情，该出手时就出手，同时又严格遵守着规则和秩序。藏獒从来不会跑到别人的领地、别人的家里去威胁人家，咬人家，它只是很安分地守候在自己的领地、自己的家门口。如果有谁进入了它的领地，侵害了它守护的羊群、牛群，它会毫不迟疑地扑上去，一口致命。它既让我们敬畏又让我们信赖，既

藏獒的精神

不妄自尊大又不妄自菲薄，充分体现了人性中的阳刚之气、悲悯意识和人道精神。

三

有人提出以"獒文化"PK"狼文化"的口号。这样PK完全是一种无奈的反抗。它说明藏獒和狼都可以自成一体，跟谁也没有关系。但作为文化，它们却是冰炭不容、针锋相对的。狼文化是霸者的文化，獒文化是平民文化，是仁者和弱者的文化。弱者需要保护，找谁呢？找藏獒。藏獒在这里是一个公正道义、舍己为人的符号。对那些不得不做羊的人来说，他还有两种比较可靠的选择：一是寻求藏獒的保护，二是慢慢地让自己变成藏獒，来遏制狼道的横行，而不是心甘情愿地一辈子就做一只可怜兮兮的羊。我反感泛滥成灾的狼文化，反感狼性的思维方式和行为准则，我对此毫不掩饰。所以用这样的"獒文化"去PK"狼文化"，我是认可的，这样我们才可以厘清很多问题。一个企业家、一个商人自然可以把"兼并""收购""牟利"的"狼性精神"看成是成功的标志，但如果他同时又是一个"藏獒精神"的实践者，是一个保护弱小、帮助他人和奉献社会的慈善家，那就不仅是企业的成功，也是人格和形象的成功。而人格和形象的成功，才是一种高境界的成功。有个企业家对我说："你的《藏獒》给我的启示是这样的，现代社会的竞争现实并没有要求我们人人都变成狼，也就是说能够大块吃肉的并不一定是狼，你作为一只藏獒，在坚守道义、维护公正的同时，同样可以吃到该吃的肉。"企业的亲和力绝不可能来源于狼，老板都信奉了狼道，哪个员工愿意跟你干？哪个同行愿意跟你谈生意？又有哪个消费者愿意信任你？即使是激烈的竞争，那也是符合规则、讲究诚信的竞争。而"藏獒精神"的意义就在于你既可以是勇敢智慧的，也可以是忠实可靠的；你既可以做到该出手时就出手，也可以做到光明磊落，情操高尚。一句话，君子爱财，取之有道。还有职场，在现代生活中这是一个十分重要的领域，职场上的人如果都变成了狼，那谁还敢聘请雇用你？当然你也不能是羊，羊太可怜、太无能，只能心情愤懑，而不能有所作为。但如果你成了一只忠诚、勇敢、无私无畏的藏獒，那就可以无往而不胜了。让企业和职场去体现一种藏獒精神，一种文化獒性，做到做不到还很难说，但至少在文化理念上应该这样。

我觉得狼与狼共舞既没有意思也没有意义，人与狼共舞才有意思也才有意义，也才能体现一个人的胆略、智慧、气魄、技巧、章法等。当然你可以认为企业的竞争理念和服务理念是分开的，竞争可以是狼，服务可以是獒。但我以为企业的竞争说到底是市场竞争，而左右市场的关键是消费群体对企业整体人格的认可，是社会消费心理对企业形象的信赖，这种认可和信赖一旦物化，就变成了用自己的钱换你的产品。没有人愿意信赖一匹狼，这一点东郭先生的故事早就警醒过我们了。任何成功企业的灵魂都应该是真诚的，而真诚跟狼丝毫没有关系，没有一匹狼是真诚的；而所有的藏獒都可以是真诚的化身，他们既勇敢又真诚。藏獒的灵魂就是勇敢而真诚。

在这里我想提醒人们注意"狼文化"对人的精神的危害，提醒那些信奉"与狼共舞，必先为狼"的企业注意，企业提倡什么，以什么样的精神符号营造自己的形象，是关乎企业生死存亡的问题。任何一个企业，不管它生产和经销什么，它的理念的核心都应该是"创造"与"诚信"。而藏獒恰恰就是"创造"与"诚信"的化身。藏獒比狼更勇敢、更威猛、更讲究团队精神，也更重视领导人即"獒王"的作用，它们是气魄惊人、勇往直前、创造开拓的先锋。同时藏獒又是忠诚的代言，老板要忠诚自己的事业，企业要忠诚自己的客户，产品要忠诚市场，营销手段要忠诚消费者。同时在企业内部，员工要忠诚企业，忠诚你所信赖、值得忠诚的领导，要勤勉，要坚韧，要独当一面；老板也要对得起员工，要像藏獒那样信任他们、保护他们、帮助他们，提高他们的安全感和幸福感。忠诚永远是双方的，藏獒忠诚于人，前提是人也忠诚于藏獒。

我在"藏獒"系列中既写了藏獒对人的忠诚，也写了人对藏獒的忠诚。人和藏獒是平等关系，而不是主子和奴才的关系。这样的忠诚是崇高的，是"獒之为獒，人之为人"的出发点。忠诚的另一种说法就是诚实、公信、义气、正直。诚实的人，讲信用、讲义气的人，正直向上的人，难道是奴性十足的人吗？我再说一遍，人是獒的主人而不是主子，獒是人的朋友而不是奴仆。

四

现在的人，包括许多作家，把道德看得很低，不屑于去写道德层面的东西。其实道德成就大师，许多大师都是把道德表现作为了终身追求的事业，他们不光是文学大师，更是精神大师，就是我们平常所说的人类灵魂的工程师。他们的榜样告诉我们，作家必须要有自己的人文关怀，什么最薄弱、最缺失，他们就应该关注什么。我对人类社会的隐喻既是道德的，更是精神的。把"道德"和"精神"加起来，就是作家应该坚守的文学精神。它的内涵一是深度关注现实，二是高度建树理想——这个理想既是人类理想，也是一个人的人格理想。

《藏獒》和我过去的作品更多的是不同，这个不同在于：我第一次把写作的注意力集中在了小说文本的艺术营造上，集中在了文学母题的表达上，而过去我更多地注重对社会和历史进行属于我自己的观察和剖析。有个批评家说，《藏獒》更像一个江湖，一个充满侠肝义胆、万丈柔情的武侠世界。其实根本不在于你是否意识到自己在写武侠作品，而在于你骨子里有没有侠气。我觉得我是有一点的，写着写着一不小心就流露出来了。侠肝义胆是上帝给我的精神养料，当我在生活中很难做到时，就自然而然地表现在了小说里。换句话说，仗义行侠是我的寄托，更是我的影子，它寄托了我的人格理想，我也许做不到，但我绝对崇尚。我有时候想我要是变成一只藏獒，就不怕做不到了，藏獒在舍生取义的时候，绝不会瞻前顾后。路见不平，拔刀相助，正气凛然，出手不凡，那是多么痛快的人生啊！相比之下，我们所有的人都活得非常窝囊。

当然藏獒的故事构成了完整的三部曲，这三部作品描写的重心是不同的。《藏獒》中人与藏獒从疏到亲，是一个良好的缘起；从残酷到和平，从冷凉到温暖，人性在追问中惭愧地看到了自己的缺失，又在对比中得到了獒性的补充。《藏獒2》的重点在于生命的关系和自然的平衡，也是人为的因素让物种愤怒，战争爆发，生存艰难，矛盾重重。生命必须强悍壮实、勇敢坚定、锲而不舍，才有可能延续下去。我想告诉读者，牺牲了自然，也就等于牺牲了人类自己；生命是个互相关联的群体，没有一种杀害会逃脱被杀和自杀，人、獒、狼的关系就是这样。《藏獒3》是人类弱点的大暴露，有人性和没人性都可以用合理的形式来表现，人的优胜就在于他可以在良善和残暴之间做出选择并对丑恶加以抵制；你放弃了对光明美好的选择，也就等于放弃了人性。人可以是狼，也可以是藏獒，而藏獒却永远是藏獒。在环境突然恶劣，生活必须残酷的时候，藏獒的天性依然不变，人却

藏獒的精神

可悲地背叛了藏獒，他们对藏獒的驱使，是魔鬼的驱使，不是上帝的驱使。我尊重历史和膜拜环境，当这种历史和环境需要用人、獒、狼的战争让我们刻骨铭心时，我的疼痛就在于我别无选择地写出了流泪淌血的必然结果。我会永远赞美忠诚和勇敢、道义和良知，但有时是哭着赞美。历史是残酷的，我写《藏獒3》的目的，不是让我们记住历史，而是为了告别历史。任何一种告别都可能伴随着惨痛，尤其是用挽歌的形式告别藏獒、告别草原。

总之，在作品里，我试图把獒性、狼性、人性、佛性结合起来，放在一个共生共存的环境里，完成一种文学的思想使命。用时间来说话吧。

藏獒从荒原走来

一

当"网谈"无意中把"知识分子"变成"知识藏獒"的时候,在别人眼里,我大概就成了那只从"困境"中走出来的"藏獒"。然而时刻纠缠着我的自省告诉我,我不是。有时候"网谈"和"妄谈"并没有太多的区别,但我们的心灵就在网谈抑或妄谈中裸露了真实,一步步靠近了真理。所以我不是,不是那只代表真理的藏獒。

人生犹如一次无法预知前途的旅行,那些供人栖息的驿站不知道停靠在哪里。我一直在青藏高原行走,突然有一天漂泊到了黄海之滨,这其中漫长曲折的经历已内化为我心灵的强硬支撑,似乎再也没有什么能够轻易触动我了。然而,2004年的秋天,这个黄叶满地的季节却让我在看到驿站的同时有了一次小小的惊讶,而且这个惊讶越滚越大,最后像滚雪球一样延续到了2005年的秋天。

惊讶源自青岛新闻网大漠的帖子《一个青岛作家的困境》。这篇

藏獒的精神

发自2004年1月底的帖子从对个人和文本的解读出发，以我的写作状态作为契机，最终走向了对城市文化的质疑。这个结果对作为楼主的大漠来说也许始料未及，于我而言更是出乎意料。当网上的争论如火如荼的时候，我尚定定地坐在城市的某一个角落里静静地写作，纵使外面雷电交加我亦全然不觉。10月初，大漠通知我要在青岛新闻网与网友进行一次网谈，我用了将近四个小时的时间看完了全部的网帖，内心的震动也可用"雷电交加"来形容。

这是一次颇有意味的集体讨论，参与其中的每个人都满怀热情，无论什么样的观点都传达出他们对文化的关注和期待，对此，我充满敬意。我的写作生涯已逾历二十年，此中的风霜雪雨抑或阳光灿烂都不足与外人道，唯有内心的信持历久弥坚，常常引发一些滔滔不绝的文字洪流。由此，大漠的命题便拨雾而出：在当下的文化现实中，一种写作姿态的坚守是否要以作家的困境作为代价，换言之，作家的写作与现实的关系是什么？这是一个传统的话题，但在今天被重新提出却有其尖锐的背景与话语的力量。也正因为如此，此帖的出现引发了一场持久而深刻的文化讨论。

我以为，这是一次超越了作家个人困境层面的众声喧哗，我作为一个被置评的对象，实际上越来越成为一个舞台的背景，所有发言的人都可以随心所欲地在舞台中央发出自己的声音，以此拓展和延伸大漠的命题。我很满意我所在的位置，也很愿意自己能够成为一个靶子，为网友提供操练的机会。这是大家给我的荣幸，它使我不是高挂于上下无着的半空，而是成为众声中的一种声音。多种声音的汇聚形成了一种景观，一种罕有的人文景观，我能够感觉到大漠理想的"场"的存在，尽管脆弱了点，但却是一个真实的存在，一个确乎其然的事实。由对一个作家困境的关注，进而讨论到作家精神的出处以及作家群体的现实处境，再到一个城市文化的建构，相信每个人的声音都充满了真诚的焦灼与关怀。这是每一个思考着的人对一座城市最初的也是最后的良知和责任。"最初"意味着最基本的关怀目光，它不包含任何杂质，是对自己生存的城市直接单纯的情感抚摸；而"最后"则是艰难持守的道德底线，它最终决定了我们的价值判断和价值指向，也决定了一个城市的文化方位，这恐怕才是此次网谈的意义所在。我不再仅仅是一个孤立的个体生命，而是一个众目睽睽的符号，符号所引发的人们对城市文化激烈而深刻的探讨，是大家的收获，也是城市的收获。

在网谈的时候，很多网友的问题都聚焦在了青岛文化，这也是我所感兴趣的话题。从青藏高原的荒原背景突兀地出现在青岛的蓝天碧海，我应该是这个城市旁逸斜出的一枝虬干。文化视角的转换有个艰难的过程，走近这座城市的文化并能浑然其间也并非一件容易的事。作为对高海拔的荒原寄予太多理想的作家，在这座零海拔的城市里，我更像是一个茫然无措的探路者。也正是这样的探路，让我逐渐明晰了青岛的文化脉络，走近了青岛的文化内心，开始看清和思考这个城市的疾病与康复。

二

青岛在两千多年的发展史和一百多年的建城史中，积淀了多种丰厚的文化元素，这些元素在延伸扩展的历史河流中，一直负载着城市的文化之重。比如以齐鲁文化为代表的传统文化，以现代移民建构的外来文化，张扬经济大旗的品牌文化，印记鲜明的异域文化，彰显人文精神的精英文化，具有宏大自然背景的海洋文化……所有这些都成

藏獒的精神

为滋养一个城市文化大树的肥沃土壤，每一种文化的有限性构成了城市文化精神的无限可能。所有这一切使青岛作为一个文化城市的理想期待有了依恃。

而蹒跚着的市民阶层也在传统河流的走向中坚定了自己的文化品位。市民文化的拥趸者不执着于向上的攀登，他们在人类物质力量的积聚中品味着世俗快乐的文化大餐，并以此成为岛城无处不在的民间声音。一场又一场盛大而狂欢的民俗文化，演绎出波涛汹涌的人海的巅峰，生活的意义就在这些盛宴的铺排中被诠释得通俗易懂、酣畅淋漓。这仿佛是支撑这个城市的基础脉搏，并以此生长出枝繁叶茂的文化丛林：糖球会、萝卜会、樱花会、上网节（祭海）、湛山庙会、红岛蛤蜊节、崂山旅游文化节、青岛国际啤酒节、青岛金沙滩文化旅游节、青岛海洋节……传统与现代的硕大花朵让人们在突兀极致的风景中获得简单而纯粹的愉悦，张扬的是市民内心最为本真的生活诉求。

此时我最能清晰地看到的恐怕就是青岛的品牌文化，这是这个城市张扬内外的经济支撑。它把握着人们的生命律动和生活节奏，也朝向着城市民众的心力和欲望。海尔、海信、青啤、双星、澳柯玛……它们在青岛的经济版图中占据高台，各领风骚，更多的时候它们的目标锁定已不局限于本土的方寸之地，而是开始走向或者已经实现了先声夺人的国际目标。这是当下最具活力的城市之声，也是青岛众多文化支流中最富市场价值的文化黑马。

我的理解，青岛是一个典型的"面朝大海，春暖花开"的海滨城市，这是天赐的资源，如果有一天，人们一提起海滨城市就想到"青岛"这个名字，青岛就独一无二了。记得网友萧树说过："时间从来都是锋利无比的剃刀，它审视和淘汰着一切过往的人和事。在时间的此端，我能够清晰地看到储存在时间彼端的历史印记，从最初偏于黄海一隅的小渔村,到德、日、美争相侵占的东方良港青岛,逐猎于这片土地的狂暴风云无不裹挟着海洋的咸腥气味,同时也遗留下了富有海洋色彩的城市文明。文明的每一次进步,都必然呈现出两种对立和相反的倾向,人类的血腥冲突导致了无数无辜生命的丧失,然而却也雕刻着一个城市的沧桑历史。发生在这个海岛的每一次生命搏杀,比如田横和他的五百壮士的集体自刎,比如1919年的'五四'运动……都有着大海风起云涌的深度背景,他们呼吸着海洋的呼吸,挑战着海洋的挑战,在肃杀的海风中推进了城市文明的进程。"

时间行进到现在,我们已经有了历史沉淀的精华,在走过生命绝地之后,注定又有新的生命与历史相遇。然而,这个相遇的时机尚在奔赴青岛文化盛宴的旅途中,历史的雾霾逐渐散去,时间也是最好的过滤器,它在等待那些能够进入其中并且呈现光芒的生命。每一座城市都是有生命的,它们的沉思倾听,它们的呼吸起伏,它们梦想飞翔的欲望与激情,最终决定了它们对世界说话的方式。青岛拥有大海,也被大海接纳,在时间的链条上,我看到了燃烧于海天之间的蓝色火焰,它使青岛以宿命般的力量承接着海洋的惠予。而演义中的文化告诉我们,青岛已经领有了生命最好的音乐,却还没有实现最好的弹奏。

2008年,青岛作为北京唯一的伙伴城市承办了第29届夏季奥运会的帆船比赛,与北京"人文奥运"的核心理念相呼应,青岛提出的"人文青岛",恰好击中了青岛文化的软肋。如前所述,青岛的历史文化资源非常深厚,这本该是我们文化发展的极好土壤,然而,青岛文化的现状和青岛城市的发展水平有相当大的差距。在漫长的文化漂流中,厚重的传统文化在完成了它的历史任务后反而成为阻滞现代人人格建树的屏障,而市民气极重的城市氛围,也使得人文精神的呼唤成

藏篓的精神

为海上遥远的回声。这个城市有着过去世俗的文化背负，故步自封的农耕文化和安时顺处的殖民文化困囿着城市行进的脚步，其追星文化、演出文化、节日文化的造势，更是放大了表面富丽堂皇的假象，堆积起一层被大海扬弃的泡沫，凸显的是一个城市瞬间即逝的风光热闹。这的确不是青岛的真相，相信有很多人和我一样在质疑青岛文化的内在实质到底是什么。青岛文化"沙漠论"的争执已不是几个人的声音，众声喧哗的背后有着这个城市深藏的创痛，人文氛围的缺失是城市最无奈的伤口。遍览网帖，有一种感受深深地触动着我，因为那也是我内心沉重的块垒：大漠等人的声音虽然宏大，但在青岛却没有众声的回响，反而从那些与青岛不相干的城市传来了遥远的呼应。我相信，他们不是仅仅出于对我个人的评判而参与发言，我已经无关紧要，就像有的网友说的，我只是一个载体，被许多人用来盛放他们思考的结果。他们所关注的，已经远远超越了地域的局限，只有对人类人文理想和文化精神的尊重与敬意。这是一种大胸怀、大境界，如果把他们集中在一座城市，人文氛围的形成就不再是"光荣的梦想"。

海洋赋予了青岛先天的优越环境，但海洋文化通过人群表现出来的强悍形态并不特别显著。推动一个城市的发展需要所有合力的焊接，我此前表述的每一种文化元素，在被单独放大的时候都具有不可低估的能量，一旦汇聚在一起，却又奇怪地消解了各自的内力，它们无法形成海啸般的强势，共同席卷传统的惰性和因循的守成，因而也在心理和行动上拒绝着海洋力量的进入。关于青岛城市的文化缺失，我已在网谈中说到了八个方面，同时我也看到了一些让我惊喜并且给我启发的帖子，萧树、撒哈拉之心、三色云、少而又少、胡侃一刀、上海寂寞哲人、摩纳哥王妃、魔镜等都在帖子里有过极其深刻的表达，大漠的沉痛尤其令我动容，他完全是以一个生活于斯的知识分子的情怀呼吁着城市的责任与良心，更多的网友呼应了这些声音，甚至在网谈过后，《青岛早报》也以几周的版面继续讨论着青岛文化，这些都昭示了一点：青岛文化确实有它先天不足的贫血症，所幸已经有人努力用自己的声音去传达一种责任，同时也警醒更多的人，为这个城市的文化生长担当走卒的使命。

网友撒哈拉之心表述过这样的意思：沿着海走，是行走，也是栖居。这样的一种漂泊状态，恰好诠释了海洋文化的真义。人类诗意地栖居是一种理想，中国城市的同质化在今天已经是一种常态，青岛要想独赋异禀，给人类提供一个诗意栖居的范本，起决定作用的大概还是人性和人心。的确，城市能够造就文化，文化更能造就城市。对于一个独立思考的城市生命而言，我唯一的期望就是，我们栖息的这座城市能够成为历史的光阴中最结实的文化存在。因为卓越的文化是一个城市最恒久的品牌。

三

在经过一年的沉寂之后（我相信海底的潜流仍在悄悄运行），由于我的一本书的出版，大漠又一次在网上发帖引发了网友的争论。一本书《藏獒》和一篇文章《现在谁还需要藏獒》，成为另一个更具有挑战意义的"知识分子公共性"话题的源起。我又一次体会到了惊讶的感觉。与此同时，我更为深切地感受到，在这个城市里，确实有一些因为责任而思考的知识分子，他们的声音也许孤独，但却有着最为纯粹的质量。

《藏獒》的出版所呈现的景观既是意料之外也是意料之中的，在写作的路上走了很久，以后肯定还要走很远，我似乎找到了一种非常合适的表达方式。其实,《藏獒》的基本精神是我一直坚持和表达的,它们是我灵魂的支撑,也是我写作的支点,只是这次却有些令人惊讶的热闹。大漠在青岛新闻网发帖后,"现在谁还需要藏獒"成了网友们质疑文化现实的中心话语,同时再一次触及了一个城市的文化命题。坦率地说,我很感谢网友们的关注和期待,但我也深知,这次的掌声不是给我一个人的,它是大家对一种精神的渴望的结果,我只是先于大家表达出来并且获得了真诚的认可。因此,此后由《青岛早报》、青岛作家协会、青岛书城发起组织的"《藏獒》作者读者见面会"就有了特别的意义,我把它理解为网帖的延续和现实的对接。随后又有网友继续在大漠的帖子里表达自己对"见面会"的看法,这一次,青岛新闻网做出了快速反应,加了版主说明重新置顶,于是,就有了关于知识分子公共性问题的激烈争论。

我的确没有想到,对一本书的讨论会牵涉出一个全球性的敏感话题。此次网帖的讨论,视角之开阔,语言之犀利,争论之激烈,在一般的评论中还非常少见,尽管参与的人不是很多,但关注的人却迅速攀升,点击率非常高。我再一次品尝了置身其中又置身事外的充当背景的滋味。

知识分子问题已被世界很多国家的专家学者论述,焦点一般集中在知识分子的含义、知识分子的身份意识、知识分子的公共性等问题上,其实最基本的核心就是什么是知识分子。美国阿拉伯裔学者萨义德在他的《知识分子论》、英国学者保罗·约翰逊在他的《知识分子》中都对知识分子问题做过最直接、尖锐的阐述,国内就我所看到的文章在论及知识分子问题时也有很多人承接了他们的观点。萨义德的知识分子理论一般被人引用的有四种含义,即知识分子为民喉舌,作为公理正义及弱势者、受迫害者的代表,即使面对艰难险阻也要向大众表明立场及见解；知识分子的言行举止也代表、再现自己的人格、学识与见地。他认为，知识分子才智出众，特立独行，秉持独立判断及道德良知，不攀权附势，不热衷名利，是对权势说真话的人。王岳川在他的《知识分子：思想命运与精神定位》一文中，依据其价值取向而非职业特性把知识分子分为四类，其中一类是人文知识分子，他们关注生命意义、依凭独立不倚的人格精神完成对社会的批判。撒哈拉之心大概也是偏重于萨氏的知识分子定义，并且热烈地推崇萨氏的行藏。而大漠关于知识分子的指向似乎更明确一些，他着重立足于本土，希望脚踏实地地为一个城市担负起力所能及的责任。照我看，这两种态度实际上都建立在对自己生活的城市的爱痛之上，正是有了这样的关切和目光，他们才以最大的热情和良心，寄希望于这个城市的知识分子提高公共意识。

我很赞赏萨义德的知识分子论以及他的知识分子实践，他是一个既有话语权同时又付诸实践的典范，应该说，今天的中国已经很难找到几个像萨义德这样的知识分子了，因此 2003 年萨义德去世的时候，有很多人包括我都感觉到一团火焰熄灭了，他带走了这个世界上最具有穿透力的声音，也带走了知识分子心灵最猛烈的燃烧。萨义德的存在和离去，都沉重地影响着世界范围的知识分子对诸多问题的思考，由此也可以看出，一个知识分子只有在具有了公共性之后，他的声音才能对世界产生影响，他的言说才能在推进世界历史的进程中放射光芒。

知识分子的公共性在当下缺失已久，我们看到更多的是专业知识分子在自己的专业领域的建树，许多专家和学者确实为人类知识的建构贡献着自己一生的心力。但是，有一个不容忽视的问题：有些专业知识分子越来越专业化，在走出他们的专业领域后，对世界表现出一片茫然，在知识之外，社会责任、公共关怀、批判精神都如风过耳，更遑论为此所要付出的代价。我以为，当作家、学者、教授不再为真理而思考、而写作、而言说的时候，他们就不是一个知识分子了。在遍布世界的危机面前，知识分子的社会良知和言说勇气尤为重要，社会良知决定了你对公共事业的责任和参与，言说勇气则决定了你在思想与利益之间的取舍态度。我觉得，不管哪一类知识分子，无论是在自己的专业领域，还是在社会领域，都应该具备最起码的公共意识，尤其是人文知识分子，更应该为弱势者呐喊。

做一个公共知识分子肯定不是一件太容易的事情，因为我们所知道的知识分子大多局限在学院、科技、新闻等单位，他们依靠体制生存和实现价值，享受着体制所带来的一切好处，吃穿不愁，如鱼得水，很难跨越体制的框限表示公共关怀；即使有一小部分人游离于体制之外，以纯粹的精神立场坚持言说的权利，也只能游走在社会的边缘。知识体制是一个庞大坚固的怪圈，一方面你必须是一个被体制认可的专业权威，你的声音才会有到达和影响社会的机会，而另一方面体制又不看好你在体制之外的批判声音，因此你的发言就不会非常自由。萨义德坚持知识分子的公共角色是"局外人/业余者/搅扰现状的人"，但是他的身份也没有能够脱离学院的局限。然而，作为公共知识分子的象征，他仍然给我们显示了特殊的智慧：我们可以尝试在知识体制之内与社会的连接。也就是说，公共知识分子的声音必须超越一己的私利，质疑既定的秩序，在精神上保持流亡的状态，以放逐者的心灵探索事实的真相，从而构成对公众事业的业余关怀。在某种意义上，这样的公共角色似乎更难承当，也更需要是非坚持和责任言说的勇气，但却不是无法逾越的鸿沟。只要你坚持了一点点，就向真理靠近了一大步。

我不知道自己是否可以称为一个公共知识分子，但是我希望能够靠近这个目标。也许我不能像萨义德那样奔走呼号，影响大局，但是最起码我可以关注普遍的社会文化症候，用自己的声音传达和提倡社会应该守候的文化理想。一个时代应该有多种声音，一个城市也应该有异声的搅扰，这个声音会打破许多人沉醉的享受，会让许多人睁开蒙眬的睡眼。清醒的认知和理性的判断是一个城市选择文化方向的基本尺度，也是知识分子批判言说的根柢。我渴望生命的舒展，也相信生存于斯的众生都渴望生命的自由与奔放，然而这样的愉悦不会从天而降，它必须让我们经历痛苦的扬弃甚至撕裂才会走向实现。正如大漠所说："作家应该勇于承担公共知识分子的责任，对一个城市的文化负责。文化的外延与范围应该进一步扩大，让尽可能多元的文化观和立场一起显现出来，来共同制造这个城市的文化繁荣。这样的公共参与也许会增加我们的负累，也许会让我们多一些骂名，也许还会让我们付出更大的代价，但是，当一个城市因为你的声音和牺牲而有所改变，并且让精神的领地能够广阔而持久地传承，我们的灵魂就获得了超越时空的安宁。"

　　一种文化的倡导不是某个人的力量能够完成的，它必须而且肯定是众人合力的结果，但是首先每个人都要有知识分子的身份意识，那就是身为知识分子的社会良心。这种良心不是简单的道德良心，它是每个知识分子有勇气质疑和挑战世俗及既定生活秩序的底座，也是把握社会文化方向的矫正器。因此，一个有责任的作家就是要让自己的文化表达具有最大化的覆盖面积，不管接受与否，无论侮辱赞美，我相信，只要声音到达的地方，总会长出绿色的青苗，也许将来的某一天，还会连起一片参天大树。当然，这是我乐观的臆想，也是我对未来的祝福。

四

我注意到,在这两个网帖中,大漠有一个中心表达,即作家与现实的关系问题。《一个青岛作家的困境》和《现在谁还需要藏獒》都描述了作家面对世界的态度以及在现实中的思考与写作,所不同的是,前者表现了作家与现实的疏离,后者则阐发了作家对现实的呼应,两种态度产生了两种结果。这种言说正好契合了我对作家与现实的关系的解读,也成为我对自己写作态度的参照和反思。

作家作为人文知识分子,据守独立的生命体验进行写作,这种体验里包括经历、阅历、思考、想象、情感等,因此比普通的人群更能洞悉现实真相,直面社会文化危机,无论是体验还是写作,都是对现实的高度精神认知。这就决定了作家既要与现实保持距离,又要在现实中发现存在的痼疾并且勇于表达,不能流俗,更不能随波逐流。一个作家应该既是出世的,也是入世的:出世是要有超然清洁的生活,坚守纯粹独立的精神品格;入世则是对现实怀有关怀的热情,守住自己的良知,坚持批判和质疑的态度。

这种态度无疑会使一个作家的写作从一开始就具有尖利的生命疼痛。这种疼痛迫使他不断地寻求一种可能的方式完成他的使命,并且在疼痛中感受生之悲欢。作家的使命就是听从现实的切割和驱使,把他听见和看见的社会与自然的内核昭示于人类,他的疼痛就是现实的伤口。作家对现实的发现是孤独而饱满的,这正如我的独自行走,既遗世独立又与荒原深处的生命之核遥遥呼应,仿佛我是大地遗落在民间的一个孩子,在精神血脉上与大地紧密相连,气息相通。我向着荒原的腹地出发,渴望与大地的精魂相遇,我知道只有荒原才能以高昂的精神引领我向上飞翔,才能锻造生命的纯粹与高贵。我也知道,我与荒原的对话总会在人类对自然挤压的缝隙中发出声音,因为我对于生命以及使命的领悟来源于荒原的启示、宗教的灌顶、感情的交付和精神的承担。

一个这样的生命注定了其写作的向度:一方面,他要艰难地捍卫内心的自由,这使得他几乎是必然地要与现实的生活产生各种各样的紧张感;另一方面,他又看到了社会文化症候,他必须坚持真正体现独立人格的写作。因此作家的声音必定是孤独的,他常常要破坏很久以来人们遵循的戒律和规则,比如我在我的多部小说中写到过的个体生命的意义实现,因为作家更为尊重的是人的生命、尊严和权利。每一种文明的进步都必然伴随着人的生命的巨大牺牲,但是我们不能把这种牺牲看作是理所当然,不能在崇高的名义下驱使生命怀着绝望和恐惧走向内心的崩溃,走向黑暗的深渊。我对撒哈拉之心的留言印象很深,他在大漠第二次的网帖中曾经说到我和王小波的精神相通,我非常喜欢王小波的《一只特立独行的猪》。这次我特意重读了王小波的《个人尊严》,他说:"人有无尊严,有一个简单的判据,是看他被当作一个人还是一个东西来对待。这件事有点两重性,其一是别人把你当作人还是东西,是你尊严之所在。其二是你把自己看成人还是东西,也是你的尊严所在。"王小波认为,"中华礼仪之邦,一切尊严,都从整体和人与人的关系上定义,就是没有个人的位置。一个人不在单位里、不在家里,不代表国家、民族,单独存在时,居然不算一个人,就算是一块肉"。东西是被拿来用的,而生命才是鲜活的本体。任何经历了中国文化秩序和非常时期的人,在内心深处都会保留某种人被作为"东西"的记忆,并且深知这种记忆的历史延续性。于是更多的

藏獒的精神

人持有的是驼鸟态度，要么浑然不觉，要么屈己顺从，恐怕很少有知识分子像王小波的那只著名的猪一样"特立独行"。而我希望的作家就是要在现实中看到常人不能看到的事实，以自己的言说方式唤醒社会对既定存在状态的思考，他的独立、自由、敏锐、尖锐的声音注定了他必然处在边缘地带，他因此成为精神荒原和现实空间的孤独的行走者，他是一个因孤独而惊讶、而害怕的号叫者。

这恐怕就是大漠所说的作家的困境，是被许多优秀作家证明了的现实处境。大漠的评论常常一针见血，有着一个真正的知识分子敢于直言的勇气，目光又非常犀利，批评起来虽然表面上温良恭俭让，但内里却暗藏机锋，入骨三分。他对我的解读理性而到位，从不会因为头脑发热而遮蔽真相，这也是我欣赏他的理由所在。

在此我想表明，不论是我此前的多部小说，还是这次的《藏獒》，贯穿始终的都是我一直坚守的文化理想和批判意识，我从没有在自己的作品中放弃对生命意义、人生苦难和现实痛楚的思考。生命的尊严高于一切，我活着并且为理想写作，这就是我生命的价值。我由此得出结论，作家既要与现实保持一种疏离关系，也要和现实求得一种平衡，谨慎地选择适合的言说方式，才能最大程度地辐射自己的思想，用自己的声音影响最多的人。

与现实保持疏离关系是作家批判和质疑的基本退守，只有这样，他们才能呈现生、死、崇高、卑微、大我、小我的所有意义，在对生命的强势关怀中，突出生命本体的价值，有意识地漠视既定现实和世俗生活中的所谓规则，而把所有力量集中到"人"和"人性"之上，回归生命的本源。此时作家的写作标志着他灵魂的取向，却也同时证明了一种精神价值的坚守和完成是一个多么艰难的过程。作家必须超越他的孤独，给孤独以卓越的品质，让世界在孤独中看到生命的尊严、自然的灵性，以及人的灵魂在孤绝中的上升和超拔。与此同时，作家不能放弃面对世界说话的声音，一种思想的传播依靠多种方式的努力，每一种都值得我们探索和尝试。每一次的下一次都可能是抵达绿色原野的通衢，都可能在清澈天空里遍响回声；每一次的不放弃，都意味着遭遇更多相同的灵魂。这些灵魂是作家艰难时世中至高的安慰，也是沧海桑田后至深的敬意。

行文至此，已是满天霞光，一夜未眠的阅读和写作，是与众多网友的灵魂碰撞。我突然发现，饶有兴味的是，在第一次网帖时出现的撒哈拉之心颇有 PK 大漠的味道，而到了第二次网帖就可以看到，撒哈拉之心已经被大漠收服，这种收服应该是一种彼此的激赏和认同，传达的是江湖大侠的豪气（大漠和撒哈拉之心都有关于江湖的议论），他们殊途同归，其立场和视角在不断地碰撞与对话中走向了大同。这确乎表明，对话不是矛盾的开始，而是求同存异的通途。

而所有这一切所呈现的奇迹既有大漠的宽容和思想的魅力，也有众多网友彼此的善待和接纳，更有大家对这个城市和文化的期待。

我从荒原走来，来到城市后我看到的依然是大漠和雪原以及撒哈拉之心，这是我的幸运。我听到一个声音告诉我：你就是那只藏獒，你必须是那只藏獒，跟我们一起走吧，走过这茫茫原野。没有尽头的原野上，魅惑我们的，是那遥远的未知。

楊老車

—第四辑—

西部的乡愁

西部，到底是谁的乡愁？

一

酒场，在晚春的飞雪中飘来逸去，像一叶热烘烘的轻舟。抛远了人生的装腔作势，忘却了痛苦的声嘶力竭；做作的张狂，矫情的掩饰，唯我独尊的二郎腿悠悠跷起，尖头皮鞋上闪烁一团航标似的荧光；失意者爽朗的笑声，得意者莫名的叹息。歇斯底里和葡萄美酒的交媾，眨眼间分娩出一个强健的儿子来，那便是瞬间超脱。在这种场合，你可以觅到各种身份的人：整天于书斋独对寂寞面壁悬想的学者，来自草原深处那些科研单位和保密工厂的感伤的小布尔乔亚，已经由粗犷和豪放转向细腻和沉默的石油工人，从课堂中走来带着浮躁不安的时代色彩的研究生，跻身财富世界的称职或不称职的企业家，整日给七八岁的孙子传播牢骚情绪的离休老干部，还有作家、商人、官吏以及连自己也说不清整天在干什么的自由职业者。他们对酒场的热衷并不带任何功利目的，只是为了热闹一番，为了证实自己在人群中的存在。就像有人说的那样，在枯燥寂寞地工作生活了一段时间之后，何不向几个熟识的人谈谈自己的苦恼呢，何不来感受一下别人对自己的关心、羡慕或者怨怼呢。而产生这种想法的前提便是那种由经济发展、激烈竞争和心灵隔膜带来的人的孤独感，它让酒场上的瞬间超脱充满了对传统的平静生活的留恋和竞争疲惫后的惆怅。"谁说寂寞出成果？胡说八道。""我说的。我还说过，明哲之士不在人群里谋求虚荣，而是设法避开大千世界寻找孤独。""我想起来了，你是在一篇文章里说的，不过你做不到，你也不是什么明哲之士，你是最不能孤独的，坐在书斋里，整天想着怎么捞钱，结果是学问没做成，钱也没捞上。""你怎么知道我学问没做成？我的学问就是：如何面对失败。"我对这样的对话很感兴趣，它发生在两个知识分子之间，让人多少能够猜测到一点他们内心的尴尬。

也是在酒场上，A君醉了。A君是"第三者浪潮"中一朵灿煜的浪花，既有楔入行为，又有做乌龟的境遇，可悲也可喜。整个过程中，他都在不断强化自己的个性，却又无从体现男子汉的风格，今天在这个女人面前保证，明天在那个女人面前发誓，男人的精神气质在这种无休止的发誓和保证中日益地无光无亮了。他迅速地失恋，妻子和情妇（不止一个）都开始嫌弃他，那指责他的话几乎是商量好了的："没出息。"于是他也成了一个孤独者，孤芳自赏，孤影自怜，孤寂无告。作为朋友，我曾经指责过他。他说："你别假正经了，大多数人还不是跟我一样。我只不过是暴露了，而他们却善于伪装和包藏。要知道，喜新厌旧是人类的本性，是一种动力，我们西部之所以落后，就是因为这里的人不敢大胆公开地喜新厌旧，或者说缺少脚踩两只船的艺术。"

道德的牺牲果真能够换来一个高度发达的现代化社会？这是值得

商榷的。期望不等于现实,他的痛苦尽管可以看作是文明发展和经济繁荣的伴生物,但直接的原因仍然是没有一个和一己之观念同步发展的环境,心灵和肉体还不能从生存的困扰和社会关系的束缚中解脱出来,却又要强迫自己放荡不羁,我行我素,怎么能够心情舒畅呢?"走自己的路,让别人去说吧",这句话对于我们,对于西部的生活,永远都只是一个寓言。

酒已过半,残汤和剩菜炫耀着自己被人吃掉的荣光。A君拉我来到长沙发的一角,主动"交代"了他跟一个"印象最深刻"的姑娘交往的全过程。那天,他在电影院门前踌躇,想看一场电影又拿不定主意。一个姑娘突然横挡在他面前说:"想看电影吗?"他摇头。姑娘又说:"那……陪我吃顿饭怎么样?"他去了。饭后,在她的单身宿舍里,在她那挂满了小布人、小动物的床上,他明白了这个既有固定职业又不缺钱花的姑娘肉体和心灵的潮动:由封闭到开放的一种畸形爆发——性机能亢进。她以为只有放纵自己才算对得起人生,才算是一个有现代味儿的女性。"她是干什么工作的?叫什么?"我问A君。A君说:"不知道。"又说:"这方面你不懂,你得向我请教。人的生存依赖于人的群体性,过去,男女是以了解和感情为联系纽带的;现在,人追求瞬间温存,追求一夜情,追求那种不需要感情交流和心灵碰撞的纯粹的性交往。也就是说,我们都认为,在没有任何附加条件的前提下,肉体的融合才会是健康的、理智的和幸福的。"我挖苦地说:"既然这样,你们怎么又分手了呢?"他说:"那是因为她要求我一个星期不要回家,一个星期都待在她那里,这怎么可能呢?太霸道了。"

我说:"那么以后呢?以后你是不是还想继续你的追求?"他说:"我不追求这个追求什么?想出国没钱也没门路,想当官没本事也没后台，想去基层豁命干他几年，再一步一步爬上来，老婆又不让走。那好，那咱就坐下来搞点学问吧，可人家在发展航天技术，在折腾商品经济，在办公司搞企业进军世界五百强，我只能捣鼓几篇研究汉藏史的文章，有什么意思呢？没劲，真没劲，现代社会是不需要了解历史对今天的意义和作用的。你知道，上大学时，我写过一篇《唐蕃古道流变考》，因为想发表在校刊上，还去校刊编辑的家里帮他打煤砖，现在想起来，真有点可笑。有一段时间，我又想搞哲学，想从哲学的角度诠释藏传佛教，结果我发现，佛理是清高的，它提倡一心观照缘起性空的谛理，不为虚妄的外界所迷惑，提倡'八风吹不动，端坐紫金莲'的功夫。而对一个没有慧根的俗人来说，一旦明白了藏传佛教的哲学含义，你就什么心思也没有了，你就会感到，面对一切你只能有一种态度，那就是无所适从。"

二

有人说，哲学就是寻找家园，而且是带着乡愁寻找家园。家园是什么？一个人造宇宙，一处心灵归宿，一种精神寄托。在这个一切都还不能以好坏论处的年代里，在这片滞重的高原厚土上，寻找家园时的无所适从显然要比拘泥成法、固守卑陋更适合社会发展的需要，更能代表一部分人的精神状态。也正是在这种无所适从的迷茫中，那些认识到了命运的残酷而去向残酷挑战的人，才显得多愁善感、思虑重重。

正是春天，我来到了位于塔里木盆地和柴达木盆地交界处的茫崖石棉矿。一连几天，都是狂风暴起，粉尘弥漫，一片混沌景象。就在这种天地未开的景象中，我和石棉矿的副矿长张居安进行着一种心灵感应式的接触。我发现他有自己独特的笑声，尖细得有些滑稽，像是自我解嘲，又像是傲观人世的豁达。他还会怪模怪样地耸肩，寓意复杂：自鸣得意、无可奈何、悲观伤怀、逢场作戏，好像什么都在其中了。但不管我怎样感觉他，他都是一个典型的西部企业家，为人讲信用，处世重义气，自信自负，又具有落荒人的狡黠和幽默。还有就是，和内地企业家的油头粉面、西装革履不同，他留着一头艺术家一样的长发，紧裹着一件米色风衣，一副随时都在行动，从来不知道养尊处优的样子。

他说："我是浙江宁波人，上海建材学校毕业，留校工作了一年，月工资只有三十五元一角，除了自己吃用和赡养家中老人，还想买书，想抽烟，想看电影，想逛苏杭，还想穿好吃好玩好。穷，没钱，开始是自轻自贱，后来就想摆脱，摆脱那种打着赤脚想天堂的境况。这样，在1966年当有人动员我支援大西北时，我说，你不用费口舌，我去就是了。来石棉矿的头几年，我当司机，一月一百零六元的工资，高兴得很哪，订了一份报纸，买了许多书。别人奇怪，这个跑车的，看书竟比睡觉还过瘾。……1983年，我当了副矿长，名利思想雪淡，也无所谓身份感。但我还是希望这个矿好起来。我读了许多书，包括马列主义的，虽然没有深钻，但作为某种场合的辩论需要还是够用的。我是个有毛病的争议人物，但这并不影响我开展工作。在矿上我有强大的实力，所有部门都会被我指挥得团团转。我有威望，关键时刻能和工人一起冲上去，待人以诚，不说谎话，对工人的要求从不以'研究研究'来搪塞，要办就办，不办，一二三，说明情由。我精通业务，还有一套随时掌握第一手材料的本事。在我周围，有几个人起着智囊团的作用，哪些问题该找哪些人商量，我一清二楚。老实说，论我的能力，当副矿长，是轻而易举的。对钱，我也有考虑。钱对人有好处，

第四辑 西部的乡愁

我个人，我们的民族和国家，吃亏就吃在没钱上。我在石棉矿干了几十年，似乎已经干够了，很想回上海，回到老婆身边去工作，苦于没门路，要有，哪怕降职降薪，也在所不惜。我不想把自己的骨头埋在这个天荒地老的矿上，也不希望儿子来这里工作，这里毕竟是落后的，这里的人毕竟缺乏从落后中奋起的意识。矿上许多人也都想走，有的我放走了，有的我以朋友的名义挽留住了，但我感到对不起他们。原因很简单，保持现状，不求发展的干法是没多大意思的。或者说，我们的很大一部分精力都要花在补救失误上。现在的失误是很严重的，主要在于冒进，像是又一次'大跃进'。……对我们矿的现状，许多老百姓是满意的，但我不满意，很多问题是他们所不能预见的，更看不到企业潜在的危机。我们这个矿是一个社会性企业，凡是一座城市所具备的我们都应该有，大量的投资要花在非生产设施上。可是，建矿这么多年了，我们还在创业，还搞不出一个像样的石棉城来。更严重的问题是，我们的职工来源大部分是矿区子弟，子孙相传，近亲繁衍，长期下去，智力低下，人种退化，弊病不少。对此我只能叹息，我无能为力。搞现代化大工业，必须要有铁腕人物，必须由一个人决策，决策过程和决策人不是一回事。当然，铁腕也需要感情扶助，刚上台，要铁，到后来，必须动之以情。可叹的是，作为一个领导人却要把很多精力花在争权上。太多地关心议论别人，挑别人的毛病，而不关心重视自己，发展自己的个性，这简直就是自杀。……平时，我喜欢吹牛（聊天），也希望身边有几个吹牛的朋友，这大概是感情上的需要吧。好在我很忙，实在没时间去想别的。如果我清闲的话，也许会的，比如，女人，人人都应该有寄托嘛。但我不存在孤独，我会在可靠的合适的小圈子里发表高论，也常读些书，读得很杂，有兴趣的话我一天能读完一本书。我不会跳舞，想学又不敢学，人总怕舆论，尽管我是个不怕丢乌纱帽的人。在猜疑的社会里，什么事情都会变得很复杂。不能以诚相见，尤其在官场上，这是个悲剧……"

西部，到底是谁的乡愁、谁的家园？是张居安他们的吗？好像还不是。但不管怎么说，张居安他们是一代"付出远远大于得到"的人，是一代奠定了西部未来基础的人。他们有资格也有充足的理由使自己成为一个冷静的悲观主义者，正如张居安表述的那样："这里毕竟是落后的，这里的人毕竟缺乏从落后中奋起的意识。"而落后不仅仅表现在经济指标上，更是一种国民的心理状态，一种社会关系即人的本质的体现。

离茫崖石棉矿不远，就是素以乡情浓厚、民风淳朴著称的阿拉尔草原。草原上有个叫索巴措的老人，他无儿无女，吃饭穿衣的事儿全由草原上的人管着，今儿东家请，明儿西家叫，要不就把吃的用的送到老人家里来。老人享受着同情和友善带来的幸福生活，打心眼里感激他们。要扶贫了，上面要求必须落实到人。乡政府的人说，送给索巴措一头从德国进口的奶牛吧，让老人有奶喝，有钱花，生活有依靠，安度晚年，我们大家也就放心了。可是，在奶牛光荣做了扶贫畜的第三天，老人就叫来几个汉子把它放翻了：宰牲煮肉，邀请草原上的男女老少来家里做客，好一番大块吃肉、大碗喝汤的热闹。老人高兴地说："我天天吃你们的喝你们的，心里老是不对劲，老是想，这欠下的人情，怎么还呢？现在好了，我有牛了，我也可以请大家吃一顿了。"乡政府的人听说了，火速赶来，一见搁在案板上还没有来得及燎烫的硕大的牛头，禁不住喊道："老天爷，这是头优质高产的奶牛，价值一万多元呢，你就这样宰了？"乡情浓，民风淳，心灵被仁德之光华所环绕，还有什么可指责的呢，西部的现状就是如此温情脉脉而迷惘不醒。

更加迷惘的还是西部的一些文人。当现实的需要已经放弃了对忧郁、深刻、厚重的赞美和对历史的迷恋，当越来越多的人把理想主义以及忧患天下苍生的高尚情怀推向滑稽可笑的地步，在青藏高原，有那么一部分曾经在文字的海洋里表达过真诚和勇敢的人迅速改变了自己。他们丢弃了历史的沉重感和抗争命运的深刻性，丢弃了曾经有过的挺拔、正直和清高的气概，丢弃了牛角号似的雄浑和悲沉，丢弃了责任、义务和愤世之慨，一下子变得轻浅了，无聊了，浑浑噩噩了，不那么让人有交流恳谈的欲望了。他们羡慕奢华，羡慕腐败，羡慕权势，唯利是图，唯俗是趋，唯官为大，思想令人遗憾地退化着，处世的态度飞快地滑向庸俗，精神向懒惰和麻木投降，说什么这是"不愿酒中有圣，但愿心头无事"的潇洒，说什么这是"看透了""认命了""现实了""会过了"的结果，其实不过是"朝菌不知晦朔，蟪蛄不知春秋"的糊涂罢了。过去有人对西部的文人说："你们虽然贫穷，但精神却富有无比。"现在呢？贫穷自然是早就有了变化，但精神资源却迅速干枯着，灵魂也随之堕落了，知识分子的魅力正在失去，正在不间断的吃吃喝喝、拉拉扯扯中向着净尽处消散而去。

三

苍茫的日月山，寂静的山顶。高空下，一块日月碑，两座分别以"日"和"月"命名的孤寒之亭。远方，是青海湖，雾岚飘飘逸逸；湖面浩渺，风日里，涌浪沉沉地拍打着湖岸。"青海，海周七百余里……水色青绿，冬夏不枯不溢，自日月山望之，如黑云冉冉而来。"这是一千五百多年前，北魏地理学家郦道元对中国最大的咸水湖——青海湖的描述。

藏獒的精神

青海湖的茫茫水域中，有一座苍然独立的山，名曰海心山。山上，荒草萋萋，鸥雁惊飞啼鸣。庙宇和经幡在豪风中抖动，青灯的孤光明灭闪烁，佛像和法器入眠了，永不苏醒。水域四周，平阔的草原连接着绵延不绝的山峦；那在云端耸立的，是亘古及今的雪峰。雪峰之下，云雾一般飘荡着羊群和牛群，骑马的牧人缓缓走动，永远都是缓缓走动。

在青海湖的南部草原，残留着曾经威震遐迩的吐谷浑王国的国都伏俟城。伏俟城，吐谷浑语的意思是王者之城。遥想当年，作为一个盛极一时的民族的政治文化中心，它盘踞一方，行伍从通衢中经过，时时响起铮铮的铃浪和清脆的蹄潮。高宫大殿里，有几次蛮风野味的酒筵？有几对颠鸾倒凤的男女？转眼之间，金戈铁马的厮杀征战便让它荡然无存了。惊沙入面的年月被时间挤压，被学者榨取，被热风熏炙，被霜雪浸润，梦魇般的浩劫终于浓缩成了几堵圮毁的城垣、几座荒败的坟冢、几件变了形的文物。

沉寂的切吉草原——大非川——著名的唐蕃古战场，便是又一处功绩和耻辱交会的地方。公元660年，逐渐强大起来的吐蕃王国武力袭扰吐谷浑。吐谷浑国主向唐王朝请求援助。唐廷遣薛仁贵为逻娑道行军大总管，领兵十万进击吐蕃。两军激战于大非川。寄身锋刃，暴尸荒野，在吐蕃四十万大军的围攻下，十万唐军全军覆没。从此，传世几百年的吐谷浑王国宣告灭亡，环湖草原的主人由吐谷浑人换成了吐蕃人，吐蕃王朝终于迎来了一个辉煌的黎明。历史的每一次递进，都伴随着一场水与火的拼搏，都是一次灵与肉的残杀，都让我们感到紧张而伤感。我们在伤感的挽歌里，在紧张过后的平静中，理解了历史。

切吉草原上缓缓起伏的合尔那安山脚下，羊群如豆，骑影点点。一条牧狗安详地守护在一顶帐房前。帐房内，珠玛姑娘用龙碗盛着奶茶,一碗一碗地双手捧给几个男人。男人们在说唱《格萨尔》,居中抚琴领唱的是珠玛的阿爸。阿爸身前的油漆木箱上,供着一尊佛像,佛像左边贴着一张藏戏《霍岭大战》的剧照,右边是一张《格萨尔射箭称王》图。他们唱的张贴的,都是关于他们的祖先格萨尔的故事。格萨尔史诗般的传奇生活,集中了这个民族早已丢失在岁月中的勃然向上的精神气质、征服意识和尚武习性,倾注了他们崇拜祖先和崇拜英雄的全部感情。那么,在他们英雄的祖先格萨尔之后,在吐蕃人驻牧于环湖草原并创造了吐蕃盛世之后,在无数次历史的悲剧性的碰撞之后,在出现了一个烽火消弭的和平年代之后,他们是怎样一步步走到今天的呢?

还是切吉草原,沙尘弥漫,萧萧马鸣。一群羊被狂风吹得顺风逃窜。远处,狼嗥声声。寻求保护的羊群朝一顶孤独的帐房跑去。帐房门口,珠玛姑娘和阿爸吃惊地望着羊群。突然,他们朝前跑去,大声吆喝着,拼命地在风中拦住了羊群。整整一夜,为了不使这群无主的羊和自家的羊混在一起,阿爸裹着皮袄,守护在两群羊的中间。珠玛则带着一条狗来到另一端,警惕地注视着黑洞洞的远方。远方的狼叫声一夜不息。天亮了,风住了。那群羊的主人——一个剽悍的小伙子飞马而来。他望着守护羊群的姑娘和老人,愣了片刻,小声解释道:"昨天晚上风太大,我有点害怕,抱着头蹲了一会儿,羊群就找不见了。"珠玛说:"快把你的羊群赶到你家的草场上去。"小伙子告诉珠玛姑娘,他家分到的草场沙化严重,已经不长牧草了。珠玛说:"那你总不能在我家的草场上放牧吧?你又不是我家的人。"小伙子说:"要是我想做你家的人,你要不要我呢?"珠玛愣了。阿爸嘿嘿嘿地笑起来,说:"要,当然要,为什么不要?"

在小伙子和珠玛成亲的第二年,阿爸就带着女儿和女婿出现在朝圣的路上。他们全身仆地,起身,前走三步,又一次全身仆地。身边是枯黄的草,草绿了,他们还在三步一磕头地朝着东方趔行。阿爸就要走不动了,他痛苦地扭曲着脸上的皱纹,摇摇晃晃地趴下,吃力地将粗糙龟裂的双手举过头顶,慢慢合十,突然,手松了。女儿和女婿惊呼着扑了过去。泣声阵阵,泪如泉涌,接着就是挖坑掩埋。阿爸死了,他死在朝圣的路上,死而无憾,因为他本人和儿女们以及认识他的所有人都相信,他是奔来世去了,因为有佛的关照,他的来世一定非常非常地美好。后辈们也因此更加坚定了朝圣的信心。要知道,圣地在千里之外,而他们必须寸土不落地留下全身仆地的痕迹。爬千里路,磕数不清的头,坚韧的毅力令人叹为观止。

珠玛的丈夫文登次仁告诉我,在他认识珠玛之前,他从来没有远行朝拜的经历,他只在家中的佛堂前祷告念经,觉得这样已经够了。但是珠玛说不够,在家中拜佛只能保证你下一个轮回不至于成为畜生,如果你想在下一个轮回做一个一生都美满的人,就必须朝拜塔尔寺,必须朝拜拉萨三大寺(甘丹寺、哲蚌寺、色拉寺)。文登次仁相信珠玛的话,也相信人这一辈子不会有什么比朝拜更重要、更充实、更幸福了。朝拜让他无所畏惧,让他在面对风雨雷电、天灾人祸时再也不害怕了。

五个月以后,他们终于到达了目的地——黄教圣地塔尔寺。高高在上的佛陀神秘地藏匿在金碧辉煌的氛围中,那温存仁慈的面孔,那永不消逝的笑容,那万载不灭的精神,被独具一格的宗教艺术赋予了一种永恒的魅力,历经劫难而光华愈亮。多少世纪过去了,在他的微笑面前,人间的动荡、自然的兴衰、朝代的变迁、帝王的更迭,风风雨雨,朝朝暮暮,都成了昙花一现的幻景。而在人们心里,永存的,和天地日月一起永存的,只有这微笑,这佛陀神秘而超然的微笑。

文登次仁和珠玛来到塔尔寺时正赶上一场大型的法王舞表演(俗

称喇嘛社火)。这是一种藏传佛教独有的跳神活动,是一种把许多艰深抽象的宗教义理形象化的表演艺术。包括文登次仁和珠玛在内的许多人跪伏在地,向那些戴面具的表演者磕头致敬。宗教的热情被激发,面对大千世界时的恐怖心理被唤醒,看表演的人一个个诚惶诚恐。那表示"生死轮回"的骷髅舞,那象征"四大皆空"的四鹿舞,那解释"苦集灭道"的尼泊尔人舞,那说明"诸法无我"的护法神舞,似乎在告诉人们:没有魔障,哪来神佛?人们寄希望于神佛,是由于天地之间亿万魔障正在霸道横行。魔障是什么?是活着本身,是一切对幸福的外在限制,是我们所有的肉体和心灵的痛苦。而佛尊对人世间的忧愤深广,对苦难和不幸的感慨和默认,说明苦难是不可免除的,痛苦是必需的,一切不幸都是人生经历的同义词。

结束了对塔尔寺的朝拜之后,珠玛一家回到了家乡切吉草原。依旧是放牧,依旧是迁徙,依旧说唱《格萨尔》,依旧在围着土泥锅台吃手抓肉喝酥油茶。这里不是文明前哨,这里还持续着繁重而艰辛的体力劳动;凶险的环境还在一次次向牧家发出挑战。牧家的心理素质还不足以承受时代潮流的无情冲刷。金刚怒目,所以降伏四魔;菩萨低眉,所以慈悲六道;牧家拜佛,为求时来运转。珠玛一家的境况已经告诉我们,佛陀向幸福微笑,也向苦难微笑,当日子还要过下去的时候,祸福夭荣总会不期而至。这是任何一种哲学家的理念和艺术家的造诣都无法企及的真实。

四

黑压压的一片牦牛阵出现在地平线上,渐渐近了。剽悍的文登次仁骑在马上,刚毅的表情中掺杂着一丝忧郁。生活的磨难全在他那张黝黑粗糙的脸上隐隐显露。离他不远,是妻子珠玛和几头驮着行囊的牦牛。行囊比牦牛的身体还要大,一左一右地摇晃着。一个三岁的小孩被缚在行囊中间,他将脏腻的手塞到衣服领子里挠着痒痒。珠玛一家又开始了长途迁徙。草枯了,他们要回到低洼处的冬窝子;草绿了,他们又要登上地势高的夏窝子。逐水草而居,视气候而行。这些游牧民的子孙过惯了马背上动荡的生活,并不觉得跋涉之苦,更不会想到这种落后古老的生产和生活方式不结束,他们走向未来的脚步就会越来越沉重。有人骑马从前方飞奔而来,在文登次仁面前停住,告诉他:"我们的草场已经被人抢占了。"两个男人策马前去,来到一片鲜嫩的牧地上,跳下马背,吆喝着驱赶那些先入为主的畜群。马上,几个牧人怒气冲冲地跑了过来。双方对峙着,眼中都有凶光,谁也不肯相让,文登次仁和人家打起来了。

　　这就是草原上年年都会发生的草场纠纷。如果不是珠玛赶来,死命拽住丈夫,结果一定是动刀动枪,以死相搏。且不论这片草场到底是属于谁的,我们关心的是,以淳朴厚道为立身之本的草原牧家,为什么会对乡友邻人变得这样凶狠刻薄?答案只有一个,那就是生活使然。他们苦苦挣扎在一个恶性循环的圈子里——牲畜繁育过多,草场严重超载,被采食过度的牧草失去了更新能力,草场退化了,迅速变成一片荒漠了。吃不饱肚子长不上秋膘的畜群,在冬春两季只能被冻死、饿死。死了再繁育,繁育了再死。羊越多,草越少,人越穷,盲目发展牧业生产的恶果就是这样。而牧人们却异常情愿地承受着这种人为的灾难,在他们的意识中,牲畜是佛爷的恩赐,是财富的象征,自然是越多越好。所以,他们宁肯在这种恶性循环中居守贫困、忍辱负重,也不想把多余的牲畜卖出去,变成钱,变成身上的衣服,变成生活的享乐。更重要的是,在他们看来,精神的寄托才是永恒的追求,来世的幸福才是唯一的目标。由于对来世是否幸福的担忧和对今世还会遭罪的恐惧，由于担忧和恐惧的经久不散、镂骨铭心，他们对神灵的朝拜和生活一样绵长持久。只是随着文明程度的提高，他们无形中改变了朝拜的方式。二十一世纪初，珠玛一家又进行了一次艰难而神圣的远程朝拜。这次他们是去拉萨，是搭乘手扶拖拉机去的。

然而，并不是所有的牧家都像珠玛一家这样用历史的沉默面对着现实骚动不宁的生活。在草原深处旅行，我们随处都可以觅到新文明的痕迹，草原给人的印象是那种沉甸甸的亢奋和哲人的洒脱——激越的藏族现代音乐，锦袍者踢踢踏踏的脚步声，西装革履的人们粗犷的"锅庄"。剪毛房里，机声隆隆；羊毛从羊体上滚下来，堆在地上，须臾变成了一座小山；小山突然崩溃了，人们将羊毛抱进了打包机。卡车在公路上奔驰，上面装着整包整包的羊毛或者羊纺织品。药浴池边，牧人们拿着喷雾器，把圣水喷向羊群，涤除疾病。还有，改良羊、青贮窖、风能发电机、奶油分离器、人工牧草、优良的种畜场、灰色低矮却是文明象征的定居点，以及制止草场沙化的一次次行动——在青海湖北岸的克土沙漠，人们采用围栏封育和人工种植两种办法，稳住了沙丘的流动。从二十世纪八十年代初到现在，牧草以平均每年十米的速度，向沙漠深处吃进。白佛寺的夏知布喇嘛还在沙漠中培育起了第一片绿洲似的新生林。菩提本无树，明镜亦非台；僧家不植树，佛荫自何来。

是的，彼岸就在眼前，此处即是西天。历史走向今天的鹅行鸭步，在我们的意念中已经成了人类走向文明的迅跑。也是在塔尔寺，我看到许多朝圣的牧家已不是风尘满面、一路劳顿。他们坐车而来，穿着华贵的藏袍藏靴，膝下铺着纹饰美丽的羊毛卡垫，跪倒在释迦佛殿的门口。佛陀依旧在微笑，生活依旧在沉思，他们依旧在膜拜。但是，从他们那水獭皮镶边的袍服中，从铺在地上生怕弄脏衣袍的鲜艳的卡垫中，我们不是可以看到某种变化已经发生了吗？爱惜衣袍，也就是说爱惜生活。生活终于值得爱惜了，阿弥陀佛。他们已经给"解脱"赋予了新义，而塔尔寺也由目的地变成了一处远行的驿站。大草原在他们心里变小了，胸襟却不断扩大。光华熠亮的外部世界从陌生的远方向他们闪现佛光一样迷人的色彩。奇诡魔幻的现实已不仅仅是神山圣地、寺院庙堂，还有兰州西安、北京上海，已不仅仅是佛门金刚、禅境偈语，还有家用电器、宇宙飞船，以及霓虹灯的荧荧烨烨。

五

哲学的尺度有时候是用来衡量逆差的。跟社会和宇宙相比，生活的逆差当然是微不足道的。尽管如此，我们还是喜欢把眼光放近一些，喜欢谈谈关于我们自身的问题即认识论和生存哲学的问题——人的觉醒和寻找家园的活动到底有没有意义？本体素质的升华和心理变革的节奏能给我们带来什么？人类的天平上什么是最有分量的？贫困者的精神活动和富有者的精神活动到底有没有区别？西部和内地、历史和现状的反差是否就是喜剧和悲剧的反差？世俗的人生态度和宗教的人生态度是否有着水火不容的区别？我们对世界的认识是否就应该是世界对我们的要求？假如高原人就这样一如既往地活着，是否就意味着生存的质量、"人"的质量的大大降低？文明的高度发达是否能够造成人生和心灵的高度欢喜、肉体和精神的高度幸福？一切都可以用肯定来回答，一切又都可以用否定来回答。人的选择往往是由不得自己的，我们被环境决定着，被不可测知的命运决定着；人的思维和灵魂其实仅仅是历史以及自然环境和人文环境的蘖生者。

第四辑 西部的乡愁

中国西部是一块倾斜的高原，由地域因素、民族因素、历史因素所制约的人的心理开放机制漂浮在不同的水平面上。这些因素有时是现实的动力，有时是现实的后赘。而对一个民族来说，后赘的价值往往优胜于动力的价值。当后赘反弹为动力的时候，它的作用就大不一样了。对此，我们的思考是不是应该有这样一个开端：因断裂而崛起的世界屋脊必然会因断裂而凹凸而塌陷，过去许多人往往很傻地为自己居住在世界屋脊而骄傲而感到光荣无限，现在却更傻地为自己居住在世界屋脊而灰心而愤愤不平。其实光荣无限和愤愤不平都是没有意义的，都是一种没有把高原当作家园的表现。真正的高原后代，那些格萨尔的子孙，从来都是平静地生活着也平静地崇拜着——就像崇拜祖先格萨尔那样崇拜着世界屋脊。

藏族的《格萨尔》是世界屋脊的镇脊之宝。从理性和想象出发，我们完全有理由把它视为整个青藏高原各个民族共同的史诗。因为它反映的是属于全人类的征服意识、进取精神和对真善美的古典看法，反映的是在神话年代进入史诗年代之后，人的生存意识突然被日益强化了的发展意识和创造意识所代替，从而让悲壮和崇高占据了人生制高点的那个岁月里的人类的历史。更重要的是，无论我们怎样富于想象，怎样喜欢用抽象的义理代替直观的事实，我们不得不承认，迄今为止，我们还无法从汉族的历史中找到一部威武雄壮的可触可摸的史诗。也就是说，汉族的历史是断裂了的，在它的神话年代和有文字记载的历史年代之间，缺少一个史诗年代作为衔接。如果我们还想和本土的居民一样愉悦而伸展自如地生活在高原，就必须像接受高海拔一样接受《格萨尔》史诗对我们的熏陶，就必须在《格萨尔》的熏陶和启示中，寻找和发现属于汉族自己的史诗。

汉族的史诗大概是亡佚了的。如果这个说法不会太离谱的话，我们便有理由做出这样一种猜想：汉族太古老了，在它创立文字之前，所有的神话和史诗都已经被漫长的时间淘洗干净了。就在这个时候，另一支正处于神话时代的民族参与了民族大融合的历史运动，他们那诅咒太阳的传说，那治理洪水的故事，那盘古开天的臆想，被这个古老而先进的民族堂而皇之地接受了过去，并用文字记录了下来。于是，那个沉湎在神话幻景中的民族，在进入悲壮而理智的史诗年代之前就有了一个超越历史的心理激变和主体跃进，文明的强光辐射使他们失去了一个拥有史诗的机会，不然古老的汉民族一定会把别人的神话和史诗一起搬进自己的历史宝殿的。一个只产生了神话而来不及产生史诗的民族就这样和一个早已被时间淹没了神话和史诗的民族融为一体，在共同的历史文化中领有着共同的骄傲也领有着共同的遗憾。尤其是当它在世界文化发展趋势的逼迫之下，渐渐萌生了民族的寻根意识之后，便更为史诗的遍寻不见而大为惋惜了。聊以自慰的是，他们从藏族的史诗《格萨尔》中觅到了自己祖先的身影；他们似乎有根据这样设想：全世界所有具有史诗的民族的猿祖，从树上爬下来的时间比起亡佚了史诗的民族的猿祖来，晚了将近一百万年。也就是说，我们不是一起下树，我们不是一起直立而起，我们不是一起发现了火种，我们不是一起走向了滋生智慧树的原野。

然而，不管是早进化了一百万年，还是晚进化了一百万年，对于今天的我们来说并不起决定性的作用。人类的史诗精神虽然能够强壮我们的肌体，提升我们的境界，却不能代替我们今天的脚步；我们也不可能在对彩陶纹饰的欣赏和对英雄祖先的崇拜中获得生存和发展所需要的一切。正如识见者所说："在走向未来的过程中，穷国和富国处在同一条起跑线上。"这对地区，对民族，对西部，对青藏高原，对人的心理，当然也应该是适宜的。

第四辑　西部的乡愁

　　那个骄傲的拥有史诗的藏族，那个古老的亡佚了自己的神话和史诗却赢得了他人神话的汉族，在青藏高原挺拔辽阔的土地上，以相差不远的心理状态，吃力地进行着寻找家园的活动。

　　关于神话和史诗的反差，关于民族的反差，既是历史的反差，也是现实的反差，却不一定是未来的反差。人们的创造活动和理性世界的真正建立，将会首先在心理上裨补或跨越那个悲剧性的文化断裂带。

　　人类历史的最后一个辉煌阶段，一定是戏剧的收场。

石门春秋

"石门怨"是我给这篇文章首选的标题,稍一琢磨,就发现石门村的庄稼人尽管承受了许多不该承受的苦难,但他们究竟怨过谁呢?流逝的岁月?肆虐的黄风?暴戾的洪水?没有,并没有。之后,我又想把标题改为"石门功过",想一想又放弃了,因为现在已不是谈功论过的时候,历史早就给出了公正的答案。那么,我写这篇散文的目的到底是什么呢?告诉人们一个惨痛的教训?大概是吧。我一直乐观地认为,只要人类还有勇气把良知作为自己的旗帜,一切都还来得及,教训和忏悔都还来得及。甚至我都愿意相信:教训已经记取了,忏悔早就开始了。既然如此,那就把是非和功过抛开吧,那就把愤怒和怨气打消吧,平心静气地谈一谈石门村的历史,顺便告诉人们:我们可能还是有救的,生存的环境可能还是有救的。

第四辑　西部的乡愁

乐土，乐土，画图难足

谁也无法复制那幅美丽的图画了，但它却深深镌刻在石门人的心里，老人讲给孩子，老师讲给学生，一代又一代，一茬又一茬。

1924年，安谧的石门草滩上出现了第一批远来的移民。他们被这里的景色惊呆了：绿色无涯，波荡天际。人走在没膝的草丛中如同走在成熟的庄稼地里，沉甸甸的草穗敲打着双腿，哗哗的响声就像水浪在涌动；身后拉出了一道道深深的沟壑，转眼又被草浪填平了。牧童把牛羊撒向草坡，唱着山歌，忘情地寻找野趣：捕捉那到处都在鼓翼欢鸣的秋蝉儿，采摘蓝的四瓣梅、白的石头花、红的水晶晶，以及由他们依据形色命名的镰刀花、喇叭花、铃铛花、四眼花、百日败花；或去寻找野果子吃，有沙枣，有酸杏，有花青，有核桃，有沙果，有桑葚；吃得满肚子饱胀了，再去追逐那些此前从未被人骚扰过的禽鸟，诸如红胸脯的凤凰鸟、爱啄土的青翅鸟、黑头白纹的墙头鸟、啼声如哨的叫天雀、羽白背青的榛子鸟，还有草百灵、沙燕子、布谷鸟、石鸡、斑鸠、野鸽子、挡霜雀儿，以及时常低回盘旋或扑下来掠食的各种鹰鹫。真是一个花草的世界，飞禽的乐园，令人迷醉忘返的地方。牧童们一玩就是一天，等到晚霞催归的时候，他们发现自己的牛羊不见了。他们跑着，喊着，惊散了草丛里的狍鹿、野狐、黄羊、獾猪，还有寂寞惯了的猞猁、旱獭，而他们的牛羊却早已吃得腰圆腹鼓，一个个懒洋洋地静卧在遮挡人眼的深草中打着盹儿。

石门村，位于青海东部巴燕乡脑头的水峡山脚下。这里是黄河上游最大的支流湟水河的源头，是中国西部农耕文明和游牧文明的分界，是一千多年前唐王朝和吐蕃王朝的分水岭日月山的臂膀。两条浓黛幽邈的庞大山沟组成了一片起伏跌宕的葱茏之地,上沟里有一对几乎在空中合拢的峭岩,宛如一个石砌的拱门,下沟里横卧着一块巨大的青石,好像一道高高的门槛,这便是"石门"的由来。两沟阴坡上,那层层叠叠的红柳、麻柳、黄刺、黑刺、浪麻、野花楸密不透风,漫步谛听,地下水穿石掠缝,汩汩之声隐约可辨。沟尽之处,绿坡顺沿山势缓缓而下,清泉四溢,溪流淙淙。山青,水明,风净,气爽,这得天独厚的西域风光,别有一番旖旎动人处。

然而,最有诱惑力的还是村庄附近的大片沃野,那是真正的良田厚土,从南到北,从西到东,根本就见不着一块裸露的山石。当年袁生全老汉盖房要用一块柱顶石,谁知踏遍青山无觅处,只好赶着毛驴去石门沟垴驮运。远来的移民们就在这片沃野上开垦出了一百多块合计有一千多亩的耕地,开始了安居乐业的生活。虽然他们压根儿就没有听说过什么"生态平衡",但他们将这一百多块耕地都一一用草坡间隔开来,并赋予它一个特定的名词:一地一间。这些"草间"小的与地相等,一般的都比地大好几倍;以草间养地,用草间放牧,保持水土,农牧兼顾,用地之科学令人叹服。1949年的土地改革对农田进行了再分配,虽然是还田于民,家家单干,但也没有破坏"一地一间"的土地格局,直到高举"三面红旗"之前,这一千多亩地一直保证着四五十户、二百来口人的温饱:即使不浇水,不施肥,它们的最低单产也能保住四百斤,其中少数地块还出现过"三十分田八九百斤粮"的单产奇迹。于是,石门村是湟源县的"粮食窖窖"的美称便风传遐迩。天时,地利,人和,刘进财花了六十元钱买了一把三弦,又弄来一把板胡,都缀上五色荷包,一有空闲不是弹就是拉,让幸福的声音在石门村的山山洼洼里悠悠然飘荡。1958年,"大跃进"以及"人民公社"化的形势逼人,当别的地方因为农民无粮可交而出现"挖面书记""扫柜县长"(为了完成虚报的征购粮数字,县委书记和县长带人挨家挨户搜刮粮食,甚至不惜用笤帚清扫农民家中盛放面粉的柜子,农民便称之为"挖面书记"和"扫柜县长")的时候,石门村依然是家有存储,队有余粮,尽管公社的带头人叮咛农民交粮时要"留点后手",但石门人为了表白自己的"共产主义觉悟",仍然交出了三十多万斤小麦。那些善于察言观色投其所好以示"紧跟"的人便因巴燕公社有石门这样的"粮食窖窖"而给它改了名字——"巴燕公社"变成了"沸海公社",也就是沸腾之海洋的意思。(但农民并不喜欢"沸海"这个名字,自作主张把"沸海"改成了"佛海",也就是佛教之海洋的意思。他们固执地叫下去,最后连政府也不得不承认了。所以,当我第一次来到湟源县时,从县政府的红头文件上看到的俨然是"佛海乡"。第二次来到湟源县时,名字便又恢复成最早的"巴燕乡"了。)

挡霜雀儿,魂归去,音犹在

1958年深秋的一个夜晚,寒风呼啸,大雪纷纷扬扬,覆盖了村庄和大地。袁玉秀站在雪地上,举起沉重的镢头朝下挖去。可那长满杂草的土地像是蒙着一张鼓皮,"腾"的一下,镢头又被弹了回来。她尝试着又挖了几下之后,便一头栽倒在雪窝里。她哭了,大声地喊着:"老天爷,老天爷,这可怎么办?"她是被干部们从家里逼出来的,因为她没有完成白天的开荒任务。就在这种哭泣喊叫、掉皮落肉的逼迫之中,石门村的耕地从一千多亩"跃进"到了两千二百多亩,慢说坡势较缓的"草间"不复存在了,就连那四十度以上的陡坡"草间"也未能幸免。紧接着,"千斤粮,万斤肥"的口号又逼得农民不

藏獒的精神

得不大量烧野灰，除了把那聊胜于无的草间的草消灭殆尽之外，连石门沟里的灌木丛也被一扫而光。以后的几年里，"放火烧荒，积肥增粮"的行动在石门村几乎成了家常便饭。到了十年动乱中，石门村又成了大修"大寨式梯田"的"战场"，破坏植被的行动再次掀起高潮，被逼无奈的农民们为了修起整齐划一的梯田，和给这些梯田上足"打政治粮"的灰肥，连土底下的树根都挖出来烧掉了，直到整个石门山乡一树不见，一根不留，寸草不生，滴水不流。

很多人认为，破坏生态平衡，必将经历一个漫长的时期。它的恶果也只会在遥远的将来才能显现，不可能是现世现报的。但是，石门村从1958年愚昧地铲除茂密的植被开始，发展到"拉羊皮不沾草"的不毛之地，也不过二十年光景，其间破坏性较大的几次"大办"加起来也只有短短的十年，而大自然的惩罚不仅现世现报了，而且是十年八年就报，隔年或者当年就报，甚至是立竿见影就报。天谴如此迅速，令人触目惊心。

曾经，这里是"风吹草低见牛羊"的风水宝地，谁料二十年后竟成了"九月风夜吼，一川碎石大如斗"的汉武轮台。从土改时的地埂看，临风的阳坡地已有二三尺厚的表土不翼而飞，避风的阴坡和滩地中，土厚处也不过一锹深，而且大多数耕地沙土间半。有人新近平整了一块近二分地的场面，被他小心翼翼收拢起来的表土却只有三立方左右。枯瘦的庄稼植根于如此瘠薄的土层中，哪一棵禾苗不愁旱，哪一片叶子不盼雨？可是果真叫应了上苍而落下一场大雨时，则又会在苍白的乏土皮上淌出千万条恍若泪痕的小沟小壑来，越发使得大地皱纹缕缕，衰颜陡增。二十世纪五十年代初，曾有一次山水漫灌石门村，但那水是清澈的，也是温顺的，并未酿成毁田毁屋的大灾。1962年到1979年间也曾有五次山水漫灌石门村，那可就大不一样了：黑水从水峡山

第四辑 西部的乡愁

上瀑流而下,沿着石门沟咆哮而去,失去草坡守护的沃土被一层层揭去,如牛山石雷滚,浩浩泥流车槽。当年连一块柱顶石也找不到的平展展的沃野,经过几次大水冲刷后,头大、盆大、羊大的石块无地不有,无埂不有,无路不有;在水土流失严重的地方,甚至横七竖八地出现了几十吨重的嶙峋巨石。沟壑纵横,满目疮痍,山穷水尽,黯兮惨悴。

曾经,这里的农民依赖土改中分得的土地直起了腰,户户有余粮,人人不愁饱。谁知他们把土地交给人民公社过了几十年集体化生活以后,这些土地再还给他们时,竟变成了一片种粮不丰、种草不旺的沙碱滩。照袁生全老汉的话说就是:"倒进油也不长庄稼了。"1958年还以交粮多而赢得盛名的石门村,到第二年便被推进了"缺粮队"的门槛而成为历史嘲弄的把柄。粮食单产由四百斤降到三百斤、二百斤、一百多斤,最后成了三十来斤;交售给国家的粮食也由1958年的三十多万斤变为几万斤、万来斤,直到最后连四千一百斤的任务也是年年完不成。年年到县里、到公社(后来是乡)要粮要救济,成了干部们最头疼的事情。家家背债,人人欠款,许多农民无计生存,不得不丢下这块难离的故土到远方投亲奔友去了;剩下的人也都在到处捎话,八方打听,随时准备远走高飞。

曾经,这里的河水和潭水用不完,即使在别处缺水的冬季三个月和"卡脖子旱"的五六两个月,汪在五口水井里的水也都在两米以上,解决人畜饮水绰绰有余。而今河流消失了,潭水干涸了,一年三百六十五天都得靠井水为生,可原来的五口老井,已有三口成为枯井,其余的两口井一夜只能渗出十几担水。家家抢水,户户排队,有时逢年过节,水打不上来,有些人干脆把孩子吊下井去用舀子舀水。为此,国家曾投资四万元安装管道,试图引来山泉水,但因水源不足等原因,两公里长的管道还没投入使用就报废了。后来,国家又投资二十九万元,从六公里外引水解决石门等村的用水困难,但也只能缓解旱渴,依然无法满足人畜饮水,更谈不上灌溉农田了。花的是国家的钱,办的是人民的事,固然无可非议,但这些钱本来是不需要花的呀!

哪儿去了,令人怀念的挡霜雀儿?曾经,只要你啁啾鸣叫,严霜就不敢下来凌侮庄稼。而今,你的歌声消逝了,秋霜便来得早了,春霜却迟迟不去。还有你们,那些挡霜雀儿的伙伴——红胸脯的凤凰鸟、爱啄土的青翅鸟、黑头白纹的墙头鸟、啼声如哨的叫天雀、羽白背青的榛子鸟,还有草百灵、沙燕子、布谷鸟、石鸡、斑鸠、野鸽子,你们都到哪里去了?是一去不复返了吗?难道真的一去不复返了?归去来兮,归去来兮……

弦断音哑,宁知石门悲?

山苍白,地苍白,人苍白;生态失去了平衡,生活失去了平衡,连人心也失去了平衡。

还是从我们的房东说起吧,她是村里的中等偏上户,有一定的代表性。村干部之所以把我们安置在她家,只因为她的男人出门挣"贷款"去了,家里能挪出一个铺着毛毡的土炕和一条半旧的床单、两床八成新的干净棉被。不过我们马上了解到,那棉被、床单和毛毡全是她在邻近的海晏县金滩乡过世不久的母亲因为怜惜她,背过其他姊妹偷送给她的故物。她的大男孩叫刘文珍,已经十七岁了,五岁时左眼害病,因为没有"闲钱",至今没有治疗过一次,几乎成了半盲。可是他极懂事,天天挑水、背粪、垫圈,从不问母亲什么时候给他看病。有时清闲了,他会盯着堂屋正中的那张毛主席像,久久凝视,直到看得终于模糊了,朦胧了,他才会转身离去,呆呆地伫立着想心思。她的二姑娘刚刚定亲才十天,但受聘的一百五十元"干礼"早已因还债而分文无存,那套准备结婚时穿的外套也已经穿在她身上换不下来了,因为她的旧衣服已经给她的妹妹改做了冬装。

　　还记得那位曾经既拉板胡又弹三弦的刘进财吗?他就是女房东的丈夫,那个出门挣钱的人。我们看到,那把已经陈旧了的三弦依旧挂在当年挂过的地方,丝弦松弛,一任蛛网尘封,徒作了房中遮住墙窟窿的装饰,惹人怅惘。而那把曾经同样带给他生活情趣的板胡,却做了一副值不了几元钱的眼镜的赔偿——那一天黄风大起,几乎要吹落天边的日头了,他借来一副眼镜挡风,不慎被风刮落在地上摔坏了镜框。在那"一块洋钱,难倒好汉"的岁月里,这位曾经豁出六十元钱买乐器的五尺汉子,到哪里去找那几元钱呢?

　　独苗儿难活,孤火儿难着。女房东家的情景固然可悲,但石门村里那成排成连的三十以上的光棍汉,有谁不是生活在悲中之悲里。他们都是庄户人家的一把好手,可就是找不上对象。袁明三,他父亲连续十四年给他托媒提亲,姑娘说了一个又一个,到头来还是"出门一把锁,进门一把火"的光棍一条。那次他父亲去金滩,女方的父母答应了,还说,那就先看看小伙子的品貌吧,只要没什么毛病就能定。老汉满心欢喜。谁知人家探听到石门村的状况后马上反悔了,小伙子去相亲时居然被挡在门外。娶不来媳妇,小伙子只好抛下自己的老人,到外乡外县去做"过门女婿",这样的男青年光我们知道的就有十七个。至于石门村的姑娘们,大多数都在"只要地方好,彩礼可以少"的原则下外流了;其中有八位姑娘作了"换门亲"中的"交换品",为自己的哥哥或弟弟换回了媳妇。这种缺乏爱情的婚姻当然不是小伙子和姑娘们的所愿,他们何尝没有对爱情的渴求和憧憬?但在严峻的贫穷面前，他们的爱情只能在婚后的漫长岁月里寻找补偿，还不知道能不能找到呢。难怪石门村的年轻人不像从前那样遇见长辈就下马，遇见老人就起身了，因为他们认为，父辈们并没有给他们留下什么值得珍惜的东西。父辈们感到冤枉：石门村的荒败景象怎么能归罪于他们呢？但他们又说不上或不敢说到底应该归罪于谁，只好代人受过似的在晚辈们面前或明或暗地表示歉疚了。

"式微式微，胡不归？"有户农家的男人被姨娘、阿舅的私债和电费欠款、磨课欠款等逼得出门卖劳力去了，第一次寄来还账的钱后，家中害着肺结核和心脏病的主妇挪前攒后地抽下了十五元，既不去医院治疗自己的病，也舍不得给孩子买支宽裕的铅笔和橡皮擦，却以一只一元五角的高价买来了十只电孵小鸡，盘算着将来如何做一个养鸡重点户。这种用心良苦的对未来生活的向往未免叫人心酸，但从她的盘算中，我们还是看到一种属于人的倔强的生存意志至死不休地氤氲在苦难人的心里。马生英在外乡的妈妈病了，她去医院探望，看到床头柜上那瓶别人送来的罐头上有一枚美丽的商标，她生怕别人抢走似的赶紧轻轻撕下来，揣在了胸兜里。她把它带回自己的家中，贴在炕墙最显眼的地方，用那黄灿灿的画中橘子来点缀自家灰蒙蒙的生活。

在石门村，我们还看到，家家户户的面柜上、单桌上都整整齐齐地排列着一长溜儿捡来的玻璃酒瓶，他们天天掸尘，岁岁擦洗，尽量使商标完好；又低又黑的房屋里，那些酒瓶形成了一道五光十色的熠亮弧线，闪烁在不明亮的白昼和更不明亮的暗夜里。除了酒瓶，很多人家的墙上都或多或少张贴着小学生的图画作业，不知是家长的意思还是老师的布置，这些图画作业上画的都是花草树木、绿山绿水，似乎在凄惨地告诉人们：真正的已经失去了，我们只能画一些假的来安慰自己了。还有那些在庭院中央用石头围起来的花坛，那些用各色碎布拼缝的坐垫，那些虽然陈旧却可以遮住堂屋正墙污迹的人物张贴，那些糊在窗户上的姑娘用烟盒锡箔剪叠而成的各种图案，都告诉我们这样一个事实：石门村里，虽然美丽的自然风光永逝而去了，但人们对美的向往，对生活的期待并没有泯灭。不肯泯灭的美的向往自然也应该是对人类良知的向往，虽然只有可怜的微不足道的一点点，但我们仍然有理由把它看成是心灵的火种。什么时候，良知的火种能够燃烧起对生存环境、自然植被最盛大的热情呢？难道只有等到破坏已经发生，自然彻底残败，生态完全失衡了以后吗？

离别石门村时，秋天正从秃坡上、荒滩中、无麦的场面里消逝，又一个漫长而难熬的冬天就要来到了。我们无言地穿行在无绿的田野、无水的河道里，只有在心里沉沉地说一句：人们，记住这石门人的悲哀吧，因为石门村的今天也正是许许多多地方的今天，或者明天。

可可西里——哭泣中的美丽少女

因为它并不是一个行政区划，加上界限的模糊不清，我们暂时还无法准确地说出它的面积，通常被人们应用的"八万三千平方公里"是一个比较随意的并不确切的数字。一般来说，它是以可可西里山为中心的一片由高山和丘陵、台地和平原、河谷和盆地组成的荒原，这片荒原向北延伸到昆仑山，向南延伸到唐古拉山，向东延伸到通天河流域，向西越过青海省界延伸到西藏的双湖一线，差不多相当于一个广东省的面积，平均海拔在五千米左右，最高峰为北缘昆仑山的布喀达坂峰，海拔六千八百六十米，最低点在库赛湖以北昆仑山博卡雷克塔格山脚下的红水河一带，海拔四千二百米。

在概念上，多数人至今还以为可可西里是中国最大的无人区，因为他们没有把那些长年累月深入荒原腹地偷猎野生动物的人算作人，其实他们也是人，而且是一些异常强悍霸道的人。有了这些偷猎者之后，就有了一年四季守望在烈风酷寒中的反偷猎人士，再加上淘金人的大批涌入，加上旅游、探险以及科学考察，可可西里在整体上已经

第四辑　西部的乡愁

不是一片无人区了，它只是局部无人，只是还没有形成城镇和村落，只是来这里的人没有打算天长日久地待下去罢了。在青藏高原，没有固定居民的地方多了，但被称作"无人区"的就只有可可西里和紧连着可可西里的藏北高原。现在，这两个地方都已经络绎不绝地有了人的踪迹，而且是带来了污染和破坏了环境的人群以及人类社会的踪迹，"无人区"的叫法是不是已经名不副实了呢？

照我的想法，当然还是"无人区"好，还是名副其实的"无人区"更适合人类和地球的需要。可可西里是一个高寒贫瘠的地方，生长着薄薄的一层高山冰缘植被，这些植被短命矮小，贴地匍匐，可怜可疼，仅能满足藏羚羊、藏原羚、藏野驴和野牦牛等野生动物的食用需要，根本就经不起人的践踏和铲挖。"无人区"也就等于是自然保护区，是动物和植物借以休养生息的避难所。有人曾经问我，既然可可西里如此贫瘠，野生动物为什么要选择它作为栖居之地呢？我说那不是动物的选择，而是人类的逼迫。人类一步一步地侵占了所有适合生存的地方，侵占了野生动物的家园，野生动物只好一步一步地撤退，最后聚集在了人类暂时还无力占领或无力长久居住的可可西里。这就是说，可可西里是野生动物的最后一块领地，是躲避人类追杀的唯一堡垒，它并不像有些人说的那样是"野生动物的天堂"。不，不是天堂！哪有如此荒寒、如此缺氧、如此短吃短喝的天堂？要是人类的威逼稍有松懈，藏羚羊、藏原羚、藏野驴和野牦牛一定还会回到原来那些水草丰美的地方。

令人愤怒而难解的是，就连如此贫瘠的最后一块领地，人类也不打算让给野生动物，掠夺家园和枪杀生灵的事件屡屡发生，几乎成了一股恶潮，一浪高过一浪地涌向那片恒久的寂地无边的高野。二十世纪五十年代以前，可可西里的藏羚羊数量在一百三十万只以上；六十

藏獒的精神

年代初饥荒袭遍全国，人们成群结队荷枪实弹地走进了可可西里，野生动物的家园成了解决人类饥荒的肉食品出产基地，藏羚羊的数量骤然减少到七十万只以下；以后又有了回升，到了八十年代初，就又是百万藏羚羊悠然栖居、漫步草野的景象了。但是对藏羚羊来说，这是最后的辉煌，是晚霞燃烧的时刻。二十世纪八十年代作为一个转捩点，是可可西里走向嘈杂和破败的滥觞。在这个转捩点上，人类开始显露自己贪婪的本性，野生动物开始走向灭绝的境地。先是涌入可可西里的十万淘金人为了解决食物问题而大开杀戒，接着就开始了以牟取暴利为目的取皮弃肉的大规模武装围猎。以此为开端，对藏羚羊、藏原羚、藏野驴和野牦牛等野生动物的大肆屠杀愈演愈烈，再也没有停止过。藏羚羊生活在高海拔地带，极度的寒冷使它们进化出了一身厚密的绒毛，这种绒毛被认为是世界上最好的动物绒毛，一公斤生绒的国际市场价为两千美元，是名副其实的"软黄金"。用它制作的"沙图什"披肩更是贵中之贵，一条长两米，宽一点五米，重一百克，轻柔到可以从一枚戒指中穿过去的披肩，市场售价竟三万到四万美元。据了解，境外制造"沙图什"披肩的全部原料，都来自中国的青藏高原。人类真是疯了！消受"沙图什"的欧洲人真是疯了！人类的疯狂奢靡和暴利引诱导致了藏羚羊绒的疯狂走私，更导致了对藏羚羊的疯狂追杀。追杀连年累月，不间断地持续到了今天。今天的可可西里，已经看不到大片的藏羚羊群了，偶尔看到三只五只，也是稍纵即逝。据一位参加过反偷猎枪战的森林警察说，现在可可西里的藏羚羊不会超过两万只，整个青藏高原的藏羚羊也不会超过三万只。从一百三十多万到不足三万，一眨眼的工夫，我们就如此彻底地毁灭了一个庞大的物种群落，真是魔面自画，鬼相已成！人类的形象就这样被人类自己塑造着，定格在了高天大地之间，定格在了惊恐万状的野生动物眼里。

第四辑　西部的乡愁

"可可西里"是蒙古人起的名字，意思是美丽的少女。当美丽的少女已经不再美丽，当血雨腥风已是原野的风景，当我们钟爱的姑娘屡屡被强盗蹂躏，我们深藏内心的除了同情和哭泣，就只有愤怒了。

1994年，青海省玉树藏族自治州治多县西部工作委员会的领导索南达杰在可可西里太阳湖地区，一次就查获藏羚羊皮一千三百余张。不幸的是，在押解几个偷猎者走出可可西里的路上，这位反偷猎英雄突然遭到了偷猎者的顽固抵抗，一时间，那种只有在美国西部电影中才能看到的激烈的枪战场面出现在了可可西里的太阳湖畔，瞄准过藏羚羊的半自动步枪这次瞄准了索南达杰。索南达杰轰然倒地，整个青藏高原都为之欷啦啦颤抖了。索南达杰被枪杀后，我曾专程去那片荒原采访，并凭吊这位了不起的反偷猎英雄，我看到被缴获的赃物——数千张藏羚羊皮和数千只藏羚羊角悲惨地堆积在原野上，风沙号叫着，天地之间塞满了凄哀。我好像听到了不甘消逝的蹄音依然在天边流淌，听到轰隆隆的奔逃声突然变成了反抗人类屠杀的冲天呐喊。后来我又关注过一个叫杨欣的成都汉子为筹资建造长江源索南达杰自然保护站而东奔西走。奔走是艰辛的，直到焦头烂额，直到痛哭流涕。这情状证明了社会乃至人类在爱护地球、保护家园方面的迟钝和吝啬。人们一次次怠慢了杨欣，怠慢了野生动物最后的栖息地青藏高原的可可西里，怠慢了濒临灭绝的数十种野生动物，这是人类的耻辱，是我们尚不见流血的自戕。而杨欣——请允许我诚实地赞美一位精神同道——是不愿自戕的先锋，是二十世纪最有感染力的觉悟者，是用自己的生命抚平地球伤口的保护神。

杨欣的奔走呼号终于有了回报，全世界都知道可可西里荒原建起了第一个和偷猎者决一死战的堡垒。当1998年8月19日保护站附属设施工程竣工时，大学生志愿者赵昕和索南达杰的继任者——我国第

藏獒的精神

一支武装反偷猎队伍——野牦牛队的领导扎巴多杰共同升起了国旗。这是第一面在青藏高原为着野生动物而升起的旗帜,它招展的时候连藏羚羊也流泪了。遗憾的是,仅仅过了两个多月,1998年11月8日,索南达杰的继任者(也是索南达杰的妹夫)扎巴多杰就给自己的生命画上了句号——自杀发生了,搞不清原因的自杀让所有知道他的人都惊呆了。不少媒体以"可可西里痛失保护神""可可西里守望之星陨落"为标题报道了这个不幸的消息。

不要去追究自杀的原因了吧,因为任何原因都无法改变这样的事实:在那片荒寂至极的地方,任何一个为保护野生动物鞠躬尽瘁的人,即使是自杀,他生前也应该是我们这个时代罕有的勇士。因此我们仍然要表达我们全部的痛惜,然后追问一句:谁是继任者?我们早就说过了:献身于自然的人永远是最高尚的人。但我们,我们的大多数,谁又会为了这种高尚而舍弃那些早已经习惯了的生活追求——不吃野生动物的肉,不穿野生动物的皮,不用野生动物的头角骨骼做器皿呢?我不知道有多少人是这样做的,我只知道我自己:当全社会都有了平等对待野生动物的友善意识,当我们的世俗生活里渗透了绿色和平的汁液,假如我是偷猎者,我就会自杀。是的,应该自杀的不是保护神,而是偷猎者。因此我在这里呼唤人类的良知,呼唤偷猎者的良知,呼唤我们的家园里那些失道者亦即地球的敌人的良知。

需要提醒的是我们人人都可能是生态家园的失道者——1985年夏天,为了采访淘金人,我曾经到达过可可西里仙女湖一带,方圆六七平方公里的湖水是清澈的,透过数米深的水还能看到湖底的石影;后来,没过几年就不行了,我从朋友处得知,那儿的水已经成了喝了就拉肚子的脏水,那儿的水面上漂着令人恶心的垃圾,那儿——曾是仙女沐浴过的地方——已是地不灵人不洁了。清波没有,倒影没有，秀色没有，湖韵没有，好的都没有了，只有坏的，那就是垃圾，是不堪入目的污染以及隔着十里八里都能嗅到的脓臭。脓臭的制造者有淘金人，有旅行者，有记者，有科学考察人员，还有过路的司机和一些闲杂人等。当然更主要的还是偷猎者，他们在湖边剥取了成千上万只藏羚羊的皮毛，羊血染红了湖水，湖水变成了羊血，一湖羊的血。

我听说有这样一则寓言：可可西里除了动物就是神祇，一旦有人闯入，动物们就奔走相告"魔鬼来了，魔鬼来了"。这时，它们或者被神祇解救，或者毙命于魔鬼的残害之下。但不管是被解救的，还是被残害的，它们都会牢牢记住魔鬼的容貌，它们的灵魂总有一天都会按照它们记住的容貌变化成魔鬼也就是人的形象。那些枪杀过藏羚羊的人，当你们在这个世界上看到一个容貌酷似你或近似你的人时，你一定要小心，那不是凡胎所生，那是幻化而来，那就是被你残害过的藏羚羊，他如今已经变成了另一个你自己。他和你照面和你擦肩而过的目的，就是要搞瞎你曾经瞄准过藏羚羊的眼睛，或者给你传染上某种疾病——也许是 SARS，也许是禽流感。我还听说有一只藏羚羊在被追杀而无可脱逃的时候跪在了偷猎者面前，前肢合十，流泪作揖。难道我们就不能暂且相信灵魂的存在，认为那是索南达杰或扎巴多杰附丽在了藏羚羊身上吗？这是英灵的乞求，是自然对人类的乞求，是可可西里对一切施虐者和强暴者的乞求。

一切保护自然的行动，都是替天行道；一切破坏自然的行动，都是逆天行事。而逆天行事的另一层意义是：自取败亡。

秋风秋雨中的孟达林

1983年秋天,在参与了孟达自然保护区的首次考察后,我写下了这样一段文字,并且发表在当时的报纸上:

在天池边的护林房里住了一宿,我和孟达林一起醒来,首先看到的是绯色胭云笼罩下的天池。天池,孟达一绝,面积三百多亩,最深处二十多米,水色溶溶,波光漾漾,四周树高林密,重峦叠嶂,万顷苍翠,如海奔流。我用天池清凉的水洗脸漱口,烧水煮饭,饭罢,抬头一看,中天云翳正在悠悠北去,天就要放晴了。林业专家高志扬欣喜地对我说:"走喽,去天池自然大坝。"

路上,高志扬告诉我,孟达处于甘肃和青海交界的青海境内,是青藏高原和黄土高原的衔接地带。这里土地肥沃,气候湿润,四周耸起的积石群峰犹如屏障,阻止和减弱了来自高原内部干燥的冷气流,植物丰富芜杂,兼有亚热带和亚寒带原始森林和次生林的特征,这对于研究古青藏高原的植被状况,研究辽东栎、华山松、台湾桧以及珍珠梅、木姜子、文冠果等温带植物被历史遗留在高寒带的奥秘，研究云杉林和桦树林罕见的自然更新能力，研究孟达林区生态环境的奇特和优越，研究植物群落分布的生态特征以及历史的成因，都具有极其重要的价值。因为孟达集中了长江流域、秦岭山脉、华北平原、长白山区的许多植物，这里也应该是一个理想的生物学教学基地。孟达自然保护区的面积不到青海省总面积的三万分之一，却生长着约占全省四分之一的植物种，按科系算则约占全省种子植物的百分之八。就现在掌握的情况看，孟达自然保护区共有种子植物九十科，三百零二属，五百三十七种。其中广布于世界的有四十二属，分布在亚热带的有九属，生长在东亚的有二十一属，故乡在温带的有两百多属，中国特有的有九属，而其中的五十余种是青藏高原其他林区未发现过的新分布种。

沿小溪而上，听清风爬过树隙草尖的脚步声。那苍翠的云杉、洒金的花楸、焰火般耸动的山里红、浅碧悠悠的刺五加、隽秀素洁的血满草花、逸气横生的藤山柳，一切都在风中起舞。高志扬说，在孟达，植物学家可以采摘到珍贵的标本，摄影爱好者可以寻找到迷人的风光，探险者可以在攀登"拔断筋"（天池边一座陡峭的山峰）的过程中领略风险之美，游客们可以观景休假可以品尝野猕猴桃、野草莓、野葡萄、野沙枣，李时珍的子孙们可以看到三七、党参、鬼白、贝母、七叶一枝花等多种药材——孟达林区的药用植物繁杂，多数还没有采集到标本，如果有人肯投资，在这里建立一个植物药培植和引种实验地肯定是大有潜力的。

我们停下来。高志扬说："这就是天池自然大坝，也叫竹子坪，这里的竹子叫华秸竹，整个青藏高原唯独孟达才有，是熊猫最爱吃的食物。熊猫是中国特有的,华桔竹也是中国特有的。"我看到亭亭而立的华桔竹如同风中仙女,紫红的叶鞘,鲜嫩的竹枝,丛丛相连,浩浩漫漫地延展开去。一些叫不出名字的鸟儿在竹林上空飞来飞去,见了我们也不害怕,不时地落在我们眼前身后。我们穿过仙女侍立的竹丛,沿着天池边的小路往里走,涉过了清泉河,赏过了孟达人字瀑,钻过了一片灌木林,最后登上幽邃的天池北峰。放眼望去,但见遥远的黄河如同一缕飘带缠绕在地涯天际处;飘带连接着一片如山如堡的黑森林,那是宽阔的塞满了葱茏的孟达第一沟的沟口。高志扬说:"沟中有红桦、白桦、紫桦、云杉、白腊木、雨燕、杜鹃、斑鸠、野雉、灰鹭、蓝马鸡……"正说着,什么东西一闪而过,他叫起来:"看,是林麝,还有岩羊,看见了吧,就在山崖上。"

…………

那一次,我在秋天的孟达林里待了一个星期,惬意得我都不想回城市了。孟达林给我的印象如同仙境,仙境给我的印象就是孟达林。在我不得不离开的时候,我发誓我一定还要来这里,多住些日子,多见识一些稀奇的植物和动物,多有一些在清凉的森林浴中淘洗净化污浊身心的幸福感。

一晃就是八年。八年以后,我才有机会再一次走向孟达林。

第二天我们冒雨登山,也是秋天,细雨霏霏,如丝如缕。上午十一点,我和省林业局的李工程师坐着一辆顺路的大卡车,从循化撒拉族自治县的县城出发,沿黄河迤逦而行。一路上,经过了"野狐跳"(黄河两岸峭壁相向,间隔仅有丈余,野狐一跃可过)、"骆驼礁"(黄河中形似骆驼的赭色礁石)、"河心牛"(河中牛形的山)、"锁通关"

（黄河穿越积石峡时的一大险关），凭吊了"禹王石"（大禹治水，始于积石，偌大一块古老的花岗闪长岩便是他休息打盹的靠背石）、"经书洞"（古代有高僧在此译经修行）、"马耳坡"（相传炎黄之争时，黄帝挥剑斩断了炎帝坐骑的耳朵，耳朵落在此地变成了一座巨大的耳形山）。傍晚，我们告辞了大卡车，登上徒有虚名的油松坡，借宿在离林场不远的一个叫塔撒坡的撒拉族小村庄里，接触到一些参与过守护孟达林的撒拉族村民，听他们说起一个叫韩得明的老护林员，感叹不已，直到深夜。

第二天我们冒雨登山，前往孟达天池。步仄径，临清流，头顶烟雾飞走，身旁歪松夹道，秃山叠叠，枯叶层层，残树阵阵，坏木纷纷，真正是"阁道崚嶒，似我回肠恨怎平"。伤逝抑郁的时候，猛然间我问自己：我是来干什么的？我不是来寻找七彩的杜鹃林那令人迷醉的景观的，不是来领略青杆树那九次遭到断头伐而依然不屈地再生出十六个分枝的顽强风采的，不是来欣赏被慈禧太后加封过的山梅花的娇艳的，不是来和未曾相识的野生啤酒花交朋友的，不是来见识祥瑞的菩提树（学名叫暴马丁香）、奇特的露仁核桃、神秘的连理槐、一身红袍的唐古特圆柏、活了数百年还在结果的山楂树的；更不是为了多住些日子，多有一些在清凉的森林浴中淘洗净化污浊身心的幸福感。我只是想来看看，看看早就听说的发生在孟达林区的猖狂盗伐究竟造成了怎样的后果。

李工程师告诉我，孟达林区原有成片的辽东栎，现在这一质地优良的资源已经砍伐殆尽；数千棵珍贵的台湾桧，也已经看不到几棵了；冷杉几乎全部被盗伐；青杆的遭遇更是目不忍睹，中龄以上的树尽数遭到多次断头砍，再下来就该锯掉两人合抱、三人合抱乃至四人合抱的古树主干了；许多物种面临绝迹的危险，林界下限每年都在迅速后退，新的毁林痕迹说明，林缘地带平均每年都会损失三千多棵可做檩条的树木，灌木和草本植物的损失更为严重，严重到了根本就来不及统计的地步。

继续往山上走，风声雨声送来一路泥泞。那条石板路——青色的幽径，在峡谷苍松荫庇的地方舒展着身子。穿越灌木丛，又过神仙洞，再登断头青杆岗；止步，小憩，眺望山景：榛榛莽莽，郁郁苍苍，在那些盗伐者还无法攀登的险要地带，依然是枯藤老树，参天茂密。君子登高必赋，赋什么呢？什么也想不起来了。沉默。是谁轻轻抹去了激荡在我心头的绿色感喟？是背靠着的这棵低俯头颅的青杆树吗？是屹立在脑海里的那个撒拉族老护林员吗？是的，他矍铄，他挺拔，他硬朗，他刚健，他执着，他顽强，他不屈，他不朽——是韩得明，是青杆树。

从斧声的节奏、隐现的脚印、闪烁的光点、声音的高低中分辨盗贼的去向和人数，然后带着护林队的人，包抄过去，大吼大叫着撵他们走开。他们当然不会是一些听到吼声就逃跑的人，用石头还击，用利斧威胁，用恶语攻讦，甚至还挖了陷阱想让他一脚踩空掉到悬崖下面去。韩得明风雨不动，只用一句话来对付他们："你们要砍林，可以，先把我砍死再说。"在他朴素的思想里，有一个牢固的观念，那就是如果容忍孟达林的毁灭，人失去的将不仅仅是森林，而是生命赖以存在的根本，是整个生活的希望，照他的话说就是："树少一片，人枯一群，林子是我们的命根根。"韩得明是艰难的，他克制了一个农民对承包地的眷恋，摒弃了一个老人对晚年安乐的希求，把时间几乎全部花在巡山守林上，伴随他的只有冷馍、凉水、陋室、草棚、阴风、急雨、蠓虫、野兽，还有被打伤的身体、被抢空的腰囊、被撕烂的衣服，还有常常出现在集镇上的私人通缉令："韩得明赶集时谁来报信，或是谁把他打倒,到×××处领奖二十元。"韩得明苦涩地笑着说:"打倒我,没那么容易,我不去赶集你们到哪里去打倒我?"然而,在面积为十七万亩的林区中,有着形成网络的许多小道,韩得明和他的护林队员都是一张嘴巴两条腿,有什么法力阻止四面来八方走的盗伐者?眼看着不断有参天大树几百棵几百棵地倒下,他经常要做的便是跪伏在死树上,面朝苍天,流着眼泪,大声呼唤真主的保佑。

难道森林一定要用眼泪来浇灌?难道资源一定要用鲜血来保卫?是的,至少在孟达应该是这样。好像是昨天,那个秋风萧瑟的日子,莺鸟阵阵啼鸣,草馨缕缕袭人,蓝马鸡朝深林飞去,屙下一粒裹在粪里的树种。如果这粪裹的树种落在土壤里,用不了多久,就会冒出一个嫩嫩的幼芽,那是一棵参天大树的童年。然而,土壤被砍下来的枝丫覆盖了,枝丫上的条条针叶仍然是苍绿的,丝毫没有觉察生命的源泉已经枯竭。韩得明带着人抓住了两个毁林者,痛骂了一顿后,押着他们往山下的林场走去。这时,从浓荫遮蔽的地方窜出一个手持利斧的人来,尖声叫唤着胡乱砍杀。斧光闪耀,在空中划过道道弧线。韩得明的左胳膊当下被砍断了,肩上、胸上、头上到处都是伤,血流了一地。盗伐者跑了,韩得明倒下了。

孟达林瑟瑟发抖。认得那些个野蛮的毁林人,它乞求他们收敛一点,哪怕刈戮的利斧只对准祖辈父辈们苍虬老健的躯体,而对稚憨的幼株胚芽多少动一点恻隐之心;认得那个叫韩得明的撒拉族老护林员,它乞求他千万不要撒手而去,尤其是在这个秋风阵阵、寒凉乍到的日子里,尽管它也知道人的死活是由不得自己的。它害怕如果没有了韩得明就会再次出现五六十人甚至上百人的盗伐团伙,就会再次被迫接受人为火灾的考验,就会再次发生以支援建设的名义大规模乱砍滥伐的事情。团伙盗伐、人为火灾以及有组织的乱砍滥伐,对孟达林和整个中国西部的森林来说,都是一些灾难性的词语,它代表了人类的意志,代表了森林走向灭绝的全过程。

……翻过青杆岗,便是凝碧的天池水。秋水是似曾相识的,豪风是似曾相识的,护林房是似曾相识的。然而,四周的森林已是今非昔比了,稀疏着,出人意料地稀疏着;斑秃着,癞子一样斑秃着。好比一个旧爱的姑娘面色憔悴、衣服褴褛地来到了你的面前,严峻的现实是:你还爱她吗?她已经多次被人糟蹋过了。我的心在滴血,我的牙齿已经咬得扁平,我的眼睛正在放射愤怒之光。但是我知道,最有能力占据我心脑的情绪还是无奈,我只能长叹一口气,然后上前紧紧地抱住她。

痛苦的现实必须要用痛苦的心灵来承载:我爱孟达林。

草原的声音引领我们悲悯

想起贵南县的森多草原了:一片旷达的山垣之上,有一条河在静静地流,好像多少年都没有人畜惊扰过那里的清澈了;有一些草在青青地长,好像那是永远的秀挺,是草原夏天永远的证明。我这样说,是因为在我经过的山垣北坡,在方圆二十公里的夏窝子(夏季牧场)里,已经看不到水的清澈和青草的踪迹了:牛羊过处,绿色席卷而去,褐土翻滚而出,只留下无数牛羊的蹄印,和无数同样是褐色的羊粪蛋、牛粪饼,在枯干中等待着明年牧草的复苏。外地人以为草原上的牛羊跟别处的牛羊一样是不辨东南、插花吃草的。不,它们实际上是拥作一片、挤作一摊的,是朝着一个方向一路吃过去,一直吃得草原寸草不留,漆染了似的变成黑褐色。牛羊太多,草场太少,这种扫地以尽的畜牧方式已经不是一年两年了。

一天早晨,我正在队长巴桑家的帐篷里喝茶,一个放牧员进来质问队长说:"为什么不让我去河东草场?"队长说:"南山草场还能放牧,去河东干什么?"放牧员说:"南山草场能不能放牧草原知道!"

队长说:"草原的事情我比你清楚,你赶紧去吧!"放牧员说:"倒霉的时候在后头哩。"放牧员走了以后队长对我说:"放牧员说得对,'南山草场能不能放牧草原知道'!但是公社不听草原的话,我也没办法。"我的疑问是:"草原怎么能知道,难道它会说话?"巴桑队长苦苦一笑说:"草原的话是狼毒说出来的。"

这是1984年夏天,我第一次知道那种被大家称为馒头花也就是狼毒的植物,原来是草原关于自身健康的表达。狼毒是一种草本植物,植物学的名字叫"瑞香狼毒",马耳似的阔叶,馒头形的花朵,白中透紫的颜色,不时有一股浓香随风而出;因为是单性花(雄花五瓣对生,雌花六瓣对生),狼毒便把黄色的花蕊突挺出来,等待着授精或者授粉;根茎可以入药,有清热解毒、化瘀止痛的功效,可治疗瘟疫、溃疡、疥疮、顽癣、炎肿等。狼毒是有毒的,就跟它的名字一样,对牲畜来说,狼有多可怕它就有多可怕,如同俗话说的:"今儿吃狼毒,明儿吃马肉"——说的是马吃了狼毒就会立刻毙命;"骆驼见狼毒,唐僧遇白骨"——说的是妖艳的狼毒之于骆驼,好比白骨精觊觎着唐僧。但对草原来说,重要的并不是它的药用价值和它含有的毒素,而是它生长的地方。巴桑队长告诉我:"只要草原一退化,狼毒就会长出来,好像是在对牲畜说,'你别吃了,你别吃了,再吃草原就死了'。"

我惊异于狼毒的作用,知道正是通过它对牲畜的毒害,草原拒绝了对自己的过分掠食,赢得了一个歇地再生的机会。它是草原保护自己的有效行为,是防止草场迅速沙化的警示标志。等到草场喘息已定,又是芳草萋萋、绿茵如坪的时候,妖艳的狼毒之花也就瘦了,败了,不再长了。

我更惊异于巴桑队长和那个放牧员的表达,他们在谈论一件有关牧业生产的枯燥事情时,居然跟讲童话一样,完全是拟人化的手法。不,岂止是手法,也应该是他们的意识和草原以及狼毒的意识在维护生存关系时的对话和交流,是人和土地、牲畜和牧草互相理解、互相依赖又互相制约的表现形式。首先,在牧人们看来,作为生命的草原以及狼毒和人一样是有思想、有灵魂的,草原完全懂得人的意思,人也完全懂得草原的意思,人和草原所不同的仅仅是表达的方式:草原用狼毒来讲理,人通过牲畜来说话。其次,在人和草原的对话中,正确的一方往往是作为弱者、作为被践踏者的草原,而人虽然是错误的,却有权力"不听草原的话",一意孤行的结果就是草原会用寸草不生来表达自己的悲哀,来惩罚人类的霸道。就像那个放牧员说的:"倒霉的时候在后头哩。"这当然不仅是放牧员的警告,而且更是草原的警告,巴桑队长已经告诉我们了:"草原的话是狼毒说出来的。"

和狼毒一样作为草原预警语言的还有牛粪。牛粪是牧民的燃料,是吉祥的天赐神物,有了它茶炊就是滚烫的,食物就是喷香的,帐房就是温暖的;它使人类在高寒带的生存有了可能,使牧民迁流而牧的生活有了保证。草养牛,牛出粪,粪暖人,人可牧,牧有草——多么密切的生态链条,多么圆满的良性循环!人类生存必不可少的能源,以取之不难、用之不尽的牛粪的形式暖热了广袤的草原。如果你让一个牧民对活着的条件做出排序,他们一定会说,第一是牛羊,第二是糌粑,第三便是牛粪。但是牛粪对人来说并不仅仅意味着燃烧,在它温良的性格里也常有闪电般的一击,这一击足以让人明白在这个世界上没有绝对驯服的东西。我在森多草原的时候就曾经遭受过这样的一击,一击之后我的右手肿胀成了馒头,接着整个胳膊就抬不起来了,我赶紧找寺院的藏医喇嘛治疗。他让我喝了一个星期的马尿脖(也叫白莨菪,草药)汤,才算把肿消下去。藏医喇嘛告诉我:"你

藏粪的精神

是被瘴气打了，拾牛粪的时候要小心啊！你是城里来的，最好戴双手套，湿牛粪不要动，半干的牛粪先用脚踢翻，等瘴气跑散了你再拾。"我这才知道草原上遍地都是的牛粪并不是俯可拾、仰可取的，牛粪下面有瘴气，瘴气是见肉疯的，活蹦乱跳地到处钻，碰到哪儿，哪儿就肿。

但是牛粪和狼毒一样，对草原来说，重要的并不是它能产生瘴气，而是另外一个事实——我是在森多草原了解到的：越是退化的草场，牛粪下面的瘴毒就越大，手拿手肿，脚踢脚肿，有时候连牛腿也会熏出肿胀来。巴桑队长告诉我："这是牛粪代表草场跟人说话哩，意思是说别在这儿放牧了，这儿已经不行了。"这是牛粪的劝说，是关于草场已经过牧的信号，它往往也会成为绿海变荒漠的前奏，过不了多久，人们就会发现，草原荒了，夜以继日地荒凉成不毛之地了，真可谓"一毒成谶"！后来我仔细比较过草地上的牛粪和秃地上的牛粪，发现其中的道理大概是这样的：在没有退化的草场上，牛粪下面一般都有蓬蓬松松的草枝草叶作为支撑，是通风透光的；而在退化了的草场上，牛粪直接贴在潮湿的黏土上，没有走风漏气的缝隙，瘴气自然就越聚越浓，越浓越猛了。其实道理的明白与否并不重要，重要的是牧人们通过牛粪听懂了草原的声音，又把这种声音变换成了人的语言来说服自己不要违拗草原的意志。不管他们是否真正做到了这一点，但人对自然之声的掌握和传达足以证明：人原本是属于自然的，只要人在必要的时候尊重一下自然的请求，就不会成为自然的弃儿而终生无所依归。事实上，就草原来说，只有到它老迈、疲倦、无力照顾人类的时候它才会抛弃人类，才会拒绝它从来没有厌倦过的付出，而以贫瘠和荒凉冷眼相向。而人在这种时候，往往已经做绝了和自然势不两立的事情，虽然愧悔得要死，厚着脸皮想恢复关系，但已经来不及了。老去的不能再青,失去的不能再回,费力劳心地去做种种修好如初的事情,往往是人有意而事无情。"君不见担雪塞井空用力,炊沙作饭岂堪食?"不如当初就听了牛粪的话,"行不得也哥哥"?

对牧人来说,听懂草原的话并不折不扣地按照草原的吩咐去做,这是他们自己对自己的基本要求,是独特的生产方式给予他们的贴近自然和顺从自然的自由。但实现这种自由的前提必须是他们有支配草场的权力,不能牛羊是自己的,草场还是公有的;必须是小规模的自给自足的自然经济,不能把大规模增加商品牛和商品羊作为牧区经济发展的主要手段。从保护草原和长期利用草原的意义上说,追求暂时的商品畜的高额出栏率,显然是一种规求无度的盲目做法和短视行为。我们的牧业史已经证明,小规模的自给自足的自然经济依然是唯一最有生命力和最适合草原生态的畜牧业经营方式。这种方式虽然并不能使牧民的生活超越温饱,绰有余裕,却不至于使他们丢弃家园,颠沛流离,在海拔更高的地方抢夺野生动物的草地。我因此想到,牧民们尽管比任何人都更有权利追求一种丰衣美食的高质量的生活,但途径只应该是得到必要的生活补贴和获取一定的环保经费,只应该是发展畜产品的细加工,而绝不应该是盲目增加牲畜的存栏数。杀鸡取卵的事情只能做一次,得不偿失的错误只能犯两次,长期犯下去那就有华屋丘墟,涂炭自身的危险了。佛说:"刀刃有蜜,不足一餐之美,小儿舐之,则有割舌之患。"什么样的愚蠢都可以原谅,引刀入嘴,贻害子孙的愚蠢是断不可原谅的。小心啊,养育了人类的草原一旦变成沙漠,那就是生命的葬身之地。还是巴桑队长说得好,连马都知道保护草原,何况是我们人呢?

不错,我们是人。巴桑队长说了,我们是人,我们应该比马知道得多一点。但实际上似乎并非如此,至少在我这里是这样,因为首先

藏獒的精神

我不知道马是怎样保护草原的。我疑惑地追问巴桑队长,他笑了笑,带我来到他的坐骑跟前说:"你看我的马,我的马在干什么?在吃草,你看它是怎么吃草的?它只吃两寸以上的大草,两寸以下的小草它决不吃一口。为什么,因为小草根浅,稍微一拽,就会连根拔起。马知道,连根拔起的吃法是断子绝孙的吃法。"说实在的,对巴桑队长的这番话我当时并不以为然。我觉得马不吃小草的原因是它的嘴唇太厚,吃草时垫在地上,牙齿根本就够不着草叶。但是后来,在我接触了更多的马以后,我发现我错了,巴桑队长是对的。如果别无选择,马完全可以把嘴唇挤上去,露出牙齿来啃掉一寸以下的小草,或者说它更爱吃鲜嫩多汁的小草。它还可以把坑窝里的草用蹄子连根带茎刨出来吃掉,可以龇牙咧嘴地把贴在地皮上的地衣啃干舔净,甚至可以用舌头化开河滩里的冰雪吃掉冻在里面的青草。然而,如果不是饥饿难忍或者危及生命,马决不会用这种极端的方法采食牧草,决不会吃掉小草。因为马知道,小草还要长大,小草是草原的未来。

马是智慧的,更是向善的,在保护它的衣食父母——草原的时候,往往会有一些出人意料的举动,让我们这些牧马驭马的人类嗟叹不已,汗颜不已。我曾经不止一次地想,要是我有资格题词并以此号召天下,我一定要题"向马同志学习",还要题"向狼毒致敬",还要题"向牛粪鞠躬",还要题"做一个巴桑队长那样的好牧人"——尽管我知道,巴桑队长已经是过去时了,因为能听懂草原的话的巴桑队长已经死了。

"有的人活着他已经死了,有的人死了他还活着。"巴桑队长自然是属于死了还活着的那一类人,至少在我心里是这样的。因为他教我听懂了草原的声音,使我在以后的日子里只要面对草原就觉得它正在注视着我,正在和我亲切交谈;风、雨、土、石、花、草、虫、兽,都是它的语言，是它的思想，是它对我的自然启蒙。而所有的自然启蒙都意味着对我的提升，意味着我可以用草原的眼光来看待我们的青藏高原了。

——草场一片片消失了，草原一天天缩小了，沙化已经出现，新生的沙漠正在形成，牛群和羊群已经没有吃的了。我想起了贵南县的森多草原：有一条河在静静地流，有一些草在青青地长……

澜沧江童话——1977年的杂多草原

这里是扎曲的上游,是澜沧江的源头,是1977年的杂多草原,是一个牧草如潮、秀色无涯的地方。到了这里我才知道世界上还有不知道人的厉害的野生动物。不知道人的厉害的野生动物的表现就是:见了人发呆,见了人不跑,直到你朝它们走去,离它们只有六七米的时候,它们才会有所警觉地竖起耳朵,扬起前蹄扭转身去。还是不跑,而是走,一边走一边好奇地望着你,尤其是藏野驴和藏羚羊,它们研究人类的神情就像孩子研究大人的神情,天真、无邪、羞怯、腼腆。

不知道人的厉害,自然也就不知道人开动的汽车的厉害了。就在我来杂多草原的第一天,伴随着送我来之后又马上返回的汽车,几百头藏野驴(俗称野马)在距离汽车十多米的地方和汽车赛跑。汽车慢,它们慢;汽车快,它们快;汽车停下了,它们也不跑了,真逗!

作为一个外来的记者,我大惊小怪地看到,从我面前"走过"的藏羚羊至少有五百只,从我面前跑过的藏野驴差不多也是这个数。由于几乎没有遭到过人类的袭扰,藏羚羊很少有群体惊奔的时候,尽管是野羊,其温顺却跟家羊差不多。藏野驴就不同了,是一惊一乍的性格,动不动就会一群群地狂跑起来,轰隆隆的,声若打雷,气势磅礴,弥扬起漫天的尘土,几个小时都落不下去。藏野驴的狂跑并不意味着遇到了什么危险,而是兴高采烈的表现。我的朋友杂多县小学的老师那日达娃告诉我,它们不跑蹄子就痒痒,浑身就不舒服,胃里的东西就消化不掉。后来我从杂多县兽医站的兽医那里了解到,藏羚羊和藏野驴的肺功能特别精密发达,对氧气的利用差不多是举一反三的,或者说具有再生氧气的本领,只需吸进一点点氧气就足以使它们欢天喜地,活蹦乱跳。杂多草原的海拔在四千七百米左右,氧气不到海平面的一半,这样的环境让人类,尤其是像我这样在多氧的低地上生活惯了的人类,备感生存的艰难;而对野生动物来说,即便是原来生活在低地上,其艰难的感觉最多也只会持续三代,三代以后它们身体内优良的完善系统和快捷的适应机制,就会使它们获得如鱼得水的生存本能。

　　至于野牦牛,我在杂多草原的那些日子里从来没有接近过,只是远远地观望着。野牦牛是动物中定力最好的,它会连续几个小时纹丝不动地看着你,直到你离开它的视线,它才会一步三回头地走到你也看不见它的地方去。听我的朋友那日达娃说,野牦牛对人类有着与生俱来的戒备,胆子特别小,猜忌心很重,有点神经质,见人总是远远地躲开,一旦发现有人在偷偷摸摸地向它靠近,它马上就会变得神经过敏,先发制人地扑过来以角相顶。这种扑顶多数情况下是由于害怕和紧张,是为了保护自己和试探对方的力量,而不是出于强悍和凶暴。野牦牛的本性是善良温顺的,从来不会毫无因由地主动进攻人类,它的勇敢和猛恶往往是在受到惊吓或者被人类打伤之后。杂多草原上曾有过一头见人就扑就顶的野牦牛,人们害怕它,给它起了个名字叫"容杂木知",意思是"愤怒的野牦牛"。后来它突然死在了离县城很近的草原上，人们才发现它的脖子上和屁股上各有一个枪眼，也不知道是什么人在什么时候打进去的。

在1977年的杂多草原，藏羚羊是我见过的最善良、最安静、最密集的动物，藏野驴是我见过的最健美、最优雅、最好动的动物，野牦牛是我见过的最庞大、最多疑、最怕人的动物。它们构成了澜沧江源头童话的一部分，它们是那个时候神秘的牧区、美丽的草原、苍茫的山群带给我的真正的感动。

对我来说真正的感动还有冬天，当大雪覆盖了枯草，饥饿的阴云笼罩荒原的时候，藏羚羊和藏野驴甚至还有野牦牛都会本能地靠近人类，它们密密麻麻围绕着人居住的帐房，期待着救星的出现。救星就是人，在它们的头脑里，这种能够直立着行走的人，具有神的能耐，是可以赐给它们食物或者领它们走出雪灾之界的。每当这个时候，杂多草原的牧民就会显出"神"的伟力来，他们把所剩不多的糌粑撒给它们，或是把刚刚得到的自己还没有来得及吃一口的救济粮撒给它们，把飞机空投的救命饼干撒给它们，因为在他们眼里，野生动物才是真正的"神"，是古老的传说中那个把大部分草原让给了猴子（人祖）的山神（藏羚羊），和把水源分出来一半让给了人类的司水之神（藏野驴）。杂多草原，一个野生动物和人互为神灵的地方，一个野生动物和人都是主人的地方。

有一天我在牧民嘎嘎果罗家的帐房里做客，突然听到一阵马蹄的声响，帐房前的狗顿时叫了起来，嘎嘎果罗立马起身迎了出去。我听到有人声音洪亮地说了一长串话，嘎嘎果罗不停地回答着："呀呀呀呀。"坐在我身边的那日达娃给我翻译道："这是一个远来的客人，他们至少有半年没见面了。他的话全是问候——你的阿爸好吗？你的阿妈好吗？你的儿子好吗？你的女儿好吗？草场上的羚羊好吗？……"

第四辑 西部的乡愁

我奇怪地问道："他的问候怎么这么多？问马牛羊、问帐房酸奶草场好吗，这我能理解，毕竟它们是牧人生活的一部分，可他怎么连藏羚羊、藏野驴、野牦牛甚至山上的豹子都问上了？好像这些野生动物都是嘎嘎果罗家里的。"那日达娃说："你说对了，嘎嘎果罗住在这片草场上，草场上的藏羚羊、藏野驴、野牦牛就都应该是他们的家庭成员，他有责任看护好它们。他到了人家的草场上，也会问人家草场上的羚羊好吗？野驴好吗？野牦牛好吗？白唇鹿好吗？山上的豹子好吗？牧人们在一起，常说的一句话就是'松加仁德'，意思就是保护动物。"对于那日达娃的话我这个迟钝的人当时并没有太多的感触，只是到了后来，当三江源（长江、黄河、澜沧江的源头）的野生动物惨遭灭绝，生态危机情见势屈的消息频频传来时，我才意识到嘎嘎果罗这一类牧人存在的伟大。为什么那个时候澜沧江源头杂多草原的野生动物那么密集，就是因为那里的牧人天生就是绿色和平的捍卫者，是野生动物的福星和家里人。人与自然的关系是密不可分的亲情关系，即使偶尔出现驯养的牛羊和野生动物争持草场的矛盾，那也是家庭内部的事儿，是勺子碰锅碗、牙齿碰嘴唇的问题，过不了一两天自然就解决了。

在杂多草原，我还听说了这样一件事情，县医院有个专治女人月经不调的藏医，他的治疗办法是让患者猛喝用脱落的藏羚羊角熬成的汤，而且要求在喝羊角汤的日子里（一般是七天）女人必须睡在雪线之上藏羚羊和藏野驴群聚的地方。据说是屡治不爽的，据说是治一次终身不犯病的。我问过县医院的院长："真的就有那么灵？"院长说："藏族人怎么会骗人呢，就是灵，科学道理说不上，反正就是灵。"后来我把这件事告诉了我的母亲，母亲是一位很棒的妇产科专家，经常带着人在牧区巡回医疗。她说她也听说过这样的治疗方法，并且做过一些调查，发现在很多偏远的牧区妇女的经期和月亮的圆缺是一致的，

藏獒的精神

月亮圆满的日子也就是月经来潮的时候，一旦来月经的日子和月亮圆满的日子错开了，她们就认为自己有病了，就要到山上积雪终年不化的地方去睡觉，很多人睡几天就能纠正过来。我问母亲这是为什么，母亲不假思索地说："自然疗法。"我说我还是不明白。母亲说："你读了那么多书，连这个道理都不明白啊。"我说："书上怎么会有这种事情。"母亲说："怎么没有？你没好好看就是了。《素问·宝命全形论》里说，'夫人生于地，悬命于天，天地合气，命之曰人'。意思就是人得靠天靠地才能活。纯粹靠天靠地的人是原始人，原始人的经期和月亮圆满很可能是统一的，所以越偏远的地方，越原始的人群，和自然的关系就越密切，也就越会发生经期和月圆相一致的现象。"母亲又说："这种现象在城市里是不可能的，城市人的生命不靠天地自然，靠的是生物化学，屁大一点病就要吃药，吃几次抗生素就能造成内分泌紊乱，致使月经该来不来，不该来乱来；再加上饮食污染和空气污染，加上不劳动不走路的生活习惯，加上许多不利于健康的恶劣情绪，怎么还能把妇女的经期和月亮的圆缺统一起来呢？"听了母亲的这一番话，我以为我是长了知识的。我更深更远地懂得了杂多草原，懂得了屡治不爽的"自然疗法"不过是天人合一的哲学实践——藏医让患者猛喝用脱落的藏羚羊角熬成的汤，是为了驱除寒冷，因为她们必须一连七天睡在寒风料峭的高山雪线之上——那儿是最没有污染的地方，那儿离天最近，那儿有原始的土壤和植被，那儿充满了野生动物的气息，那儿是走向人类童年生态的平台，那儿的原始磁场能够调理出人体内周期性子宫出血的原始秩序，那儿体现了回归自然的好处，那儿是杂多草原神居仙在的山阳。

也是在杂多草原，我第一次知道了"醉氧"这个词，也第一次听到，对有些人来说，氧气是最最有害的物质——过剩的氧气会导致死亡。这些人之中就有那日达娃的姐姐。她在地处西宁的青海民族学院少语系读书,突然得了什么病,发烧头痛,上吐下泻,送到医院里又是输氧又是打吊瓶,一个星期以后医院就下了病危通知。那时候杂多不通电话,学校只能把电话打给玉树州。州上的人说:"让杂多草原上的牧民去西宁看望病人,路远不说,西宁的门在哪里都找不到,根本就不可能;藏族人的病还是要藏医治哩,你们能不能派个车把病人送回来。"学校说:"派个车是可以的,但去玉树是越走越高,就怕路上出事。"州上的人说:"藏族人还怕高吗?藏族人就怕低。路上出了事我们负责,不用你们负责,你们还是派车送来吧!"当天下午,一辆面包车拉着那日达娃的姐姐从西宁东方红医院出发了。第二天到达了海南州的大河坝,病人说"我要喝水";第三天到达了果洛州的黄河沿,病人说"我想吃糌粑";第四天到达了玉树州的结古镇,病人说"我想喝奶茶吃手抓羊肉了";第六天到达了海拔四千七百米的杂多草原,就在医疗条件十分简陋的县医院里,那日达娃的姐姐很快好起来,十天以后就已经是一个神清气爽、浑身是劲的人了。我问道:"她怎么就好起来了呢?"那日达娃说:"完全是因为氧气。"西宁的海拔只有两千三百米,氧气太多,她是神经性醉氧;她得了醉氧症,医院还要给她输氧,那不是雪上加霜要了她的命吗?而在空气稀薄的杂多草原,在这个浑身的细胞早就适应了少氧运动的地方,在祖祖辈辈遗传着抗缺氧基因的故乡,她一下子就卸掉了沉重的氧气包袱,摆脱了置人于死地的外部因素。她和野生动物一样,在环境的帮助下,身体内优良的自我完善系统发挥了作用,很快就恢复了如鱼得水的生存本能。

高海拔的美丽、大江源的壮阔、缺氧的幸福、寒冷的温柔——杂多草原,是自然和人类完美统一的草原,是动物和人类和睦相处的

藏獒的精神

草原,是我的朋友那日达娃一家(那日达娃曾经当过副县长,因为热爱自由,不喜欢别人管,也不喜欢管别人,从而辞了副县长做了一名小学老师)世代为牧故土难离的草原。那日达娃虽然仅仅是个小学老师,但他在历史地理、人文风土方面的学识,我敢说,不亚于那些好名好利的专家。是他第一次让我知道了青藏高原的形成以及关于杂多草原的神话,第一次让我知道了"沧海桑田"的变化不仅仅是一种想象、一种形容,它还是一段真实的历史,就发生在我们的脚下、我们的眼前。我在以后的写作中多次涉猎这方面的知识,大都是因为受了那日达娃的启发,或者直接就是对他言谈的有限发挥。

——1912年,德国地球物理学家魏格纳提出了大陆漂移学说,在这个理论指导下,地质学家们发现,在古生代以前,今天的非洲、南美洲、印度半岛、澳大利亚和南极洲,是一个联合在一起的大陆,位于南半球,称作冈瓦纳古陆。和冈瓦纳古陆遥遥相对的,是位于北半球的劳亚古陆,也就是欧亚古陆。两大古陆之间,隔着一片海,这片海从现在的地中海到中东、高加索、伊朗和喜马拉雅山地区,称作古地中海或者特提斯海。到了中生代,由于地壳运动,冈瓦纳古陆破裂,印度大陆开始向北漂移,古地中海受到压迫而逐渐缩小;到了第三纪早期,古地中海在喜马拉雅地区仅仅是一个东西走向的狭长海湾了。随后便是海湾消失,印度洋板块和亚欧板块发生碰撞,就像一块平整的纸板,在强烈的挤压下,出现了弯曲、褶皱、凹凸,喜马拉雅山脉隆升而起,世界屋脊——青藏高原由此形成了。这是古大海海底的崛起,在这样一种缓慢的崛起中,一部分海洋生物死去了,一部分海洋生物慢慢地适应着水退、水少、水枯的变化,进化成了两栖动物,以后又进化成了陆地动物,再后来就成了猴子,猿,人类,我们。

一说到"我们",那日达娃就显得格外兴奋,一兴奋就把科学演绎成了神话:"我们——杂多草原的藏族人,原本并不是生活在这个地方的,而是生活在喜马拉雅山脉渝玉日本峰的冰天雪地里。渝玉日本峰的主人是个男神,他想要娶妻生子,便相中了翠颜仙女峰的主人翠颜仙女,后来又相中了福寿仙女峰的主人福寿仙女,接着又相中了贞慧仙女峰的主人贞慧仙女,下来又相中了冠咏仙女峰的主人冠咏仙女,最后又相中了施仁仙女峰的主人施仁仙女。如此变来变去,自然引起了五大仙女的不快,她们聚起来一商量,便合力施展法术融化了渝玉日本峰的万年冰雪。渝玉日本山神热得受不了,只好逃离喜马拉雅地界,顺便把渝玉日本峰也搬到了寒凉的澜沧江源头。"那日达娃说:"这是真的,老一代的牧人都把杂多草原称作渝玉日本,而且杂多的山原在地质构造上和珠穆朗玛峰(翠颜仙女峰)是基本相似的,主要由砂岩、页岩、石灰岩、火山岩组成,同时两地还有相同的石英和云母。"那日达娃给了我一块巴掌大的锥形水晶,说这就是石英,是杂多山上出产的"喜马拉雅石英"。我看着手中透明的水晶,贪心不足地说:"哪儿还有?我得多带几块回去送人。"那日达娃说:"前面山上多的是,明天我带你去挖。"我迫不及待地说:"我们今天就去。"

我是以省报记者的身份来到杂多草原的,那时候的记者没有任务,可以几个月不写稿子,所以与其说我是记者,不如说我是一个民俗和自然的考察者。我在杂多草原待了两个半月,什么也没有写,每天就是玩,就是到处走动,就是和牧人们一起生活。杂多草原很大,大概有两三万平方公里,从这个帐圈骑马走到那个帐圈,往往需要半天或一天。一天摇摇晃晃走下来,见了帐房下马就往里进,主人先是吃惊,然后就是热情接待,吃肉喝奶,偶尔也有酒,是自酿的稠乎乎的青稞酒,也叫藏酒。藏酒酸甜可口,不容易醉,但我却常常喝醉,因为我每次都喝得太多太多。

藏獒的精神

两个半月以后,州上来车接我,我不得不走了。天天陪着我的那日达娃先是送我上了汽车,然后又是追着汽车送我。草原上的路坎坎坷坷,汽车走得很别扭,快一阵慢一阵,那日达娃骑马跟在后面,跑一阵走一阵,从早晨到中午,整整半天都是这样。突然路好起来,司机加大了油门,汽车飞驰而去,渐渐看不见那日达娃的骑影了。我回头望着后面,眼泪夺眶而出,暗暗地说:"我会再来的,一定会再来的!再见了,杂多!再见了,杂多草原的那日达娃——你这颗黑黝黝的月亮('那日'为黑黝黝,'达娃'为月亮)!"

然而,我再也没有机会回到杂多草原。我只听说那儿已经变了,二十七年以后,当我打算写写杂多草原的时候,我听说那儿已是黄风白日、沙地连片了,那儿已经没有了藏羚羊、藏野驴和野牦牛的踪迹,那儿充满了野生动物被击毙后的死亡气息,那儿早就不是人和动物互为神灵、人和动物都是主人的地方,那儿的植被惨遭人祸与鼠害的破坏,那儿的天空暗郁昏沉,常常是"云也手拉手",那儿丢失了原始的磁场,周期性的子宫出血紊乱异常,那儿的无雪之山告诉人们回归自然就意味着死亡,那儿的山阳已是神不居、仙不在的鬼谷魔岗,那儿的牧民很多已经离开了故乡……

在澜沧江源头的杂多草原,在那曾经的童话里,悬挂着一颗黑黝黝的月亮,一颗已经无话可说、无光可照了的月亮。

第五辑 西部精神

西部人

　　写下了"西部人"这三个字才觉得它如此沉重。沉重不是因为质量，而是它的庞大。如同常识告诉我们的：同样的体积，金比铁重，铁比石头重。庞大的西部占了大半个中国的面积，中国因为有了西部才显得壮阔而辽远。

　　因此，描述西部人，就不能像描述"上海人"或"北京人"或"广东人"，或中国其他任何一个地区的人那样轻松，那样目标集中、特色鲜明、一抓就准。西部人不是一条流域内的男女，不是一座海湾旁的人等，也不是一片里弄中的居民，更不是几条胡同里的住户；那是人群的汪洋，是浩瀚的人类无穷的特色之花盛开不衰的一部分，是闪烁异彩的面孔繁星般地照耀文学、人类学、社会学和历史学的一片天空。

　　面对这片天空，所有想用简短的文字说清楚西部人特色的人，都有可能变成那只试图吃天而又无处下爪的老虎。就拿西部居民之一的藏族来说，他们既是马背上的迁徙者又是田野里的收获者，游牧文化和农耕文化的双重背景，苍茫的草原帝国和同样苍茫的青稞庄园几千年的流变，使他们具有了难以概括的丰富性和幻变无象的不定性。光谈这一个民族，哪怕仅仅谈论他们的人格特征、行为习惯，就是一部大书而不是一篇小文。况且这样的谈论很可能会变成藏族和其他少数民族之间的比较，变成藏族与汉族之间的比较，而绝不是关于西部人一般行状的概括和描述，也不是关于我对"西部人"这样一种特殊的人文现象的关注和思考。如此便违背了本文的初衷，跑题十万里，专欲难成文，贪多不得，务大不逮，我又何苦如此呢？好在古人早就为我们想好了解决问题的办法，孟子说："人有不为也，而后可以有为。"王安石也说："有所不为，为无不果，有所不学，学无不成。"那么，就让我举起"有所不为"旗号为我的避难就易开脱塞责吧：非我不能也，孟老师和王老师的教诲不可违也。"可以有为"的时候，我有必要声明，此文中所谈的"西部人"，就民族来讲，以汉族为主，就地域来讲，以青藏高原以及陕、甘、宁、新为主。别的，暂且不"为"，或尽量少"为"。

一

据我的经验，常年待在西部的西部人其实并不知道西部人有哪些特点，一是因为缺乏跟外地人的比较，所谓"不识庐山真面目，只缘身在此山中"，没有见过小个子的人怎么知道自己是大个子呢？二是因为地道的西部人都羞于自夸自命，与生俱来的腼腆和羞涩让他们谨言慎行惯了，常常是卑以自牧的，哪里敢王婆卖瓜自卖自夸。三是因为西部人虽然不矜不伐但也懒得检讨自己，检讨是一种人生体检，搞得好了可以两处得益，既发现了弱点也看到了特点，可惜他们不擅此道。有了这三点,西部人对自身的认识就难免糊涂,很难有一二三的列举、甲乙丙的说明。然而自觉的"列举说明"并不等于表达的全部,表达既可以是语言和文字的,也可以是行为和肢体的。他们可以不说却不能不做,西部人就是西部人,只要活着,不管有意还是无意,都会让自己仿佛领有使命般地通过举手投足把那种西部味儿浓浓烈烈地表现出来,表现得就像1976年的春天那样充满了飘尘万里的苍凉和寄世人间的幸运。

  1976年春天的一个夜晚,右派陈源从祁连山深处的八宝劳改农场逃跑。这是一次匪夷所思的成功,但逃跑的成功并没有给他带来丝毫的兴奋,面对茫茫原野,他顿时有了举足维艰的感觉:他从监狱来,他到哪里去?偌大一个世界,竟想不出一个可以容留他的地方。他顶着阳光照耀下的劳改犯的光头,穿着污迹斑斑的劳改犯的蓝色棉衣,标志鲜明地来到了祁连县城,目的似乎已经不是逃跑而是让人发现。但让他意外的是,所有看见他的人虽然都带着诧异的目光,却没有丝毫不友好的举动。他甚至在地质队的食堂门口一伸手就要到了八个大馒头,又在县委招待所带火炉的门房里找到了暂栖一宿的床铺。就这样,在那么多温情的眼光绵绵不绝的关注下,他大大方方地在祁连县城待了两天,然后向东而去。向东的路上,他就像一粒被风掀起后不知落往何处的尘埃,飘过了辽阔冷凉的俄博草原,飘过了茂密阴暗的仙米森林,飘过了水势盛大的大通河,飘过了冰天雪地的达坂山,最后飘到了西宁。漫长的两个多月里,他不停地得到人们的帮助,不仅没有挨饿受冻,而且有了一顶遮盖光头的皮帽子,换掉了一身格外扎眼的劳改棉衣。等他走在西宁的大街上,张望着省会的繁华拥挤时,他已经和别人没什么区别,再也不是一个具有"罪孽"标记的劳改犯了。在西宁的日子里,他躲在先他释放的难友老贺家里,完成了促使他逃跑的两件大事，一是带着怨尤写出了自己的申诉材料，二是流着眼泪写完了一首酝酿了几个月的长诗：《悼念周总理》。他说："老贺，借给我点钱，我的目标是北京。"老贺给了他三十块钱，他又一次飘走了。

陈源的结局并不乐观，他在北京仅仅待了两天，就又一次成了一个劳改犯，一个被押回祁连山八宝劳改农场后加了刑的劳改犯。好在不久就是"四人帮"的粉碎，两年后又是改革开放，右派陆陆续续得到了改正，陈源出来了。出来后的陈源直到去世再也没有离开过他以为厚道的青海，尽管他是山东人，在山东可能会活得更滋润、更舒服。

这是一个发生在特殊年代里的故事，它也许并不能说明同情心、厚道、人情味等这些一个落难右派所能敏感地捕捉到的美丽存在，在西部人身上具有普泛的意义。但如果就我狭窄的接触、极其有限的视域，在二十年之后还能遇到同样的事情，那就不能说它仅仅是个特例孤证了。

1996 年冬天，在拉萨从事太阳能产品推销的王力明接待了两位素昧平生的客人。客人从成都来，拿着一张白字条儿，对王力明说："这个人你认识吗？"王力明看了一眼说："好像去年来过西藏，我们见过一面。"客人说："他让我们来找你，说我们晚上可以住在你的店铺里。"王力明说："我的店铺已经盘出去了，要住只能住我家。"两位客人住下了，白天出去旅游，晚上回来睡觉。王力明忙，也不陪着他们，只请他们吃了三顿饭。五天后客人要走，说："我们想走一趟青藏公路，路上你有没有认识的人？"王力明说："格尔木有一个，也姓王，叫王什么贵，他是老师，你们可以住在学生宿舍里。"说罢就写了地址，也是一张白字条儿。三天后，两位成都客人坐着长途公

藏獒的精神

共汽车来到格尔木，拿着白字条儿去找老师王什么贵。老师王什么贵说："王力明还记得我？我们已经四五年不联系了？他怎么样？还好吧？你们想住学生宿舍？那不行，学生都放假了，宿舍不送暖气，要住就住我家吧。"两位客人在他家吃住了两天，要走了，说："我们想去西宁，西宁你有没有认识的人？"王什么贵说："有啊。"说罢，从备课本上撕下一溜儿纸，写了地址。两天后，成都客人到了西宁，住在了王什么贵介绍的朋友家，他就是我的中学同学刘钧。刘钧后来告诉我，在他们家住过几天的那两个四川人一个叫高海涛，一个叫李伟，都是成都一家电动工具厂的工人，厂里没活儿干，跑出来转转。走的时候他们一再地说："青藏高原的人真是太厚道了，认识不认识就敢让人在家里住，这在我们四川是绝对不可能的。实话告诉你，我们从成都到拉萨，从拉萨到格尔木再到西宁，将近一个月，行程四千多公里，才花了不到一千块钱。"这样的事情太平常了，我和刘钧都没什么特别的感觉。在家靠父母，出门靠朋友，即使不是朋友，那也得靠啊，不然你就寸步难行。

厚道就是"厚"之"道"，就是以"厚"为"道"。厚道之于西部人如同鸣啭之于布谷鸟，是声誉的依托，它像一座大厦的基础既普通又重要，普通得让人忘记了强调，重要得让人失去了对不良后果的警惕。

二十世纪八十年代末，昆仑山脚下、柴达木腹地的格尔木有个叫郝志东的干部因贪污公款而自杀，许多认识他的人都去为他吊唁并对他的妻子女儿说："头抬起，脸别红，谁说他是贪污犯？我们不承认。"一副挽联这样概括了他短暂的一生：对来客鞠躬尽瘁堪为高原大方人，够朋友死而后已不是人间贪污鬼。郝志东是个不抽不喝不吃不穿的人，他把所有的钱都花在了接待来客上。这是他的嗜好，是出于性情、本于乡土、源于祖先的举动，几乎是情不自禁的。来客有旅游的，有探险的，有采访的，有写生的，有什么目的也不抱胡乱瞎转的。一拨接着一拨，一拨传给一拨："你们去找郝志东吧，那人特好特热情。"于是就不断有人来"麻烦"他，他也就不断地"不亦乐乎"起来，常常是这样说的："哪有什么过路人？四海之内皆兄弟，到家了到家了，千万别客气。"他的接待当然少不了好烟好酒好茶好饭，有时候还要管住，还要陪他们上路——租车的费用、路上的吃喝、宿营的帐篷、急救的氧气袋、御寒的皮大衣等等，等等，都是由他主动提供的。他不是旅游局，不是政府接待站，他哪儿来那么多钱？只有借工作之便一点一点挪用，时间长了，次数多了，累土成山，积水成渊，漏洞越来越大，等到不补不行的时候，挪用已经变成贪污了。

这样的"厚道"顾此失彼，这样的"人情味"功不补患，是西部人为人处世的畸变之属、异化之种，当然也就不应该是我们所钦佩、所仿效的了。但我们不能因此而放弃对"厚道"的激赏，因为不是其"厚道"之精神错了，而是其"厚道"之方法被贫穷扭曲了。救困扶危、仗义疏财本是中国人美中之美的道德，可你是一个工薪阶层，你没有多少余钱，你仗什么义疏什么财？经济是永恒的依托，没有这个依托，美德之大厦就不可建立，人格之桥梁就无从架起，为了"厚道"而挪用贪污或者倾家荡产的变数，就只能是一个好事变成坏事的可怕过程，你的悔恨、妻子儿女的眼泪，早已使"厚道"成了法律的祭品，忏悔者的法庭在审判金钱之罪的同时，也让"厚道"站出来陪着被审，虽说只是影子，但也是脱不了干系的阳光下的阴影。

我曾听过一个让人难以评说的故事。故事的主角是个探险家，谁也不认识他，但是他来了，也是投靠，也是张三托李四，李四再托王麻子，王麻子又把他从西宁托到了柴达木。柴达木的人热心接待，然后又接力棒似的托了下去，先是锡铁山矿务局，后来是花土沟油田，再后来是茫崖石棉矿，最后托到了新疆的若羌县。警察一路追过来，让那些传递接力棒的好心人恍然大悟：原来他不是什么探险家，而是一个四处行骗的犯罪嫌疑人。厚道的人们一个个都受到了追究，一个个都感到委屈："我们怎么知道他是骗子？他脸上又没刻着字儿。"河南警察一脸的不理解，说："他都住到你们家里了，你们怎么连他的身份也不问问清楚？"

其实西部人也知道自己的毛病：太老实，太容易受骗上当，太喜欢不分青红皂白地厚道了。他们中的许多人也不止一次地说过："我们真是无用，我们比起外地人简直就是傻子。"但他们又日日夜夜面对着一个不太容易让人随机应变的环境，面对着一些过度地欣赏着他们，廉价地赞美着他们，当然也极其不希望他们改变自己的人。这种环境、这些人、这些欣赏和赞美的存在，促使西部人有了坚守自我的信心，就像有人在报纸上撰文说的："我们怎么能因噎废食呢？我们不能因为丢了钱就认为天下所有人都是贼。一个人做人的本钱是偷不去的，除非自己放弃或者抛弃。"

不放弃做人的本钱，这对西部人的人格建树来说固然重要，但更为重要的是它有利于别人，有利于那些不断地、安全地、卓有成效地行走在西部的坦途险道上的外地人。这些外地人来到西部，首先体会到的是无助的尴尬和无奈的恐慌，接着就有了峰回路转的激动——帮助来临了。是的，就像一出戏剧，演了一半西部人才迟迟登场，才让人感到了他们的存在，而且是结实牢靠的存在，是具有魅力的胸襟宽广的存在，是带有使命般的胜造七级浮屠的存在。正如一位我的西部同行（记者）告诉我的：人家开车在大荒原上行走，车坏了，方圆几百公里不见村店，你不帮助他，他怎么办？他坐着长途汽车翻越冰大坂，大雪封路，无吃无喝，你不帮助他，他怎么办？他从内地来这里旅游，一登上昆仑山才发现衣服带得太少，马上就要冻僵，你不帮助他，他怎么办？他去西藏猎奇，高原反应让他气憋胸闷，浑身酥软，难以支撑，你不帮助他，他怎么办？他要翻越唐古拉山，偶感风寒，一咳嗽就变成了肺气肿，你不帮助他，他怎么办？他在沙漠里寻访胜迹，一阵沙暴过后，发现自己已经迷失了方向，你不帮助他，他怎么办？他高高兴兴走向牧家的帐房，突然听到几声低吼，一只猛恶的藏獒朝他扑去，你不帮助他，他怎么办？他来拉萨走访三大寺，面对一尊尊金身法像、一幅幅奇幻壁画，他什么也看不懂，你不帮助他，他怎么办？他要去阿里考察古格王朝遗址，不知道路怎么走或者已经走错了路，你不帮助他，他怎么办？等等，等等。在这些外地人面临绝地，如暗望灯、如旱望云的时候，西部人兴奋地伸出了援助之手，好像是说：你们终于需要我们了。在这里，厚道的重要就在于，它让你在走出绝地之后发现你的存在形式依然是一个血肉丰盈的躯体，而不是一堆白花花的骨殖；让你在越过死亡线之后发现你的生命境界正在接近高海拔的明亮，从此你将不甘心仅仅盘根于潮湿的洼地，在弥漫不散的阴暗中蝇营狗苟。

二

然而——我带着非常复杂的心情写出了这个表示转折的词语，我想告诉大家的事实是，并不是所有时候所有需要帮助的人都得到了帮助，并不是所有西部人群居的地方都依然纯粹是厚道的原野、人情的高地。不太容易让人随机应变的环境毕竟打熬不过时代的变迁，市场经济、商品社会、工业化时代、现代主义这些足可以让原来的风土人情天翻地覆的潮流，绝对没商量地以强劲的气势改变着西部那些民族杂居的城市，尤其是省会城市。随之而来的是物质生活的有限丰富和人情的颠覆、民风的嬗变、旧道德水准的动摇，是西部人——确切地说是西部城市人——的道德哗变、精神超越。是的，变了变了，不知不觉就变了，西部的城市一个个都变了，城市里的人也都变得让那些老去的眼光不熟悉、不亲切了——头发多彩起来，衣着缤纷起来，神情淡漠起来，行为神秘起来。与此同时，人们或惊喜或悲哀地发现，他们，不，我们自己已经不那么实在、不那么厚道了，已经是一些动着心眼在利己和利他之间左右摇摆的人了。正是这种或惊喜或悲哀的发现，让西部人用意识和眼光在城市和乡野之间画出了一条中间地带，越过这条中间地带走向荒凉和开阔——那就是回到过去，越过这条中间地带走向繁荣和热闹——那就是面对未来。而我们脚踏实地的"今天"，将永远不伦不类地停留在中间地带上，将始终不胜纷扰地处在何去何从的选择中左顾右盼，直到失去一切选择的机会。

　　说实在的，我不喜欢这样的中间地带，哪怕它仅仅是意识的藩篱。我曾经快快走了出去，走向喧闹和繁荣，惊喜地偷窥了现代都市文明的种种好处；如今，我又走向城市之外，投身于辽阔的原野，在过去的日子里发酵我的情绪，是伤感，是怅惘，是恋旧，或者是别的什么。

　　是的，真的是过去的日子，真的让我在"似曾相识燕归来"的树林里看到了往日的窝巢，真的有许多旧有的情绪突然来访让我情不自禁地唏嘘不已、流连不已。在贫瘠的山乡、简陋的村庄里，在辽阔的草原、无数的帐圈内，在无垠的戈壁、遥远的定居点中，在漫长的公路和铁路沿线，在那些以开发资源为目的的大型企业，在兵站哨卡，在农场牧场，我看到那里的人和那里的生活依旧是原来的样子，人情味一如既往地浓烈着，厚道就像亘古的山脉绵延而去。义气之重、同情之心还似昨天那样给人一种透心透肺的亲切，人与人的关系在原始的明朗和纯粹中定格，吃喝拉撒以简单粗朴的形式打发着一个个毫无变化的复印出来的日子。我每每来到这些地方，无论怎么简陋都有家的感觉，都会觉得生活本来就应该这样：在平静和宁和中送走一个个类似的太阳，迎来一个个不同的月亮。但是，毕竟我已经奢华过了，毕竟我无意把物质享受的标准放在随时都会断裂的生存底线上。我常常会泪如泉涌，为他们的偏安一隅的"一天等于二十年"，为他们小国寡民式的贫贱不"移"、威武不"取"。他们似乎也已经警醒到这种没有变化的日子是不对的，却又无能为力，感叹而已。怀头他拉农场的赵伟志不无酸涩地对我说："瞧，我们还是老样子。"我说："老样子好啊。"我几乎是流着眼泪说："这么厚道，这么实在，还是老样子好啊。"但是我紧接着又问自己："真的是老样子好吗？是厚道的老样子好，还是贫穷的老样子好？"

当城市里的西部人摩登起来的时候，我感到了失去人情、失去厚道的悲哀；当城市外的西部人厚道如故、人情如故的时候，我感到了贫穷如故的悲哀。难道厚道只应该属于贫穷？难道摩登就应该搭配薄情？这是一个无法回答也无法解决的问题。所谓的"一个脖子两张脸，怎么看都是正的；一个茶壶两只嘴，怎么看都是歪的"，所谓的"医得眼前疮，剜却心头肉"，所谓的"取龟必坏塘，求鼠必发屋"，所谓的两难境地，所谓的人生悖论，都是上帝用来难为人类的，就不要再纠缠了吧。临界点上的西部、得失之间的历史，苍茫于我们的眼前，

藏獒的精神

我们还无法做出任何盖棺论定的评说,因为我们根本就看不清楚,我们自始至终都处在踌躇不定的选择当中。我们只能安慰似的告诫自己:当思想面临选择的时候,选择本身就是思想。

西部人变了,至少城里的西部人已经变了;西部人没有变,至少乡间牧野、戈壁沙漠中的西部人没有变。该为西部人失去的宝石唱挽歌的时候,我不应该沉默;该为西部人得到的珍珠唱赞歌的时候,我更不应该沉默。但如果他们既失去了宝石又没有得到珍珠呢?是不是应该唱一首惋惜之歌了?不,惋惜是多余的,我只能说一声:再见——再见了,我的声音。

三

2003年夏天,陕西卫视科教文频道《开坛》栏目热热闹闹地谈论着一个既空灵又现实的话题:什么是西部精神?邀我去谈的时候,主持人一开始就问:"你认为西部人有哪些特点?"这个问题听着浅显其实很难把握,我啰里啰唆谈了一大堆,事后想起来殊觉难以自圆,只有这样几个关键词大概是不会即刻成废的:整体素质上的坚忍不拔、通达乐观、忠于信仰、崇尚自然、助人为乐、感情深笃。主持人当时希望我说得具体一点。我说:"一个人在海拔五千多米的唐古拉养路段一待就是二十年,并且还要了无终结地继续待下去;一个人在沙漠里种草种树三十年,并且还要披星戴月地种下去甚至子子孙孙都要种下去,这就是坚忍不拔。一个人在空气中的含氧量只有百分之五十甚至不到五十的冰凉环境中认认真真活着,不在繁花似锦的外界面前自暴自弃,不在雪灾来临的日子里惧怕死亡,也不因为奇迹没有出现而气恼沮丧,这就是通达乐观。一个人投身于世俗而又超拔于世俗,纠缠于贫富而又脱离于贫富,贪婪着生与死的思考,痴迷于自然和偶像的膜拜,忠于未来,忠于内心,忠于自己的精神活动,这就是忠于信仰。一个人在他的一生中常常把最迫切的诉求附丽在高山大湖的圣洁之上,寄托于风雨雷电的幻变之中,以为草木的存在、动物的存在就是安全的存在、幸福的存在,这就是崇尚自然。一个人付出的时候,能在对方的愉悦中看到自己的欢喜,能在他人的美好中发现自己的内心,这就是助人为乐。一个人把对恋人、对故乡的爱变成了一首从心里长出来的歌:兰州的木塔藏里的经,拉卜楞寺的宝瓶,想烂了肝花花疼烂了心,望麻了一对大眼睛。这就是感情深笃。"

不知道我说得是否恰切,但有一点我是心知肚明的,那就是我的概括仅仅是一部分西部人的表现而且是在本土的表现,对原来就不甚了了的外界人来说,它完全是一种陌生化的表述、意象化的勾勒,仿佛把西部人隔离在了一个花玻璃制造的房子里,朦胧起来,概念起来,当然也就诗意起来,哲理起来,怎么看都是一幅大写意,而绝不是他们期待中斑斓工笔的纤毫毕肖。实际上,外界的人对西部人的真正了解并不是因为他们都来过西部,而是因为西部人纷纷然背井离乡,笔直地走向了他们,执拗地在他们的家乡、在他们的眼皮底下或紧张或放松地生龙活虎着。这是一些永远走出了西部或者暂时走出了西部的西部人,是一些漂泊的英华,带着无边苍茫的山河背景和大莽原的熏陶,心急意切地登上了人生的另一个平台。正像事实所呈现的那样,他们在悄无声息中把当年的"全国支援大西北"轻而易举地变成了近二十年的"西部支援全中国"。

因为我也算是一个走南闯北的人,便不断有家乡的人问我:走出西部的西部人到底怎么样?我只能说是纷纷籍籍,不一而足。具体地讲,有发达的,有落魄的;有走运的,有背运的;有很快就放水灌田似的融入当地人群、当地世俗的,有内心高挺做派不群永远和当地人、当地风尚格格不入的;更有不好不坏、忽好忽坏、这好那坏、亦好亦坏的。就跟所有敢于奔赴"新大陆"的"淘金者"一样,荣辱不等,贫富不均,七高八低,怪怪奇奇,肥瘦之差,不可以道里计。如此便天然合理,没有什么值得诧异的。但是,他们既然是西部人,既然在西部地老天荒的自然和斑驳陆离的文化中打过滚儿,则无论他们干什么,无论他们有何长短、有何功败,都不可避免地带有"精神的西部"所赋予的边远之色、高拔之影,都会以自己明显的"西部味儿"从五色杂陈的人堆里分化出来,人或有侧目,自己却浑然不觉,依旧如故。

离别的时候,不管对方有何反应,那个站在五步之外悄悄地以泪洗面的,说不定就是西部人;分别之后,从来不第一个写信问候,但在漫长的岁月里却是最后一个和你保持联系的,说不定就是西部人;聚餐的时候,虽然腰包里一定没几个钱,却要抢着买单的,说不定就是西部人;照相的时候,那个站在后排的最边上但却是这个集体中最有本事的,说不定就是西部人;上大学以后,第三年才被选为班长,但却是一个最被人称道、最值得大家信赖的班长的,说不定就是西部人;有着出色的才华,却本能地内敛着,不露峥嵘,善刀而藏的,说不定就是西部人;永远不知道什么是最重要的,却能用良好的知觉一把抓住要害且成功在望的,说不定就是西部人;遇到流氓挑衅,虽然害怕却不退缩,也不考虑自己是否具备对抗的实力就敢往上扑的,说不定就是西部人;听说西部来了人,无论认识不认识,都要倾情倾囊辛苦招待的,一定就是西部人;能在一个"势利"主导人际关系的地方,拿出家中最好的东西,招待陌生客人的,一定就是西部人。

第五辑 西部精神

还有,总希望几个知心朋友永远绑在一起做事的,在单位上只跟情投意合者交往而决不跟所有人同声相应、同气相求的,对顺眼的眉开眼笑对不顺眼的理都不理的,只想帮衬别人而不想代替别人的,不愿意独立作战只希望大家一起上的,总是过低地估计自己过高地估计别人的,说不清楚却干得明白的,动不动就真心称赞人佩服人的,背后说人家好话见了面却不理人家的,自己抽烟一定要先让别人的,喜欢去火葬场给人送行的,同事搬家不论关系好坏都要去帮忙的,单位上有体力活总是跑在最前头的,喜欢自由、喜欢懒散、喜欢工作和休息不分的,当了官不知道应该端架子或者想端架子又总是端不住的,不喜欢接触领导天天奢望领导最好把自己忘掉的,也想巴结领导却永远迷惑于渠道和方法的,感情优于理智的,动不动就忧国忧民忧地球忧宇宙的,自己是穷光蛋但见了要饭的却还要大加施舍的,极其容易被眼泪感动的,对邻居的苦难投以最大关注的,恨不得去参加美国黑人大游行的,别人受伤他喊疼的,其实内心十分细腻却要用粗犷装潢外表的,走出了西部总说还是西部好动不动就要回去看看的,路过商店看到电视里有高山、有沙漠、有草原时总要停下来呆看至少十分钟的,家里的电视一旦出现西部的风景就激动得喊起来、唱起来的,喜欢聚在一起喝酒唱歌的,喜欢王洛宾、喜欢腾格尔、喜欢《青藏高原》的,以为牛羊肉是天下最美的食物的(古人也以为羊大为美),探亲回来喜欢送一点土特产或民族工艺品给同事和熟人的,知恩必报从不拖欠人情的,你请我吃一顿我一定要请你吃两顿的,崇尚清谈、阔谈、高谈而忘了明天没钱吃饭的,送人礼物不喜欢送鲜花摆设而喜欢送衣帽鞋袜的,等等,等等,都有可能是西部人。

在这里我当然没有必要罗列优点,也没有必要举证缺点,其实无所谓优缺点，好坏是自知的，在别人看来明显的死相，带给他们的却是好处，在别人眼里突出的风采，带给他们的却是坏处。我亲眼看到一个兰州大学毕业三年后来山东某单位应聘的甘肃人是如何落败于一位领导偏狭的挑剔。领导问："你是西部人？"应聘者说："是。"领导又问："你会不会不听话，不尊重领导，不喜欢领导的批评？"应聘者有点发愣，好像动了动嘴唇。领导问："会？"应聘者赶紧说："不，不会。"领导又问："你用什么保证你不会？"应聘者不知如何回答。领导又问："西部人脾气大得很，你有脾气吗？"应聘者犹豫了一下说："有。"领导说："有脾气你还到我们这里来应聘什么？还是回你们西部去吧。"受到侮辱的应聘者满脸通红，站起来说："你对人缺乏最起码的尊重，也就是说你缺乏教养，这个单位有你这样的人做领导，请我我也不来。"据说这位领导是有前车之鉴的，单位上有个来自新疆的年轻人不仅从来不给他端茶倒水，反而对他粗声大气地说："这事儿你做得不对，应该是这样的……"他见识了一个性情直率、敢于对领导说"不"的西部人，就把所有来单位应聘的西部人都打入了另册。在这件事情上，西部人无意中表现了他们"吾爱上司，吾更爱真理"的天然秉性，无论是这位来应聘的甘肃人，还是那位敢于说"不"的新疆人，都没有让"西部人"这三个字变成悲哀的垃圾，悲哀的倒是用人单位的这位领导，也许正是他的极端狭隘使该单位错过了一位能够挽狂澜于既倒的珠玉麟凤之才。这个单位后来不幸倒闭了。

当然也有运气不错，歪打正着的：也是在山东，在一座沿海城市，一家刚开业不久的合资公司接受了一个面相困难（我是说找对象困难）、个子矮胖的西部人。有人私下里嘀咕："怎么把他要来了？咱公司还要不要形象了？"老板说："没办法，客户介绍来的，将就着用用吧,三个月以后让他走。"但是仅仅过了半个月,这位老板就改变了自己的想法。首先他发现这个外貌不佳的西部人不断地把一些姑娘带到公司里来,这些姑娘个个都楚楚可爱且文化素质不低,至少是大学毕业,甚至还有一个是双硕士学位的研究生。老板琢磨:一个如此丑陋的男人,既没有地位又没有金钱,却能和这么多美丽的异性密切往来,可见他还是有一点本事的。老板渐渐分配一些比较重要的事情让他去办,结果发现,每一件事情他都办得很利索很到位。三个月过去了,老板亲自出面,和这个人签定了三年的聘用合同。我认识这位合资公司的老板,他对我说:"你们西部人跟我们不一样,我们太张扬太夸张,常常是言过其实,文过饰非,干打雷不下雨的。你们是喜欢包着藏着,不显山不露水,相处久了才知道不是石头是金子。幸亏当初我多了个心眼,没有马上把他打发掉,他这个人本事大着呢,公司的业务样样都会搞。你认识的西部人多,有这样的人才你尽管给我介绍,我们公司要是消化不了,我可以介绍给别的地方。"我带着这位老板参加过一次西部人的聚会,他和所有的人碰杯,以寻找人才的眼光打听人家的简历,完了问我:"这样的聚会还有没有?"我说:"有啊,不仅山东的济南、青岛、淄博、烟台有,全国各地都有。"

的确是这样的。据我所知,目前中国的许多大城市比如北京、广州、上海、郑州、南京、深圳、海口、珠海等,都有不少西部人。这些西部人因为有着不可轻视的成就和大致相同的经历,往往被当地人称作"西北帮"或者以省区为界线称作"新疆帮""青海帮""宁夏帮""甘肃帮"。一个"帮"就是一个无形的人际网络,他们分散在各个行业,互相关照,周而不比,左提右挈,同病相怜,并且不时地聚会,以西部人的习惯吃一顿喝一番,喊喊叫叫,唱唱闹闹,话无忌惮,酒尽人散。聚会在有的地方是定期的,在有的地方是随意的；在有的地方由专人负责，在有的地方是轮流召集；在有的地方是AA制，在有的地方是挨号坐东，偶尔也会有发了财的大老板出面买单。有一次我的同学刘莉芝（她在广东省政府工作，负责组织广州市西部人的聚会）从广州给我打来电话说："昨天我们又聚会了，光《青藏高原》就唱了十三遍，轮着唱，抢着唱，还有《在那遥远的地方》，还有《草原之夜》，还有《达坂城的姑娘》，还有《掀起了你的盖头来》，还有《冰山上的雪莲》，还有《克拉玛依之歌》。过去在西部，这些歌很多人并不会唱，但是一离开西部，就全都学会了。唱着唱着，还流眼泪。"

再也回不去了——一个关于人类离开家园而又寻找家园的永恒而抽象的哲学命题，具象为眼泪、歌声和聚会，写实成一种可触可见的现实人生，折磨着所有在世俗化的大潮中随波逐流的西部人。他们忍受着，咬着牙忍受着；他们失落着，丢了魂似的失落着，并且准备就这样一直失落下去而毫不动摇。是的，尽管"西部"就像血液一样流淌在漂泊者的周身，尽管"博格达""昆仑山""喜马拉雅""河西走廊""贺兰山"这些不朽的名词就像磨盘一样重重地压在他们最敏锐、最脆弱的神经上，尽管"西部情结"不仅代表了一种内心的渴念，而且业已成为支撑生命的主要构架，尽管"西部"所代表的已不再是词汇意义上的奥博与高远，而是所有的精神空间、所有的"投机话语"，但走出西部的人却很少有谁永远地回到西部，即使在外面混得不好甚至很惨，即使寤寐相感，肠回九转，神经衰弱，彻夜不眠，也不愿再去"荒原"上找回那只丢弃在霜风白露中的老枕头好好地睡一觉了。最多是回去看看，探亲访友，故地怀旧，吃几餐老饭，喝几回陈酒，然后就打道回府了。"府"是什么？是有家的地方；"家"是什么？是有老婆孩子的地方。世俗情境让所谓的"精神诉求"在一种连犹豫都来不及的前提下轰然崩溃。

这就是说,西部人只要一离开西部,再回去就是客人了,而且是远客、是稀客、是叛客。以主人的身份回家乡归故里的荣耀几乎是不存在的。你一回去就有那么多朋友没完没了地招待你,你不是客人是什么?你一回去马上就会感到缺氧的难受、寒冷的难受、气憋胸闷头痛腿颤的难受,你不是客人是什么?你一回去就发现很多你过去龙拿虎跳过的地方——江河的滥觞之地、动物的奔逐之野、感情的寄托之山——你都已经去不了了,你不是客人是什么?你受到了人文和自然的双重排挤,你的心理和生理都已经迅速地不适应高寒带的要求、不符合大莽原的生存标准了。而过去,是你在西部的土地上热情似火没完没了地招待着别人;是你在平野的山顶上游刃有余地左右着稀薄的空气,对付着四时不减的寒流;是你在自然保护区内满怀激情地照顾着江河,体贴着动物,驱散着旷日持久的寂寞。抛弃家园的人最终又被家园所抛弃,这实在是一个令人尴尬的处境,一个以兴奋开始、以忧伤结束的过程。当这个过程临近终端的时候,你发现你已经是一河失去源头的水,只能靠雨水来补充;你已经是一棵失去土壤的树,只能靠盆水来滋养。你会在精神即将枯死的威胁中天天想到"西部",越想越觉得它已经远远地离你而去了,它现在只是你的一种思念、一种情绪、一段越来越虚幻的往事,只是一个梦,一个永远都不会成真的好梦。于是,一件真诚着也矫情着的事情终于发生了,一位回归南方六年的柴达木的"老西部"死前留下遗嘱:"把我的骨灰散在西部的苍茫大地上。"我心说这又何必呢?你让那些依旧活着并且在为你操心的人多累啊!再说,西部的苍茫大地不需要任何人的骨灰,只需要竭尽全力地保留一些好好活着的人,保留一天无上清纯的空气和一片干净无极的野。

四

　　西部人在西部的时候，常常被人问到这样一个问题：你老家在哪里？这就是说每一个西部人都必须把"我从哪里来"这样一个形而上的问题，表述成一个形而下的答案：我老家是湖北的。西部人要是离开了西部，又会常常被人问到：你老家在哪里？这次西部人就有些踌躇了，他想说自己生活工作过的某一个西部省区，又觉得自己的籍贯尤其是原籍或者祖籍根本与西部没有关系，想提到那个其实跟他的成长和人格形成八竿子够不着的原籍或者祖籍，又觉得自己从里到外、从小到大都是个地道的西部人，与所谓的原籍毫无瓜葛。踌躇再三，只好详细作答：我老家在河北，五三年父母去了新疆，我从小在新疆长大。诸如此类的回答比比皆是。这样的事情经历多了，连提问题的人也变得精明起来，他不问"你老家在哪里"，而只问"你出生在什么地方"。这样一来就便于回答了，出生地实际上就是那个"也许再穿过一条烦恼的河流，明天就能够到达"的"快乐老家"，就是那个"愿逐三秋雁，年年一度归"的美丽故乡。

　　然而，确定了故乡并不等于确定了对故乡的态度，离开西部的不用说会经常提醒自己或表白自己是个西部人，而长期生活在西部的倒是很不愿意让别人以为自己就是个土生土长的西部人。他们喜欢说自己是"下边人"或者"口外人"，因为"下边人"和"口外人"本身就代表一种身份、一种优越感、一种令人一时半会儿看不清楚的深远的背景。西部的人是不排外的，不仅不排外，还有一点谦卑，总觉得外来的和尚好念经，至少他们比土生土长的人会说话，有见识，脑子活。于是常常会有人用很标准的普通话自豪地告诉别人：我们老家是下边的。是的，他没有骗人，在西部的许多地方比如新疆、西藏、青海、宁夏，其实根本就没有土生土长的汉族人，汉族人都是移民，有古代的移民更有近代的移民。西部的历史，如果能够把它劈成两半，一半自然是土著发展史，一半就是汉族移民史。

汉族的移民可以追溯到秦代，由陇西开始，渐渐地一步一个台阶地向西向高而远的地方渗透，依次应该是河西甘肃、河湟青海、朔方宁夏，接着就是古丝绸之路坚忍不拔的拓展，祁连山北南两线成了移民进入新疆腹地的必由之路，然后就是"胡服汉家郎，羌笛丝锦帐"的融合，就是"牧羊驱马虽戎服，白发丹心尽汉臣"的情景，就是"汉儿学得胡儿语，却向城头骂汉人"的异化。尤其是唐代以降，大西域的土地上，远方的汉籍移民源源而来，蜂屯蚁聚，星罗棋布，其成分有商贾，有流徒，有戍卒，有战俘，有屯田者的群落（类似后来的建设兵团），还有混血的后裔、汉化的边民。他们在一个相当漫长的过程里，渐渐丢弃了强迫移民带给他们的沉重悲哀，把自己向来的旧习完全打碎，然后融汇到腥膻万里的壮猛风土中，成了一片和当地的物候时令、地理风貌结合得天衣无缝的西部人的人文风景。有了这样一些古代的移民风景，近代的移民就显得不那么悲壮、不那么哀恸也不那么突兀莫名了。

近代移民尤其是近数十年的移民是西部移民的历史高峰，在这个高峰里，强迫移民一变而为志愿移民，虽然还有一部分押送而来的刑徒和流放而来的劳役，但多数却是在"中华儿女志在四方"的口号下意气而来的拓荒人和建设者，是"跑东跑西，吃饭穿衣"的盲流、生意人和打工者。可以毫不夸张地说，近五十年的西部移民已经远远超过了几千年的移民总数，几乎所有深藏不露的神秘一角、远而又远的边关要塞都有了汉族人的足迹。他们是一些一来西部就想当家做主的人，是一些命运把艰难困苦做了最华丽的包装之后送给他们做礼物的人，是一些激动的婚媾一完就悲观失望但又必须厮守到底的人，更是一些用生命、鲜血、汗水、意志、思想、痛苦打造了西部当代开发史的人。他们人微言轻却作用非凡，那些寂寞了无数个世纪的荒原厚土，在他们一见之下惊叫不迭的声音中突然就变成了农场、牧场、家园、企业；那些孤眠了多少个春秋的河山湖泽，在他们永不放弃赞叹的描述中突然就声名远扬而成了旅游胜地、探险工厂。

这就是移民，是除了当地少数民族之外的"西部人"的形成，是关于"我从哪里来"的源流本末的回答。它因此让我们知道了形成西部人特性的三个重要因素：那就是大家都是来自五湖四海，为了一个共同的生存目标杂糅到一起来了；那就是西部空广寒凉的自然对人从外表到心理的挼捏塑造；那就是包括宗教在内的多种文化背景在碰撞碎裂后的新一轮整合。

移民来自全国各地，全国各地的人带着本土的人文细菌来到了一个必须近距离集中厮守才可以生存下去的地方。这些人文细菌便互相打架、交叉传播，或者叫见善则迁，有过则改，很快形成了一个左右着移民内部关系的始"乱"终"治"的交流平台。实际上，人文细菌的感染比起生物细菌的感染来，更具有潜在的力量，主动进攻和主动吸纳的姿态作用于人的欲望和思想，时时刻刻都在撕破封闭僵硬的外表，互相间的适应、迁就、学习、容忍，乃至玄黄不辨，水乳不分，将会蘖生出新一代完全不同于以往的种子，那便是八方移民在这个簇新群落里渐渐开花的精神气质，便是西部人"九转丹砂牢拾取"的秉性与格调。因为人人都已经不是乡土氛围里的那个人，人人都在变异的途中，都还没有定型，还是一摊有待晾干的白乳胶，所以就呈现出格外强大的黏合力，谁碰上就会黏住谁。

就拿上海人为例吧。据我的观察，来到西部的上海人很容易改变自己，摸爬滚打一两年就是一个像模像样的西部人了，而西部人到了上海，却很少能变成上海人的。由于工厂的集体搬迁、技术人才的大批西援、知识分子的不断支边，以及下放和流放的存在，许多上海人在移民的西部度过了虽然土气却不平庸的一生，他们身上既有河南人的味道，又有陕西人的做派，还有山东人的姿态。仔细一问，你就会知道，他们是河南人的邻居，陕西人的同事，山东人的亲戚，众多的"群体特性"一搅一合，再加上自然和文化的渗透作用，他们离正宗的上海人就越来越远，几乎已经面目全非了。至于他们的儿孙，就更是脱胎换骨，不是离上海人远了，而是根本就没有上海人的影子了。

来西部的上海人变了，彻头彻尾地变成西部人了。这就是移民内部五湖四海杂糅交流的作用，在这个作用的推动下，所有的移民都把从"老家"带来的"本性"丢弃在了新的人群组合中。为了在这个变幻不定的组合中尽快找到自己的位置，尽快赢得尊重也赢得生存下去的机会，他们一个个都争先恐后、不无痛苦地迅速走完了人格再造的最初几步。这是一个不小的胜利，在生存和发展的层面上，这个胜利意味着另一个胜利的开始，那就是活着，继续活下去，一直活下去，然后多少有一点作为，有一点无愧于生命的创造。

对西部人来说，活下去并且有所作为的最大障碍当然不是来源于人类内部，而是来源于严酷的自然和封闭的地理。也就是说，你必须长期面对沙暴的骚扰、狂风的吹打、寒流的围困、雪灾的侵袭、缺氧的折磨、干旱的逼迫、荒凉的包抄、寂寞的摧残，乃至生命的考验和死亡的威胁，必须时刻忍受"风头如刀面如割"的外部世界对人从外表到心理的全方位打击。打击是在所难免的，通过打击让环境对人重

藏獒的精神

新进行抟捏塑造也是在所难免的。当一场风沙把柴达木油田三十厘米直径的钢管吹得鞠躬九十度,把厂区内钢筋水泥的大烟囱吹裂吹倒,把篮球架和活动板房吹得满地打滚,把钢铁的采油树吹得东倒西歪,把十几吨重的立地生根的磕头机吹得掉头就走,把所有直立的物体都吹得不再直立的时候,人怎么办呢?人也是直立的,人在狂飙中甚至连挣扎着满地打滚的资格都没有,只配蓬舟似的凌空而起,和帐篷屋顶、柴油机一起摔向沙漠,摔向嘎斯库勒湖边的大沼泽。但是在世界海拔最高的油沙山井区,钻井队的工人们一个也没有趴下,更没有蓬舟升天。他们在山顶上、井架前挺立着,直到一天一夜后风小沙住。能够挺立的原因很简单,几百个工人手挽着手,身贴着身,挽了一排又一排,贴了一圈又一圈,风过处,只吹起一片黑色的头发呼啦啦飘扬。我很早就听说过这件事,很早就意识到它不过是一个象征,并不代表所有西部人日常生活的普遍状态,但它却在本源的意义上诠释了西部的人际关系的走向,诠释了西部人隐藏在恐惧后面的心理趋势,正如一首石油工人的墙报诗所表露的那样:"你靠我,我靠你,拉起手来活下去;你有线,我有衣,绑在一起抗天气;王张李,人心齐,雪是炒面风是屁。"这虽然浪漫得有点"跃进诗"的感觉,但它却在忠于事实的基础上说明了一个生存之道:在暴虐残忍的自然面前,人和人的关系只能是依附、相助、同生、共死。灾难随时都会降临,生存的家园随时都会变成危机四伏、朝不保夕之地,当西部人握着毒蛇、骑着老虎势孤计穷的时候,他们就会本能地服从造物主赋予他们的求生原则:只有依靠同类的力量、团帮的精神,才能让每一个个体的人从困厄中走出来,活下去且有一点人的作为。人变了,不再是小肚鸡肠、斤斤计较的,不再是急火攻心、四面树敌的,不再是自我膨胀、偏执疯狂的,不再是嘀嘀咕咕、婆婆妈妈的,不再是纠纷无限、落井下石的。

当然西部人并不是一开始就有如此明朗的意欲和风度,对他们来说,是孬是好,是进是退,总是迫不得已的选择,总是无可奈何的照办,总是要不见棺材不掉泪的。他们和别处的人一样,也有难填的欲壑、无度的贪求,也有一文如命、争多论少的时候,但他们总会比别处的人更快、更多、更频繁地遇到阻隔,或者领受到教训甚至是致命的教训。

可可西里无人区南部金场有一座黄金台,自从有人从黄金台上挖出大金子(成块的砂金)以后,这里的原始阒寂就再也回不来了,年年都有为了地盘的争斗事件发生。1988年的争斗尤为激烈,金客双方都动用了器械:铁锹、镢头、砍刀、斧头,甚至枪。谁也不肯认输,彼此都想打赢,难分难解,不可收拾。就在这个时候,老天不答应了,暗云低伏,北风飕飕,一阵奇寒突袭而来,因为打斗而延宕了时间的金客们突然发现:雪灾降临了。大雪铺天盖地,一下子浇熄了这场黄金争夺战,明白如话地告诉人们:要是再逗留下去,此处即是葬身之地。金客们丢下器械丢下黄金台纷纷撤离。纷纷撤离的金客们是互相拉扯着才走出可可西里无人区的,打得不可开交的两拨人是互相拉扯着才走出大雪覆盖的死亡之地的——你有面,我有油,换;你有药,我有水,换;你有牲口,我有饲料,换。后来就不分彼此了,换与不换都取消了,杀了牲口大家吃,化开积雪大家喝,等到半个月以后他们到达安全地点时,两拨敌对的金客已是称兄道弟,难分难舍了。这是一个"出于水火而登之衽席"的启示:你必须依靠群体,依靠更大的群体,才可以保全性命,走完该走的路。西部人的群体意识就是在这种不断重复的灾难性事件面前一次次地得到了强化。虽然不可能每一个人都会有在黄金台上大雪灾里身临其境的经历,但它传递出的强烈信息却日益变为一种只属于西部的集体无意识：同舟共济，旅进旅退，物与民胞，存亡有靠。就像西部谚语说的那样："一股麻线一股风，十股麻线遮一冬；十间房子百口人，没有你们我活不成。"还有："靠人是宝，越多越好。"还有："三个人的热气儿，胜过一斗煤渣儿。"还有："人人亲家（见人就叫亲家），走遍天下，个个阿爸，吃香喝辣。"

在这里我特别想应用的是这样一条谚语："见人张张口，见狗弯弯腰，见山磕磕头，见水拱拱手。"见人张口、见狗弯腰说的是对人的友好（见了人家豢养的狗都要弯腰，态度之殷勤都有点巴结讨好的嫌疑了）。见山磕头、见水拱手说的是对自然的敬畏。敬畏是必须的也是必然的，而且是无穷无尽的敬畏，是那种能够让自己感动起来、情绪化起来的敬畏，是以宗教的虔诚小心翼翼地对待时刻包围着你的长风疾雪、白山黑水、旱沙干野、荒林大泽的敬畏。有了这种贵贱不渝的敬畏，才会有西部人对自然环境被迫的同时也有韧性的挑战（活着就是挑战），才会有他们对自然万物异乎寻常的重视，这种重视既表现为惧怕和防范，也表现为赞美和亲近。西部的人，一个个都是山河之友、荒原之子，一个个都对冰凉的自然充满了亲近时的激动，充满了"直教生死相许"的情人般的缠绵。"我爱青山，青山爱我"，大自然对人少不了也是缠绵的，不过是"母老虎"的缠绵，是让人怃然而有惧色的缠绵。

严峻的自然环境迫使人和人相与牵手，和衷共济，不如此便不得存活，这说明人（主要指外来的移民）和自然的关系处于明显的断裂状态，但又不是绝对的水火不容。它允许你活着，并且让你得到了你所祈求的百分之十。百分之十的赐予，这已经很多很多，不能再多了，要是还能多一点，那它就不是西部的自然了。同时，它也让你承受了你不想承受的百分之十，这已经很少很少，不能再少了，要是连这一点残酷都没有，那它就不是西部的自然了。由此可见，自然赐予的果实和你所承受的苦难几乎是对等的，也是可以互相抵消的。对西部人来说，果实和苦难的互相抵消倒是有助于他们躲进安全的精神氧仓健康地活着，他们不至于因穷愁而潦倒，也不至于因富贵而堕落，就那么在等量齐观的悲喜荣辱中平衡着自己。平衡既是生活形式的外在宁静，也是人生状态的内在安详。人在这样的景况下所求自然不多，标准自然不高，比较容易满足，所谓"饥者易为食，渴者易为饮"。也就是说，艰苦环境里的生活反而是不吃力的，如烹小鲜，如化新雪，塄坎上拔葱，酥油里抽毛。剩下的时光还有很多，既没有赐予也没有承受，人只好闲而无奈，只好在无奈中乐天知命，逍遥度日。这是件既好又坏的事情，坏是因为有点懒，虚应故事，诸事无成，要知道天道是酬勤的；好是因为有点恬淡，闲云野鹤，无拘无束，当别的地方仕途拥挤不堪、商道熙熙攘攘的时候，这里依然有许多誓不为官也不为商的世外之人，我在西部常听到张三李四辞官不做就想做一个平头老百姓的事儿，正所谓"闻多素心人，乐与数晨夕"。

五

如果说自然的背景是从近到远无边深邃的天空，文化的背景就是从远到近无比璀璨的阳光。在寒冷的冬天触摸温暖的阳光，你会觉得世界的全部美好都在那一片阳光中停留。在西部的大地上感觉斑斓的文化，你会觉得它永远不可能是一件已成古董的器皿、一卷朱笔写成的残书、一座洞开于世的陵墓、一片雕梁画栋的建筑；而是活生生的场景一天又一天的日子，是阳光的高地、麦香扑鼻的庄稼后面正在进行的祈祷，是阴郁的山上嘎嘎鸣叫的鹰群之前经声大作的葬礼，是

藏獒的精神

定居点的碉房三巷九陌之间琮琮琤琤的佩饰、七彩招摇的袍影和闪烁宝石的发辫，是赛马场上的奔跑、雪顿节的狂欢、松潘茶的苦香、打青稞的歌谣，是维吾尔族的"麦西热甫"（歌舞晚会）、柯尔克孜族的《玛纳斯》（英雄史诗）、蒙古族的祭敖包、锡伯族的"喜利妈妈"（保佑家庭人口兴旺平安的神）、塔吉克族的肉孜节、回族的拉面、东乡族的花儿、哈萨克族的"吐马克"（高顶皮帽）、乌孜别克族的"科格乃"（音色优美的琴），等等，等等，不胜枚举。尽管我在前面已经声明，我是有所不为而后可以有为的，此文中所谈的"西部人"以汉族为主，别的民族我将另文专论，但一谈到西部文化对"西部人"之形成的作用，就怎么也绕不开了，绕到哪里都是它们的存在。因为对一个人群来说，文化不仅仅是悬挂在他们身后的背景，更是他们可以纵深行走的前景；不仅仅是如影随形的伴侣，更是白昼的亮光、晚间的夜色、嘴边的空气、耳畔的声音，甚至就是他自己。是的，文化就是他自己。

每一个作为移民的西部人都曾经面对一个与自家传统迥然有异的生活空间。这个空间不管你爱不爱它，它都会以强大的力量拥抱你，直到你浑身放松稀里糊涂不知不觉成为它的人。春风风人，夏雨雨人，近朱者赤，近墨者黑，这就是对你的改造，是多种文化在一个微不足道的个体身上碰撞碎裂后的新一轮整合。它可能出现在你和你的后代身上，更可能出现在你的父辈或者祖辈身上，假如你的父辈祖辈早就来到了西部的话。不管这样的整合出现在谁的身上，它都是不声不响不留形迹的。潜移默化，自然似之，永远是它作用于人的唯一方式。

更重要的是，在移民的生活空间里，本土文化的出现也就是本土居民的出现。本土的居民微笑着朝你走来，带着热情和温暖站在了你的眼前身后。而你是一个正在异陌的环境里发呆发冷发抖的孤独者，你需要的正是他们拥有的或者准备给你的，于是你情不自禁地伸出手一把抓住了人家伸过来的手，仿佛那便是救命的稻草你再也不会松开了。文化的交融实际上就是人与人的交融，是这一类人和那一类人建立起来的新关系，是在新关系的发展中所呈现的心理认同和心理结构的变化，是你拥有了他的份额他也拥有了你的份额的等价或不等价的交换，是生存的欲求寻找满足的过程，是完全带有世俗色彩的学习、模仿和占有。你的老师是回族，他带给你的就是回族文化；你的同学是维吾尔族，他带给你的就是维吾尔族文化；你的同事是土族，他带给你的就是土族文化；你经常去吃饭的那家饭馆是撒拉族人的饭馆，它带给你的就是撒拉族文化。有一天你恋爱了，恋爱的对象是个藏族小伙子或者是个藏族姑娘，于是你就成了藏族文化的承载者和受益者。文化通过本土的居民直接或间接地成了你生活的一部分，成了你所表达的意志、你所遵循的规矩、你所服从的习惯、你所采取的行动，成了你自己。但是你和你的家庭、你的环境都没有特别地强调这一点，如同一个健康的人在一个能够正常呼吸的地方永远意识不到呼吸的重要，自然也就用不着强调空气的存在一样。脉搏的正常跳荡恰恰是你根本就感觉不到的跳荡，肝胃肾脾的正常运动恰恰是你根本就不在意的运动，如果哪一天你感觉到了它们的跳荡、它们的运动，那就说明它们出了问题，说明你有病了。文化正是在你感觉不到的时候，成了你心身两地性命攸关的搏动和决定一生的存在。

一切都在悄悄地进行，空气在夜晚走动，云彩在天空飘逸，时间在身边流逝，包括你自己，谁也没有抓住什么，或者记住什么。但是突然有一天，你发现你变了，你在镜子面前看到你跟那么多人不一样了。你极想跟他们一样，但怎么努力都无济于事，你再也回不到从前，再也不能跟你那没到过西部的父辈祖辈一样了。这面镜子当然不会镶嵌在你妻子的梳妆台上,而是活动在西部之外的某个地方,活动在许多人的脸上——那么多眼睛诧异地看着你,让你陡然觉得:在西部毫无特色的你,一离开西部就鹤立鸡群了。并不是说你很出色,而是你很特别,你天然另类,不拉不弹也是新声异曲,和那里的人云泥相隔,九天九地。

西部的自然是严酷的,但由此产生的文化却充满了人情的醇厚和炉火般的温馨。它是画布上的暖调子,是音乐里的小夜曲,让你常常沉浸在一种黑夜不黑、寒冬不寒的幸福感觉里,尽管这种感觉并没有带给你什么实际的好处,比如增加你的财富积累等,反而让你额外付出了许多。

是的,西部人是不大善于积累财富的。当报纸上大张旗鼓地怂恿花钱刺激消费的时候,你很吃惊这样的问题居然也要说得如此郑重,你甚至都不相信真的会有人藏着钱不愿意享受。因为你早就认为最重要的是想办法吃掉碗里的肉,而不要考虑锅里还有什么。眼前的清汤永远比日后的干饭重要得多。但是你并不知道,这是高寒带的人普遍具有的一种生活态度,是西部文化对灾难频仍、浮生苦短的一种潜意识的反抗抑或是遮掩。1997年夏天,青海人马海福要去海拔近五千米的西藏那曲开饭馆,他的老师劝他不要去,说:"还是古人觉悟高,早就说了,'人生世间,如轻尘栖弱草,何至辛苦乃尔'。"西部人对这一类语言的着迷可以追溯到古代。汉朝的苏武出使西域,被匈奴扣留,匈奴首领单于派已经投降的李陵说服苏武背汉,其中的说辞便是:"人生如朝露,何久自苦如此?"边地的苦寒、人寿的短暂造就了人们不夸耀既往也不迷信将来的文化心态,这种心态帮助他们在结构自己的人生大厦时,把最敞亮的殿堂献给了今天,就像十多年前我在我的《游牧诗》中所歌咏的那样:"今天,我们活着,完成了一生的快乐。"你活着，而且很快乐，西部就是这样，它会鼓励你有一分钱买一分快乐，有一毛钱买十分快乐，甚至没有钱你也能找到快乐。

当然不仅仅是快乐，还有松弛和散淡，你在牧区生活，你就必然是松弛和散淡的。平常的日子里，慢悠悠的不会有什么变化的生活淡化着你的时间观念，让你在舒缓的节奏里做事或者不做事，那是一种可以让你健康长寿的舒缓，是心理上没有任何负担的舒缓，是无为而治的舒缓。没有什么地方比在草原上更能体现无为而治的哲学思想了。比如说你想工作，那就得先去帐房里跟牧民一起吃饭，吃饭就是工作；你要深入群众，那就必须时不时地去草原上喝酒，而且得喝醉，喝醉了牧民才能把你当自家人，也才能听你的话同时也跟你说自己的心里话。如果你是一个大学生，刚刚分配到县上，县长就会说："你去森多乡把今年的牲畜存栏数了解一下，我等你晚上回来汇报。"你去了，天黑以前回来了，这时候要是你醉着，你胡话连篇，什么牲畜存栏数早就说不清楚了，县长就会说："好，是个人才，第一次下乡就能和牧民群众打成一片。"要是你没醉，或者根本就没有喝酒，只是带回来了准确登记着牲畜存栏数的表格，县长就会给组织部长说："要这样的人做啥哩？一点都不会工作嘛。"当然县长绝对不会辞退你，他会身体力行地带你下乡教你工作。你很辛苦，光骑马走路，从这个帐圈到那个帐圈，或者从这个定居点到那个定居点，就觉得两腿内侧如焚如剐，屁股疼得简直不想要屁股。但是你并不在乎，你知道过上一两年，等磨出老茧来就好了。况且你看到牧民们不知要比你辛苦多少倍，他们放牧、背水、拾牛粪，还要磨青稞、打酸奶、纺毛线，可他们见了别人总是乐呵呵的，这让你觉得他们满脸的皱纹是笑出来的而不是苦出来的。

就这样，你天天在草原上跟牧人打交道，久而久之，你变了，你的性格中有了牧人的乐观,还有了他们的天真,有了心里想什么就说什么从来不掖着藏着的牧人般的直爽,有了化解孤独和苦难的诙谐,有了友善而聪明的幽默。尤其值得一提的是,你很快习惯了牧家的饮食,天天都是牛腿羊肋巴,顿顿不离奶茶奶疙瘩。这种完全西部化的饮食渐渐改变了你天生的绵软和柔顺,你连自己也没想到地雄风鼓荡起来,阳刚气盛起来,眉眼中明显有了顾盼之色,身体内的青春之潮发愤地奔放着,说起话来更是大声大气,直言无隐。

还有,你愚忠朋友,你死顾亲情,你轻财重义,你知足达观,你疾恶如仇,你恩怨分明,你处世随便,你生活简单,你热爱自然,你喜欢动物,你尤其喜欢骑马打枪——对你来说,最过瘾的运动就是像马背上的民族教给你的那样,骑着马端着枪,在孤烟正直、落日正圆的荒原上,奔驰啊奔驰,突然看到(也许是假装看到)有动物从地平线上跑来,一枪,两枪,三枪,子弹打光了,什么也没打着。但是你很高兴,因为谁都知道不是你枪法不好,而是你不忍心打死动物,再说许多动物是不能打的,打了犯法,你害怕犯法,西部人都跟你一样格外害怕犯法,他们看上去外表粗犷、举止不恭、无所顾忌甚至放浪形骸,但实际上他们很规矩,他们比任何地方的人都更希望自己离法律远一点,最好永远互相不认识。

六

西部是远大的,远大得让人不知道如何形容,通常的形容词譬如寥廓、空广、苍莽、无际、辽远、十万八千里等都显得不够分量而流于浅薄,那就不形容了吧,就说它大。一个"大"字能解决的问题,我就没有必要再纠缠了,需要纠缠的倒是:大地面上必然会出现的多种人，是如何以不同的情态气势营造了一个一直被外界忽视着的庞大的"西部人"（"西部人"在这里指的主要是西部的移民亦即汉族人，下同）的群体，是如何在这个群体内部以各自为阵的方式从不同的角度完成了对"西部人"这个大概念的塑造。对于这种塑造，虽然我们可以使用人类学中"用于一切的公设"来进行涵盖和总结，但我本人对这种无趣而抽象的"公设"毫无兴致，我宁可捉襟见肘、顾此失彼，也不希望所谓的"同一类型"来打搅我。可以说正是因为我看到大地面上如此众多的"西部人"是各色各样各具风韵的，才使我有了观察的好奇、追问的兴趣和描述的冲动。

就拿青藏高原来说，青海和西藏两个省区的"西部人"有着太明显的区别。西藏的"西部人"较之青海要少得多，可谓是少而精，少而能的，居留的时间也比较短，大致只有半个世纪。也就是说，西藏的"西部人"是从二十世纪五十年代开始进入西藏的，截至七十年代末，陆续有一些干部、军人、知识青年前往拉萨、日喀则、那曲等地以及各个边关要隘安家落户；八十年代至今，去的大多是生意人、援藏干部以及工程技术人员和打工者。就整体而言，他们有自强不息的素质，有"冬宜冰藏夏宜水显"的适应能力，有能够给他们自己带来信心的聪明才智，甚至有一些是艺术感觉极佳、创作能力极强的顶尖人才，虽然未见得有什么惊天动地的作品，却以使命般的执着完成了西藏艺术全国化、宗教艺术世俗化的过程。在这个过程中，他们倾情而为，卓尔不群地挥洒着自己那被藏土的神圣和人群的秘密呼唤起来的天分和激动，架起了一座西藏和内地、西藏和世界灵灵相通的神秘桥梁，强烈的西藏宗教和世俗的艺术岚光因此而广播于西藏之外的许多地方。更值得一提的是，他们没有把艺术气质窃为己有，而是无意中均匀地分摊在了每一个"西部人"身上，让外界的人一接触到他们

（不管是干部、军人还是生意人、打工者）就会有一种接近艺术的感觉。由于对藏传佛教的耳濡目染和对西藏生活的身体力验，他们的人生境界和处世态度常有与众不同之处，对事物也有着较为明澈和圆润的看法，显得激而不躁，愤而不争，独而不孤，感而不伤；浪漫而又能吃苦，理想而又能务实，标新而又能守成，放达而又能持重。他们经常处在一个无所管束的环境里，却又能自己寻找规矩，进退有度，从不像西部其他地方的人一样容易自我放逐。由于西藏是全国全世界都关注的地方，他们干出一点名堂就格外受人注目，所以他们一方面是建设西藏，一方面是享受西藏，可谓得天独厚。

毋庸置疑，西藏的"西部人"和别处的"西部人"一样也生活在一个地处边远、环境艰苦、经济不发达的地方，但却没有别处的"西部人"那种令人着急的自馁自卑，因为他们有西藏作为安身立命的资本，有西藏在世界上的声誉作为强有力的支撑。西藏被认为是人类的最后一块净土，尽管"净土"这个概念早已变得不知所云，原始的没有尘世污染的"净土"含义和正在走向物质繁荣的西藏相比，也早已判若霄壤，但他们仍然乐于把"净土"挂在嘴上，以显示自己是一个被"净土"净化过的西藏人。因为相对于工业文明高度发达同时又有灵魂污浊、铜臭泛滥、道德沦丧等负作用的外界来说，理想中的"净土"自然具有朦胧而强大的诱惑。西藏是"西部人"巨大的精神财富，是任何发达和繁荣都换不来的本钱或者说是光耀。一个人到了外地，说他是从西藏来的，马上就不一样了，人家看他的眼光就像看喜马拉雅山一样带着一种远距离的景仰。正是这种景仰的存在，使西藏的"西部人"有了良好的自我感觉，有了超越西部的最大可能——事业如此，意识如此，行动也是如此。一个突出的现象是：西藏的"西部人"虽然更加遥远地离开了内地，却和内地保持着青海、甘肃、宁夏等省区的"西部人"根本就无法企及的关系。这种关系有赖于外界对西藏的关注,有赖于他们的"人气",有赖于他们和内地故乡的联系,也有赖于他们对虽然不发达却也不闭塞的交通的选择。

西藏和青海同属于一个地理板块,即青藏高原或者叫世界屋脊,那条被称为"天路"的两千公里长的青藏公路把两个省区牢牢地连在了一起。但西藏的"西部人"并不喜欢通过依然遥远的青海走向内地,他们通常会选择从拉萨到成都的空中通道或者川藏公路,尽管川藏公路常常因塌方、山洪、泥石流等灾难而无法畅通。也就是说,他们和成都以及四川的关系要比和西宁以及青海的关系密切得多。这里面的原因,除了做生意和来打工的大多是四川人之外,除了从拉萨飞往成都要比从拉萨飞往西宁容易得多之外,除了西藏和四川在我国原有的行政区划上同属于大西南之外,更重要的是,四川以及成都的经济和文化之繁荣远远不是青海以及西宁所能够望其项背的。到了成都,就有大都市的感觉,尽管它仍然属于西部,但它和内地的大城市比起来又能差到哪里去呢?而西宁就不同了,你花几天几夜的时间千里迢迢从拉萨来到这里,发现你到达的仍然是一个远离内地的"边疆城市",虽然它离真正的边疆早就是几千甚至上万公里了。

还需要说到的是,西藏的"西部人"虽然对西藏一见钟情,并且会终生相爱,但扎根不走的却很少,毕竟年龄不饶人,毕竟高寒缺氧的气候和他们那内地育成的身体并不是一对铁心牵手、矢志不移的伴侣。更重要的是,虽然他们对自己是一个西藏人深信不疑,虽然他们十几年几十年甚至一辈子都在西藏度过,但西藏对他们来说,仍然是一个梦,一个没有做完的梦;仍然是一片永远都无法企及的雪峰极顶的圣殿,一个从来都没有真正触摸过的自然和宗教的理想部洲;仍然是一个传说,一个藏着太阳孕育着无边光明的神性的高地山群。在这

藏獒的精神

一点上，他们和一个一直憧憬着西藏却一次也没去过西藏的人，并没有什么区别。也就是说，没有和本土的居民血脉相通的经历，没有几代人和雪域高原耳鬓厮磨、如胶似漆乃至患难与共、生死相托的关系，没有把自己祖辈父辈的身躯交给天葬场的鹫鹰，没有把自己的精神交给山巅上猎猎飘扬的经幡，没有把儿女的生命交给神人神山神畜的信念，任何一个"西部人"，对需要献上灵魂的西藏来说，都只是一个客人。

而同样有大量"西部人"群落的甘肃、宁夏、青海、新疆等地就完全不同了，首先这些省区的"西部人"都有悠久的移民历史，几代、几十代都过去了，"西部人"和土地的融洽早已是天机云锦，妙合自然。最初的移民对环境被动性的适应几百年前就变成了"一方土地养一方人"的良性循环——这样的山水只能出产这样的物，这样的地貌只能育成这样的人。尽管近五十多年中，由于国家多次实行戍边屯田、遣犯垦荒、兴办实业、支援边疆、上山下乡的政策，不断有新移民潮水般涌来，但并没有改变已然形成的移民和环境浑然合一的局面。铁打的营盘一样不动不摇的老"西部人"，以最大的包容性和新移民你七我八地混同起来，让后者迅速完成了人格西部化的过程。正是由于这个过程的完成，才使我们透过各地判然有别的自然水土和人文水土，看到了一个关于"西部人"的虽然残缺但大致还能意会的轮廓，也看到了轮廓之中组成部分的千姿百态和我们暂时还不能抹去的个性色彩。

新疆应该说是"西部人"的天堂。因为它是真正的遐方绝域，要荒凉有荒凉，万里沙漠无垠戈壁；要秀美有秀美，千里草原万顷湖水；要伟岸有伟岸，高山耸峙冰峰林立；要光明有光明——阳光多得根本就装不下，连夜晚都装得满满当当。在这种目成心许的自然里，拍案惊奇的人生时时可见，雄亮悲壮的声音处处可闻。新疆占了中国的六分之一，所以有人说，没到过新疆就不知道中国之大。大是一种培养基，在这种培养基上睡过觉的人，自然是随天地而大气、随视野而浩茫的，不时地会冒出一些唱大风、会天意、知流水、仰高山的角色。这样的角色在新疆本土是一点点稀奇都没有的，一离开新疆就特色鲜明了。另有一点，新疆的"西部人"在如此海海漫漫的大泥土里滚打，少不了要沾染一些土气，但那种土是没有污染的土，是不属于洋的土，它土得精致，土得干爽，土得不俗。不俗并不等于拒绝世俗，其实他们的世俗情结倒是格外地强烈，世俗的表现也颇为优秀：精明而不老到，成熟而不城府，疾恶而不如仇，冲动而不极端。方其中而圆其外的人很多，不拘小节而拘大节的人很多，说话直爽但又不暴露自己内心的人很多，有机智和谋略而无霸气和浩气的人很多，动不动就要狡黠起来的人很多——有时候狡黠得有点不像"西部人"，但仔细一看，多少还是有一些可亲可爱的憨厚，尤其是面对世态人情的时候。新疆的世态人情里活跃着许多诙谐和幽默的分子，其中既有本土的居民中那些活着的骑着自行车而不是骑着毛驴的阿凡提，也有从来都是板着面孔说话处心积虑想用语言的探痒器让别人笑破肚皮笑死过去的移民的身影，只可惜他们的幽默没有得到挖掘和鼓励，更没有机会出现在舞台上和书本里，就那么令人遗憾地自生自灭着。值得一提的是，在新疆，庞大的建设兵团和众多包括"盲流"在内的新移民的村庄是"西部人"的两大景观，这样的景观因其自成一体的形式保留了一些内地色彩，但并不浓厚，而且越来越不浓厚，所呈现的人的品貌，仍然以典型的"西部人"的风格为主导，其特点除了以上提到的之外，还应该有感情沉实、内心坚忍、做事执着、处变冷静等。新疆多才俊，作家和诗人都很出色，只是遥远的口外声音不太容易引起内地读者的共鸣，多数作家诗人的作品只能"花开院内香自闻"。不能畅快地欣赏新疆作家诗人的作品风采，这是中国读者的重大遗憾。

在西北几省中，和新疆的"西部人"最为相似的是宁夏的"西部人"。这大概是因为新疆和宁夏都处在同一纬度中大沙漠的包围之下（新疆有塔克拉玛干沙漠和古尔班通古特沙漠，宁夏有腾格里沙漠、巴丹吉林沙漠和乌兰布和沙漠），领有统一的疯狂荒凉着的玄黄背景。玄黄就是天黑地黄，是最原始的宇宙色彩，在这样的色彩、这样的洪荒大幕上，包括人在内的任何一种生命都有可能变成玄黄的一粒而受尽浪淘风簸之苦。同样的纬度、同样的气候、同样的土地、同样的物产，自然会有同样的人生，我把它称作苦地人生。苦地人生的人类学理念应该是：人类在面对相同的属于自然因素的艰苦条件时，往往会表现出相同的思维、相同的语言、相同的应对办法，也就是相同的人文姿态。但我并不是说，宁夏的"西部人"就应该是新疆"西部人"的翻版，不，不应该是，其实也不是。他们只是"最为相似"而绝不是"完全相同"。首先宁夏具有别的西部省区都没有的"一条铁路两个通道"，一个通道是从银川出发，经内蒙古到达北京，俗称北线；另一个通道也是从银川出发经甘肃经陕西到达内地，俗称南线。南北皆通，"左右逢源"，进出方便，风雨无阻，使宁夏的"西部人"在交通和信息这两大命脉富有活力的跳动中大长了见识，所以看上去他们往往是心里有数的，好像什么都知道，什么都不打怵，别的地方傻冒的，到了他们这里从来都不傻冒，俨然是司空见惯的。甚至有时候他们还会在见识不赖的基础上有所创造，名闻遐迩，让天下人拿着地图到处找：宁夏在哪里？宁夏的"西部人"沉稳而不浮躁，吃苦而无怨言，正直着却不贸然出头，实在着却不熄灭幻想。如果给他们一方沿海的土地,给他们一些中国特区的政策,再给他们十年的时间,他们一定会比中国其他地方的人都干得漂亮。然而,毕竟我们面对的是现状,毕竟现状里的他们"蜗居"在内蒙古和甘肃这两大经济欠发达的西部省区的积压当中,毕竟现代社会里的现代人不能久处在"天下黄河富宁夏"的封闭田园里自得其乐,毕竟人的素质不能自天而降而只能依靠环境的培养一点点地从心里生长,毕竟他们处在沙漠的包围之中,而辛苦建立起来的希望的绿洲又不能以最大的优势走向可持续发展的前沿,所以我们依旧不能为宁夏的"西部人"欢呼雀跃。他们有着一点迫于无奈的保守,有着一点对自己不经意的鄙薄,有着那么一点点看不明白却十分起作用的迷头认影,还有着一点可爱的也是莫名的拘谨和害羞。

宁夏紧挨着甘肃,甘肃和宁夏的区别在于:宁夏是一片稳定而安详的湖,俗套的叫法是塞上明珠;甘肃则是一片挂入天际的长云,时而膨胀壮大,时而收缩变形,时而白亮洒金,时而乌暗铅青。云的意象是我上中学的时候从学校的地球仪上看出来的,后来我知道,更确切的意象应该是走廊——由于沙漠、大山、河流的阻隔,几乎等于半个中国的西部大部分地区就只有甘肃这一条走廊,黄河以西是通往宁夏新疆的走廊;黄河以东是通往青海西藏的走廊。走廊是有门户的,虽然由于陕西的存在,我们不能说甘肃是西部的第一门户,但却可以说是最重要的门户。这不仅是因为它作为西部最重要的交通枢纽,是来往西部人最多最杂的地方,更是因为它那非凡的历史——它创造过古代中国最早的对外开放的局面,也付出过最为惨痛的人仰马翻的代价。尤其是天水、陇西、定西、兰州一线,差不多就是一个管辖松散、从属模糊、想干嘛就干嘛的古代特区,是一个中国历史上最早进驻了汉族的移民,也最早实行了多民族混居的地方,是一条裹挟着文化以及人种的杂交向西缓缓倒淌的河流,是由一个接一个的阔谷高地组成的兵家必争之地。鼓角铮鸣,烽火连绵,尸体遍野,骷髅成山,军队和百姓殁了一茬又来了一茬,政治和军事在不间断的对抗中走向了庞杂和遥远,随之而来的是人口的增殖,是思想的丰富,是经济的发达,是政权更迭的频繁,是人的素质的积淀。

　　商业从古延续到今天,文化从古发达到现在,使甘肃的"西部人"似乎在几百年前就做好了迎接改革开放的准备,十分相宜地摆好了与内地沿海的先锋行动铆合对接的姿态。这样的结果是:在西部别的省区,人们往往会对内地以及沿海人的种种形状大惊小怪,而在西部的甘肃尤其是兰州,真正让人大惊小怪的却是他们自己。正如一个青岛人告诉我的,到了兰州才知道什么叫时髦,什么叫前卫;进了兰州的舞厅,才知道原来有些舞不一定就是夫妻两个才能跳的。当然令外地人羡慕的不仅仅是娱乐和时尚,还有文化。《当代文艺思潮》《读者》《飞碟探索》《丝路花雨》等这些曾经在当代中国文化中独占鳌头的现象,说明甘肃的"西部人"既有走在全国前面的文化意识也有这方面的能力。再加上有"敦煌学""陇文化""运河文明"作为铺垫,就更使荒山有了草木,田野有了庄稼,殿堂有了地毯,广场有了水磨石的地面。一切都葱茏茂密起来,光亮鲜活起来,同时也让外界仰然瞩目起来,甘肃的"西部人"是大可以轩轩甚得一番了。

　　写到这里,我突然想到一个广告词:放飞。不错,甘肃的"西部人"是喜欢放飞自己的,也就是展开理想的翅膀,放野了飞去。放是胆量,野是风格,表明了一种上升的意图、自由的心态、鸡毛的能耐——乘风而行。又好比放风筝,别处的人总要拽紧了线一点一点往高里放,甘肃的"西部人"尤其是兰州人放着放着就把线搞断了,当然是故意的,好欤坏欤?不知道我能不能这样断言:如果要寻找改革开放以后西部的第一个百万富翁,那一定出在兰州;如果要寻找"服装革命"以来西部第一个暴露了肚脐眼的女士,那一定也出在兰州;当然,如果要在广阔的西部普选一个见义勇为的最佳好汉,那一定也会属于兰州,这就叫素质。很多方面,青海人、宁夏人、新疆人,都是在向甘肃人特别是兰州人学习的。尤其是青海人,因为离得近,看得清,常常是亦步亦趋的。

七

青海原属于甘肃省,直到1928年才脱离甘肃建为行省(宁夏亦然)。所以从历史渊源上说,青海人效仿甘肃人特别是兰州人是再自然不过的,传承而已,习惯而已。但是青海的"西部人"很有意思,他们喜欢向兰州人学习,却又把学习的内容明智地局限在做生意和讲时尚两个方面,而且差不多是学了就丢的,勤奋地学,勤奋地丢,所以给人的感觉往往又是瞠乎其后而不知他山之石可以攻玉。其实不然,青海是最有可能产生谦虚的地方,这里的人,见强的就佩服,见好的就赞美,见高的就致敬,见猛的就让路,完全是君子国里虚怀若谷的谦谦君子,岂能不知一谦而四益的道理?"学了就丢"的原因很可能是不丢也没用,好比甘肃的梧桐如果不能在青海的土地上生根,扛着它就只能是负担。

更重要的是,青海虽然在行政上曾经和甘肃结为一体,但在地理归属上却又紧傍着西藏,成为世界屋脊的组成部分。所以青海的"西部人"无论在心理上还是在口头上,都更倚重于高大陆的荣耀、第三极的风光,更倚重于高原人生的苦难积淀和生命哲学的普遍认知,只要不是面对"年收入""私家车""高尔夫球场""花园别墅""出国旅游"等这样一些"迷茫的小路"一样会令人悲壮起来的问题，他们就没有理由一味地把谦虚发展成自卑。可以说他们在形而下的氛围里谦虚，在形而上的氛围里骄傲。由于他们从骨子里就喜欢较为抽象地思考，较为超拔地活着，所以他们的自豪和骄傲比起他们的自卑和谦虚来要多得多。甘肃有拉卜楞寺，青海有塔尔寺，它们地位相当，都是藏传佛教格鲁派的六大丛林之一，但是你在普通的甘肃"西部人"那里很少能听到关于拉卜楞寺的情况介绍，而在最普通的青海"西部人"嘴上却往往会有关于塔尔寺的详细说明，尽管他们未必是香情佛缘的信徒，未必有阅读经堂经卷的爱好。有一个特点非常鲜明：青海的"西部人"自觉不自觉地都以藏族人为友、为师、为骄人的社会关系，以藏传佛教为自己存在的金铜的衬景；最优秀的音乐家、画家、作家、诗人，都把最纯粹、最高昂的激情献给了反映藏族生活和藏族心灵的艺术创作；有的干脆娶了藏女为妻，把文成公主和藏王松赞干布的皇室婚配民族联姻发展成了现代版的自由恋爱平民好合，尽管这样的婚姻和所有的婚姻一样也有幸与不幸之分，但内心的倚重、情感的附着却因此而斑斑可见。

不仅如此，作为金铜般辉煌的存在而让青海的"西部人"仰首伸眉的，还有全国最大的咸水湖青海湖，还有野生动物的家园可可西里无人区，还有横空出世的昆仑山，还有伸手把天抓的唐古拉山，还有和甘肃一家一半的祁连山，还有世界最大的盐泽柴达木，还有长江的源头、黄河的源头、澜沧江的源头。没有哪个地方能像青海这样把不朽的自然直接转换成人的精神、人的眉眼、人的资本；也没有哪个地方的人能像青海的"西部人"这样，把自己的喜怒哀乐直接和胖山肥水、旷原大漠联系起来，从而在和外界的对话中获得话语权的优势。是的，我真的看到过这样的情形，1996年在北京的一次人文精神讨论会上，当一个青海人突然从沉默中爆发大讲特讲起自然和人的关系时，所有那些目中无人自以为真理在握准备反驳一切的人都收敛起倨傲的态度开始洗耳恭听了。他们还能反驳什么呢？这个青海人讲的完全是他们闻所未闻、读所未读的事情。他们没有准备好批判的武器自然就不能进行武器的批判，只好沉默着，突然有人说："高人原来在这里。"那个青海高人突然就红了脸，一句不吭了，半晌才说："是啊，我就是高人，是高海拔的人，我也只能说说高海拔的事情，说别的，不会。"这是诚实的表白。曾几何时，离开了替山川宣言、替江河布道，青海的"西部人"就不知道说什么才能在话语的汪洋里找到自己的立锥之地。我说了，他们是谦虚的。

　　谦虚的副产品是内向和保守。保守的原因是他们过于频繁地审视着自己，过于自律地看到了自己的不足，就只好诚实地以为自己是不行的。其实不是这样，放大自己的不足而缩小自己的实力，这是青海"西部人"的一个特点，自然也是一个缺点，至少在过去是这样。有一些不甘寂寞的佼佼者曾经把它颠倒了过来：放大自己的实力而缩小自己的不足。于是马上就有了峰回路转的效果：想有的有了，该成的成了。青海的"西部人"普遍地老实忠厚，且常有一些胆小怕事者不知疲倦地教人如何安守本分。但也不是绝对如此，一俟风云际会，凤凰来仪，平静之中也能猛不扎扎地诞生几个掀天揭地之人、震电惊雷之才，在省内省外干成一番大事业，令世人半张了嘴刮目相看。这样的人，学界里有，艺道中有，文坛内有，仕途经济上也有；这样的人，近年来增加了不少，好像猛然开窍了似的东一头西一头地冒了出来。在青海的"西部人"中，过去是搞文化的人多，搞经济的人少，想搞经济的都到省外的广阔天地历练折腾去了；现在有了变化，在经济的深海里踏波走浪的渐渐多起来，而且是卓有成效的——眼见着洽谈

藏藝的精神

会开得如火如荼,贸易风吹得漫天彻地,高层建筑比肩接踵,形象工程闪亮登场,旅游探险渐趋火爆,酒楼饭店吃客盈门。相对而言,潜心搞文化的人似乎变得稀稀拉拉了。这大概也是发展变革的一个标志,只有在那些没有机会也没有条件搞活搞火经济的地方,识字的人才会成群结队钻到文化里去寻找出路,殊不知文化要是没有经济做支撑,就是一只没有翅膀的鸟,飞都飞不起来,哪里还有什么出路?

现在该说说陕西人了。因为陕西以汉民族为主,所以我就没有必要使用"陕西的'西部人'"这样一种表述,又因为西部的文化含义应该是游牧文化与农耕文化的兼有、少数民族文化和汉民族文化的杂交,而陕西只有单纯的以农耕文化为主要凭借的汉文化格局,所以我考虑更多的是陕西人是不是离"西部人"太远了些,而离中原人更近了些?离中原人近了又怎么样?难道他们就不是西部人或者不是正宗的西部人了(确曾有人在讨论西部文学时认为,陕西自古就是中原的核心,和文化层面上的"西部"根本就没什么关系)?还是让我们丢开迷彩似的抑或是阴霾似的文化,面对平平常常、朗朗净净的现实吧。现实的陈列是:陕西在经济和行政上是大西北的龙头大省,过去的西北局就设在西安小寨,加上陕北老区的存在和关中丰富的干部资源,1949年以后西北各省的领导干部大都要从陕西派去,所以陕西人的身影在大西北的官场上是来去最多的,各省区厅级以上的干部中撇着关中腔说着陕北话的人没有一大半也有一小半,厅级以下的干部就更多了,多得就像拉网一样。二十世纪八十年代以前,老百姓只要听到谁在滔滔不绝地说陕西话,那一定是在下指示或者作报告。用官员们的语风便是:陕西人对大西北的建设是做出了贡献的,老百姓是不会忘记他们的。不会忘记的标志之一是大西北的老百姓都听得懂甚至都会说陕西话尤其是关中话,标志之二是如果没有别的诸如热歌劲舞、美国大片的消遣而只有戏,老百姓一般都还是喜欢那种"唱戏和吵架分不开"的秦腔的。各省区过去也都有秦腔剧团,这固然与历史上的"秦陇一家""文化西向"分不开,但更有赖于各地陕籍干部的倡导和垂范,所谓上行下效、家至户到而已。既然陕西以及陕西人对大西北有着如此深广的影响,陕西人是不是正宗西部人的问题就显得有点多余了。况且这不是一个你认为怎样就怎样的问题,正如一个陕西人对我说的:早在我国国民经济发展的第七个五年计划草案中,就明确将全国划分为东部、中部、西部三个地带,包括在西部地带中的省区有陕西、甘肃、宁夏、青海、新疆、四川、云南、贵州、西藏九个省区。国家早已决定了的事情,你们怎么还能煞有介事地讨论呢?

陕西有着西部各省区无法比拟的地理优势,所以它迄今仍然是大西北经济最繁荣、文化最发达的一个省。但是西部人对陕西尤其是西安的标准向来都是苛求而超高的:按照你的基础、你的优势、你在西部人心目中的地位,你是不是应该更好一点呢?过去西部腹地的人到了西安就觉得到了最了不起的地方,现在他们还希望这样,还希望到了西安就不想到别的地方去了。西安是个大都市,是个雄伟的古地,有十二个王朝在这里建都,在这里发布政令统治着全中国。这样一个在一千多年的时间里升起着太阳的中心都市在中国历史上是绝无仅有的,它装载着陕西人的全部骄傲,装载着这些骄傲能够经久不衰、能够流布四方的全部光耀:有巍峨的城墙,有辉煌的陵墓,有奇伟的兵马俑,有华丽的宫殿,有先民的村址,有数不清的遗迹遗物。但是再辉煌的陵墓也是活人不羡慕的,再奇伟的兵马俑也是真人不愿意为伍的,再华丽的宫殿也是今人所无法亲合的。对真实、自我、创造、现代、心灵、自由这些更为贴近时代的词语来说,历史的骄傲似乎可以

藏獒的精神

减免成无,因为它作为远去的刚健只能衬托出今天的软弱,作为陈年的辉煌只能衬托出今天的平淡,作为旧有的经典只能衬托出今天的遗憾。在我们必须热情而敏感、智慧而理性地把握住迅变的今天而不是盲目地享受以往、陶醉古老的时候,一种时尚的装束、一个现代的眼神、一副自信的做派比巍峨的城墙、先民的残址、价值连城的遗迹遗物更能体现一个城市的品貌和一个人群的格调。所以包括陕西人在内的西部人都知道,城墙、陵墓等都不应该是今天人们的骄傲,要骄傲也是替古人骄傲,骄傲完了你还得面对你自己,面对你那忧伤的怀想——怀想荡荡乎八水绕长安的秀丽,怀想皎洁灵潭、参差画舫、八街九陌、丽城荷香的都市人文。他们怀想的是他们的祖先和他们自己曾经的居住环境,是一个才丢失不久的梦,是深深憾恨中的浓浓迷茫,那意思便是:留下来的可以骄傲,破坏了的怎么办呢?如今的陕西人,最深最长的叹息便是河流的干涸、水资源的流失,以及由于河道年久失修而突然泛滥起来的洪水。为此他们本能地想抓住梦的手,抓住了也没用,既然是梦,丢失了就再也不能原模原样地回来了。陕西人都特别地明白这一点,所以也就变得十分谦虚:我们不行,我们比不上东部省份,更比不上沿海,尤其是在发展循环经济方面落后于人,人与环境的关系总是剑拔弩张的。

有个陕西朋友对我说:"我觉得我们陕西人有点尴尬,现代里靠不上,落后里又没有,说东不东,说西不西,说是在西部的前沿,可真正需要你风风火火面对世界的时候却又显得过于腼腆。"

如前所说,陕西人在西部官场中行走的比较多,这似乎已经成了一种传统、一种习惯,大家都觉得自己应该有个一官半职,应该在时来运到的时候跳到风云里头叱咤一番。这当然是大好的事情,谁不想云起龙骧,化为侯王,博得个封妻荫子乃至青史留名呢?再说了,领导大家搞工作毕竟要比听从别人搞工作爽得多,气派得多,就像俗话说的,是虎就想吃兔,是猫就想吃肉,是猴就想上树,是人就想进步。但是,如果太多的人热衷于官场大事业而不屑于经济小文章,那事业真正的发展、生活真正的兴旺恐怕就要大打折扣了。再加上文化,文化这东西,太古老,太厚重,太值得骄傲——骄傲得舍不得放下了,反而会变成累赘。人家是光着膀子、光着腿,就穿个裤衩往前跑,你是穿了西周的裤子,还要套上秦时的布衫,还要裹上汉朝的青衣,还要罩上隋代的锦袍,最后还要缠上一圈杨贵妃不小心丢掉的腰带,你说你累不累?你还能跑到前头去?对仕途的迷醉和对古董的流连拖累了他们,使他们显得不那么新锐,不那么前卫,不那么鲜活,不那么异类,不那么潇洒,不那么灵动,不那么"冷娃",不是蹦蹦跳跳自由尖叫,而是背着两手迈着方步一副老成持重循规蹈矩的样子。

当然并不是所有的陕西人都这样,陕西人中的陕北人就显得不那么为厚重的历史和同样厚重的文化所累,也不那么认可唐城的布局一样齐整、兵马俑的排列一样有序的规矩方圆。他们从黄土地的沟沟壑壑里拼命往外爬,左冲右突,始终保持着一股令人感动也令人恻隐的倔强之气,那便是即使吃糠咽菜,也是贫而牛,贫而骄的。其中的优秀分子有着强烈的出人头地的欲望和一颗不就义不罢休的匪石之心,且能在欲望的实践中充分表现自己过人的聪明才智。但是浑厚的黄土地对他们毕竟有着无法抗拒的引坠之力,金属般光亮的故乡的桎梏以及秉性、语言、人际关系的限制毕竟太牢太重,他们往往走不了多远便要停下来。东山的狮子东山跳,就在陕北当地或者陕西境内寻找擂台,施展武艺,不像新疆、青海、宁夏的西部人,为了找到一个适合自己发展的位置,一腿就能从天山、从昆仑山、从贺兰山迈到广州、深圳、海口,普通话一说,别人就不知道他是哪座山里来的神仙了。

然而，如果有人把"伟大"这个词交给我同时又限定我在此文中只能使用一次的话，我仍然要把它献给陕西人。陕西人的肩膀是绝对担得起这个词的，无论是秦人的后代，还是匈奴的子孙，都在这块黄土的大地上把中国历史上最有青铜色彩和碑石分量的人力巨车推拉到了今天，让我们依稀看到，强秦之锋锐是如何不可挽回地消磨老钝了，大唐之流韵是如何不可阻挡地僵化残败了，而人却依然如故，直立着，昂起头，走啊走。尽管我们谁也无法预言未来，但有一点是明确的：在未来的日子里，陕西人，不，我们，会依然如故，直立着，昂起头，走啊走……

这篇文章就要结束了，需要强调的是，虽然我知道西部的概念除了习惯上的西北五省区和西南四省区外，还应该加上内蒙古和从四川走向直辖市的重庆，甚至还要更大。但我所谈到的"西部人"只涉及西北五省区，即陕西、甘肃、宁夏、青海、新疆以及和青海连为一体的西藏的部分居民，对别的省区的人，我非常遗憾地放弃了，因为我不能谈论我并不熟悉的人群，而且有的地方我都没有去过，比如说贵州，谈何容易。

还需要说明的是，我对"西部人"的认识是冰冻三尺的积累，而不是一天两天的记者功夫，尽管我一直是个记者，但未必就能考虑到老一代、中一代、新一代的差别。比如说，我向来认为，西部人缺少的是扩张的意识，是进取的精神，是创造的姿态；富余的是对自我展示的封闭，是内心世界的回缩，是走向精神自恋的惯性，这大致是适合老青年和中老年的。但新的一代呢？二十七八岁以内的人呢？那就未必了，也就是说，西部人未必永远都是含蓄的、内向的、呆板的、后发制人的。正在从新西部的土壤里成长起来的一代和新近从四面八方来西部淘金的一代，有着正在刷新的文化背景，那就是中国传统文化和西方现代文化的杂交。这种新生代的杂交文化也许可以概括为市场经济主导下的中国当代开放文化，由这种文化熏陶塑造起来的人，应该说恰恰具备了扩张、进取、创造的心理准备和行动技巧。他们带着这种心理和技巧，和西部人原有的文化人格进行碰撞和融合，到底会产生一种什么样的"化学反应"，目前还看得不是十分清楚。我们只能希望它是一种张扬生命、创造"个体精神自由"和呼唤人性的东西，是对西部的经济生态、文化生态和自然生态的一次平衡，而不是顾此失彼的加剧倾斜；只能希望在看到西部的前途不可限量的同时，也看到新新的西部人也就是西部新人类的前途，因为他们和西部亲密无间堪托死生的关系而变得不可限量。

西部人是一个体验过历史和自然的巨创深痛的人群，是对生存、极限、命运、生命、禁区、活着还是死去等最初的也是终极的目标进行过漫长思考的人群，是从苦难的旱漠里喘着粗气步履蹒跚地走来后坐在清澈的泉边无力喝水的人群。但是今天，当巨创已经结痂，当思考已经疲倦，当必须在严峻的直面中才能打发的历史已经渐行渐远的时候，浩浩而来的开发热又使他们走进了新一轮的体验、开始了新一轮的思考：现代文明的冲击会不会带来人格分裂的危机？经济改革的强力会不会造成不堪重负的生存压力？现代人的高标准会不会衡量出西部人群明显的缺憾而让他们焦灼不宁失去信心？财富的武装虽然还没有条件变成可触可摸的生活现状，但财富的刺激是不是已经让他们丢失了自我、丢失了魅力？严酷的自我审视和自我批判意味着西部人将有可能拿到走向现代化的钥匙而不必继续神情恍惚、六神无主，将有可能使自己从一个"西部人"变成一个现代人而不必继续领有历史的沉重感和抗争命运的孤独感。是的，仅仅是有可能，因为一切的成功——现代化也好,现代人也罢,都依赖于人的高素质。而现在的西部人,一方面面对着遥遥在望的金银财宝,一方面又面对着自身的素质危机。当最宏丽的事业必须要有最优秀的素质来成就的时候,拿着鲁迅的处方改造我们西部人的"劣根性"便是当务之急了。

西部精神

有一种精神叫西部精神,有一种"西部"是精神的西部。

审视这样一种精神现象,我们立刻就会发现,从时间上划分,既有历史的西部精神,也有现代的西部精神;从人群的结构上划分,既有外来人口的西部精神,更有本土居民的西部精神。

对于历史的西部精神我们当然不必追溯到古代。古代西部尽管有着莽原一样平坦的巨山,一样超拔的精神平台,但那种以开疆拓土、攻城略地为主要内容的战争行为,并不能鼓动和启示我们今天的生存信念,更无法改变和促进我们今天以现代化为追求目标的生存方式。所以有必要说明,我所说的历史的西部精神中的"历史",仅指二十世纪五十年代初到七十年代末这三十年。

这三十年里,我们国家有过多次支援大西北的行动,比如大批干部的西派西调、内地工厂的整体西迁、底层移民的西进开荒,尤其是知识青年的支边运动——中国知青运动的发端就是支援大西北,它最早出现在1954年,当时就有许多青年去了新疆、甘肃、宁夏、青海。那时候的特点是：国家需要、政府号召、集体行动、个人服从。个人的浪漫情怀、理想色彩以及自我追求、生活选择，都要放在国家需要和集体主义的前提之下。所以历史的西部精神，应该是以建设边疆、改造自然为目的的生命奉献，是集体英雄主义前提下的自我实现。其中不乏浪漫，不乏理想，不乏真诚，不乏感动，不乏筚路蓝缕的开拓功绩；也不乏伤情，不乏悲剧，不乏失败，不乏岁月蹉跎、青春虚过，不乏"不知魂已断，空有梦相随"的理想破灭。但不管是寸功不展、坐困以待的，还是功成名立、锦旗报捷的，都有一个共同的特征，那就是国运左右着人的命运，环境支配着人的功败，正所谓："大马死，小马饿，高山崩，石自破。"或者可以反过来说："大马强，小马壮，高山挺，石自坚。"这些从历史的尘烟中沿着命运的轨迹走到今天的人，特别地喜欢怀旧，一有机会就会把感情沉浸在已逝的岁月里一唱三叹。2003年春天，我在青岛参加了一个老拓荒人的聚会，整整一个晚上他们都在回忆过去的事，吟唱过去的歌，到最后竟一个个都把自己唱得潸然泪下：

> 是那山谷的风，吹动了我们的红旗；
> 是那狂暴的雨，洗刷了我们的帐篷；
> …………
> 是那天上的星，为我们点亮了明灯；
> 是那林中的鸟，向我们报告了黎明；
> …………
> 是那条条的河，汇成了波涛的大海，
> 把我们无穷的智慧，献给祖国人民。
> 我们有火焰般的热情，战胜了一切疲劳和寒冷。

第五辑　西部精神

> 背起了我们的行装，攀上了层层的山峰，
> 我们满怀无限的希望，为祖国寻找出富饶的矿藏。

这是创作于 1952 年的《勘探队员之歌》，老拓荒人都会唱。这是社会赋予一代人的情怀，是那个时代要求人们必须具备的激情。这一代人到了西部，就成了永远的西部人（虽然他们中的一些人晚年常常要落叶归根，但在感情、事业以及和单位的隶属关系上都还是西部的一部分）。他们挣钱吃饭在西部，成家立业在西部，生荣死夭在西部，甚至在给儿女起名字时也尽量表现出一种符合时代风尚的倾向：张建青，就是建设青海；李建宁，就是建设宁夏；常爱新，就是热爱新疆；王兰生，就是兰州出生；赵改荒，就是改造荒凉；陈戈花，就是戈壁之花；刘志疆，就是志在边疆。孩子是人的最爱，自然要用最美好的愿望来命名。尽管这种愿望里不免也有无奈和被动浸透其中，但更多的仍然是以社会需要为驱策的主动行为和昂扬精神。这就是历史，就是曾经给我们带来了豪迈和充实也带来了苦难和虚妄的时代精神的一部分。

和历史的西部精神相比，至少在理念上我们应该相信，现代的西部精神具有浓厚的个人主义色彩，是一代人为了实现自我价值的情不自禁的投入，是对生活目标和存在意义的一次追问和肯定。它让个性变得重要，让生活多了一些悬念，让行动至少在主观愿望上少了一些平庸，多了一些崇高。近些年从内地走向西部的人许多都是多少有一点现代意识的都市知识青年，他们的生命激情一般都建立在温饱、生存的保障之上，这样的激情献给谁？献给家庭，献给柴米油盐醋的庸常生活，献给面积日渐庞大、活动空间却日渐狭小的内地城市，好像都容纳不了，而且也不甘心，那就献给西部吧。概念中的西部是博大

而宽松的,那里的一切都处于初级阶段,那里有太多的空白点,有太多施展拳脚的机会,什么样的激情都可以容纳。"一张白纸,没有负担,好写最新最美的文字,好画最新最美的图画。"毛泽东的这句话至今还在激发着他们的想象,还能成为鼓舞和驱使他们走向西部的理由。他们作为新一代的西部拓荒人,意向中的事业宏大而抽象:拓土地之荒,拓企业之荒,拓品牌之荒,拓生命之荒,拓精神之荒。总之,就是想干一些别人不敢干的事情,想过一种别人不敢过的生活。照他们自己的话说就是:"人生在世,活就要活出个人样来。"但实际的状况跟他们想象的完全不一样,尤其是在他们必须立足并企求个人有所发展和创造的城市,早就不是"一穷二白"的面貌了,内地拥有的它全有,包括市场的繁荣、物质的丰富,也包括人群的拥挤、机会的难得和理想工作的难找。不久他们就明白,真正需要他们的仍然是边远的农村牧区,只有在那里,才会有不仅是概念中的也是事实上的博大和宽松,才会有太多的工作空白点和太多施展拳脚的机会。问题是,那里的工作和生活会让他们志得意满吗?会带上浓厚的个人主义色彩成为一代人为了实现自我价值和生活目标的情不自禁的投入吗?会让生活多一些悬念、多一些崇高,而少一些平庸、少一些碌碌无为吗?在这里我想说的是,理念中与期待中的西部精神和实际需要与必须体现的西部精神往往是南辕北辙的,包括西部在内的任何一个地方都永远不可能让浪漫的都市知识青年一来就是老板,就是领导,就是叱咤风云的英杰,就是痛饮黄龙的胜利者。一切都得从零开始,都得从脚下开始,都得从最庸常、最平凡、最底层、最基础、最琐碎、最不起眼开始。和意向中事业的宏大抽象、独领风骚完全相反,你必须要干的恰恰是别人早就干过的事情,必须要过的也恰恰是别人早就过过的生活,你不可能是个名副其实的拓荒者,你只能在别人开垦过的土地上开犁播种。你的成功也许仅仅在于别人由于天灾人祸只收获了一百斤，而你由于天时地利人和稍一用功就收获了一百五十斤。能用一生的惊喜和好奇去做别人不想做和做烦了的事情，也许这才是一种精神的体现，才是"人生在世，活着就要活出个人样来"的最好说明。

然而，不管是历史的西部精神，还是现代的西部精神，我们只谈到了外来人口所具备和所应有的精神状态，而丝毫没有涉及本土的居民。本土的居民作为西部人群的主流，对这种只要活着就必须体现的精神有着本能的张扬和先天的自觉，他们在不经意中让西部精神演化成了一种文化景观和一种文化人格，让我们在领略这一精神的良辰美景时，不仅能看到作为精神载体的人的种种情状，还能看到西部的自然和西部的文化在塑造本土人格方面的淬化作用。西部人的精神气质以及这种精神气质所拥有的无穷魅力，也就在自然和文化的背景上有了结实而有力的凸现。这种凸现表现为：无论在什么样的情况下，他们都是坚定不移的，都是乐在其中的，都是信仰的实践者和自然的朝觐者，都不会改变感情的走向，感情始终都是专一深沉的。从这个意义上说，西部精神应该是一种人格精神，是一种对西部人的生存状态、情感表达和信仰方式的概括与描述。

对本土的居民来说，西部是他们祖祖辈辈生活的地方，他们对乡土的感情支配着他们的行动，他们的行动又滋生发育了越来越浓厚沉实的感情。很多情况下，感情就是精神，或者说有感情才会有精神。这种精神主要体现在生命和西部土地的融洽上，体现在人与自然的关系在最严酷的条件下相依为命、合而为一的状态中。比如青藏高原，其地理特点一是高峻，二是寒冷，因为高峻，它缺少氧气，因为寒冷，它物种稀有。但这并不是说，人与自然的关系处在永恒的对抗当中。恰恰相反，正因为环境艰苦、气候恶劣，人与自然才有着更为强大的

*藏獒*的精神

亲和力。这种亲和力启示我们，人只有成为自然的一部分，成为水的一浪、山的一石、树的一枝、地的一壤，才可以绵绵瓜瓞似的繁衍生息，才可以几百年几千年地以严寒为家、以缺氧为侣。在这里，依附就是一切，人的全部精神都体现在依附自然并且好好活着的漫长过程中。我在平均海拔四千七百多米的唐古拉山地区，多次看到过七十多岁的老人，他们在这个年龄上都还能干活，都还活得很健康、很愉快。我相信，在他们的体内一定有抵抗高寒和缺氧的遗传基因。次桑老人活到了一百零六岁还在放牧捡牛粪。采访他的人说，他虽然出生在海拔五千米以上的草原牧场，但生理机能从小就适应了高原的气候和缺氧的环境，加上他本人有着良好的劳动习惯和愉快的心情，所以就成了生活在雪线之上的老寿星。对雪线上的人生来说，活着就是精神，是第一层的精神；健康地活着更是精神，是第二层的精神；长寿地活着自然就是第三层亦即最高层的精神了。但无论是活着，还是健康着、长寿着，都是精神现象的表面形态，而精神形态的内核则是感情对土地无条件的眷恋和生命对自然绝对的依赖。

依赖既是功利的、世俗的，也是理想的、宗教的。尤其是在青藏高原，宗教的依赖往往把"万物有灵"的信念看成是处理人和自然关系的唯一准则。这个准则把自然做了完全人格化的处理，人的环境不再是简单的山川湖泽、日月风云，而是一个灵灵相同、灵灵相亲的童话世界，每一棵草、每一棵树、每一片湖、每一座山、每一块石头、每一朵云彩，都是七情俱备，六欲完整的。你委屈了它，它会伤心；你得罪了它，它会愤怒；你损害了它，它会报复；如果你巴结它，和它搞好关系，它就会带给你无穷的幸福。自然既是人的生存伙伴，也是人崇拜敬畏的对象。正因为这样，在青藏高原，在那些原始苯教和藏传佛教盛行的地方，野生动物是保护得最好的，绿色植被是保护得最好的，生态环境多少年以来都处在和人亲密无间的状态中。我在拙作《敲响人头鼓》中记载了这样一件事情：作为援藏干部的我的朋友老贺告诉我，有一天他在拉萨街上看到一个河南人在拿着皮鞭"耍猴子"，围观的藏族人个个怒目而视，有一男一女拿着大饼不停地喂给猴子。老贺想自己差不多也是一个西藏人了，自己能做点什么呢？他犹豫了半天，掏钱买下了那只波密红猴，交给了一男一女两个拿饼喂猴子的人。他说你们要是愿意就养着，要是没有这个能力，就把它送到寺院里去，那里肯定会收留它。或者可以这样：这只猴子肯定来自波密，要是你们打听到有人去那里，就让他们把它带去，波密有森林，森林是它的老家。老贺当然不是为了做一件好事给别人看，就像许多都市人喜欢的那样"作秀"，而是为了安抚自己的灵魂，安抚一个在西藏的氛围里渐渐自然化了的灵魂。——宗教有时候并不是信仰，而是日常生活中最简单的行为。过了几天，老贺听人说，那一男一女既没有把猴子送给寺院，也没有交给别人带去波密，而是自己上路，朝波密步行而去。从拉萨到波密，往返一千多公里，常年跋涉，风餐露宿，一路上讨吃要喝，受尽苦难，就为了送一只猴子回老家，就为了完成他的嘱托，而且没有喧嚣，不必让人知道，这是一种什么精神？老贺说，对他来讲这是一个惊心动魄的故事，他一辈子都想讲给别人听，一讲他就想哭，这才叫人哪，这才是真正的西藏人。这里没有欲望，没有功利，没有为了生存的斤斤计较，只有超越了欲望和生存的对自然无条件的亲近。过去他总认为人生在世，生存是最重要的，现在看来，最重要的应该是对生命、对自然怀有一种敬父敬母般的柔情蜜意。一个人，一生所能做的最有价值的，就是虔诚地热恋，包括热恋自然，热恋自己的灵魂。这是西藏教给他的，西藏改造了他世俗的观念，提升了他做人的境界，使他学会了热爱生命，热爱一切生命，学会了无私和善良，使他懂得了虔诚的魅力。

虔诚就是精神，热恋也是精神，信仰更是精神。

北风呼啸而来，下雪了，俄博草原上的小伙子索朗在雪地上跳起了锅庄，他说他的邻居姑娘就要回来了。这里是冬窝子，好几个月都待在山上夏窝子的邻居姑娘就要回来了，寒冷的冬天在小伙子的心里顿时就变得温暖如春。我问他："你的邻居姑娘叫什么名字？"他说："她阿爸叫她米玛，我叫她卓玛。"我又问："你为什么要给她改名字？"小伙子笑而不答。后来我知道，米玛是星期二的意思，他不喜欢这个没有太多含义的名字，而卓玛是救渡母，救渡母是藏传佛教里的女神，他刻意把邻居姑娘和女神合二为一，就是希望姑娘和女神一样给他带来温暖和幸福。小伙子索朗一直在寒风中跳舞，没有音乐，他的歌声就是音乐。我听不懂他唱的是什么，但能感觉到他其乐也融融的内心世界正是"春风自在扬花"的时节，跳舞的哪里是他的脚，唱歌的哪里是他的嘴，是心，是情，是灵魂的歌舞。这样的日子里，高海拔也好，寒冷的冬天也罢，统统都不算什么，要紧的是爱情，是信仰；有了爱情和信仰，就有了内心的欢喜，就可以手之舞之足之蹈之，就可以万难不计，笑对一切了。

千里万里地朝拜，磕着等身长头一年两年地向拉萨朝拜，生活的最高目的就是朝拜。朝拜的路上，老人死了，他们从地上爬起来，揩干净身上的血迹，掩埋好老人的尸首，又继续三步一磕头地前进了，就像歌儿里唱的："没有感伤，没有诅咒，也没有眷恋。"因为他们坚信是佛把老人的灵魂收到天上去了；或者说，在佛的关照下，老人的本次轮回终于结束了，下次轮回很快就要开始了。这样一次次地轮回，积攒到一定程度，灵魂就可以升入天堂了。这是信仰的力量，是生命达到一定层次之后对生与死的超越，是对视死如归这样一种义士品格、

第五辑 西部精神

高人境界的最平凡的演示,而在人的一生里,在物质世界、亲情世界、享乐世界的无穷魅惑中,有什么比视死如归更能成为我们因为缺少而又亟待拥有的龙马精神?什么叫"涅槃常乐条条都是庄严路,生死轮回处处总成解脱场"?这就是。

现在他要出发,出发去干什么?去公路边看汽车。他骑在马上,整整一天都在走。终于看到公路了,他从马上下来,脱下礼帽,向路过的汽车致敬,然后坐下来,吃着干肉,或者奶皮,眼光不时地扫向路面。汽车又来了,他忙不迭地脱下礼帽,再一次向汽车致敬。这样过了大约一个小时,眼看太阳就要落山了,他站起来,骑在了马上,朝着他今天看到的最后一辆汽车摇晃着礼帽,走了,越来越远了。他是杂多草原的牧人,他一整天的行走当然不是为了见识见识汽车,汽车他早已见识过了,他唯一的目的就是让空落落的心平静下来,照我们的话说就是驱散寂寞。我曾经多次见过这样的牧人,他们太寂寞了,好几个月都待在一片只有自己一家人的草场放牧牛羊,他们驱散寂寞的办法就是上公路边看汽车,或者满草原乱走,走一两天的路程找到一户和自己同样寂寞的人家,走进去说说话,喝喝茶,吃吃糌粑吃吃肉,然后心满意足地回去,把自己的见闻绘声绘色地讲给家里人。能耐得住这样的寂寞,能用最简单的办法驱散这样的寂寞,然后心情舒畅地活着,该干什么干什么,这自然也是精神的一种。内地人很难理解这种无所事事地晃悠居然也和所谓的精神沾边,而我想说的是,战胜寂寞往往比战胜任何灾难更需要顽强的意志和坚忍的精神,因为灾难是暂时的,寂寞是长久的;灾难有形有色且会得到别人的帮助,寂寞没有形迹却强大无比,且不会有人帮助你解决,要想打败它只能靠自己。一个人的精神强大到了能够战胜任何孤独、任何寂寞的程度,那才是真正的强大。

藏獒的精神

总而言之，有历史的西部精神，有现代的西部精神，有外来拓荒者的西部精神，有本土居民的西部精神。西部精神不是一种固有的不变的精神形态，它是一个发展中的概念流。好比我们经常提到的雷锋精神，雷锋精神的存在具备三个条件：曾经有过，现在还有，必须要有。也就是说它曾经在雷锋这个人身上发生过；直到现在它还在许多人身上发生着；作为一个社会，不管它具有什么样的政治秩序和经济体制，都必须要有一个健康优良的道德标准来规范人们的日常行为。西部精神也是这样，它曾经在许多个人和集体中发生过；它现在还在流传，而且子子孙孙都将流传下去；在全球都在提高生存质量、注重可持续发展的大背景下，在相对落后的西部极力寻求现代文明捷径、寻求困境出路的时代里，我们必须要有一种精神。可以这样说：雷锋精神是一种关于社会伦理和道德水准的精神，西部精神是一种关于人类和自然共同生存、共同发展的精神。它是一条川流不息的精神长河，来自有知走向未知，来自行动走向愿望，来自午夜走向黎明，来自历史深处走向未来世界。在这样的长河里，如同每一朵浪花都可以认为自己是水一样，每一个人都可以认为自己就是西部精神的体现者。

如果本土的居民认为，他们那种见怪不怪，见奇不奇，吃苦而不觉苦，遇险而不觉险的乐观向上的生存态度就是西部精神，有何不可？如果一个修铁路的技术员认为，自己活着，干着，哭着，笑着，寂寞着，牢骚着，但有时候也会请长缨、酬壮志，想让铁路雄飞而起，想让自己留住身价，这就是西部精神，有何不可？如果一群地道的高原人认为，他们那种在零下四十摄氏度的寒冷或四十摄氏度的高温中，照样吃喝拉撒睡的韧性的生存意志就是西部精神，有何不可？如果一个外来的拓荒者认为，自己在这里开了地种了田，办了企业挣了钱，这就是西部精神，有何不可？如果一个大坂养路段的养路工认为，自己常年坚守在这里,遭遇了三十五岁就脱尽头发的孤独,忍受着四十岁就失去性能力的缺氧,这就是西部精神,有何不可?如果一个科学家认为,他终于走进了格拉丹东冰川,发现了冰川迅速后退的痕迹,悲哀地大喊了几声,震得四周冰崖上的积雪纷纷崩溃,这就是西部精神,有何不可?如果一个水文站的测量员认为,他每天都站在雅鲁藏布江的源头,站在盘亘不绝的冈底斯山脚下,沉默、发呆、瞩望,用生命感受着山的伟大和水的久远,这就是西部精神,有何不可?如果一个人,就像他亲口告诉我的那样:"在西部一辈子,好像什么也没干,就写了几首歪诗。"我要对他说的是,这也是西部精神。在西部,尤其是在青藏高原,人活着就是诗,要是再干点什么,那就是好诗。总之,任何人都可以根据自己的体验和经历给西部精神增添特色壮大内容,因为作为一种大地域中长时间里形成的精神现象,它必定是开放的、包容的、丰富的、七彩斑斓的,它代表了形形色色的人群,也代表了洋洋众多的自然背景。人类精神的本质部分就是自然,就是那些苍茫而永恒的天、山、水、原。也就是说,西部精神既是人的精神,也是自然的精神。

在离天最近的地方,在空气最少的地方,在阳光最多的地方,在河流最密的地方,在地域最广的地方,在寂寞最盛的地方,在生活最难的地方,在死亡最易的地方,一种精神正在生长,一种不屈服于苦难和落后的人格精神正在诗意地生长,一种源于爱情、源于自然、源于信仰、源于崇高的悲剧精神正在艰难地生长。

西部地平线

我曾经痴迷于地平线的美妙,以为那是未知与有知的分界,是未来与今天的轴线,所以我注定要为美妙的召唤而命悬一线。这是怎样的一线啊,是永远颤动的地平线,是一个人毕生都要去接近而又无法接近的地平线,是在别人眼里你出生于斯而又活跃于斯的地平线。

我们驱车在公路上行驶,猛然发现黑色的路面已经不知不觉变成搭在地平轴线上的一条传送带了。和工业传送带不同的是,我们永远不可能从这边被传送到那边,尽管我们时刻觉得自己马上就要从轴线上翻过去了。一个梦,一个真实存在着却无法接近的梦。人怎么可以没有梦呢?人怎么可以离开梦呢?地平线之于人就是如此重要。

最重要的恰恰又是最平淡的。西部地平线的平淡就在于它随时都会出现在你的眼前,不像在别处,经常是你根本就找不到地平线——城市的地平线在哪里?抬眼望去,满满当当都是高楼大厦,它们就在离你几步远的马路边把地平线隔断在你的视域之外了。城市悲惨到几乎没有了地平线。没有地平线的城市以风起云涌的逼仄令人窒息苦闷。

我不喜欢城市，可我又不得不待在这里，待在坚固的楼厦里和更加坚固的人群中空落落地喊一声："马思边草拳毛动，雕眄青云睡眼开。"乡村的地平线在哪里？举头寻觅，林林总总都是乡镇企业、塑料大棚、防风林带、茅店村社，哪里有什么勾勒着地沿吻合着天边的迢迢一线？而在极地西部，在屋脊对接后隆升而起的高山之巅就完全不一样了，旷野，旷野，旷野，一任坦荡的旷野之上，天穹拉直了线条让你瞩望，抬头低头都是地平线，没有什么东西能挡得住你的目光。光脉动荡的地平线上，人的影子、马的影子、牛羊的影子，就像剪出来的，就像有人在幕布上表演着皮影戏。尤其是黄昏，或者是早晨，毡帐在霞色中淡出，马影在岚光里伫立，牛羊沿着地头云彩一样飘来飘去，泼墨似的人影一会儿从人间走到了天上，一会儿从天上回到了人间，一会儿又突然不见了，仿佛钻到地底下去了。你发现原来天地是合一的，至少在不远处的地平线上天和地是缝缀起来的。人的自由也就在上天入地的表演中达到了出神入化的地步。

当然远不止如此，我说了地平线是梦一般美妙的，我说了我们驱车行驶在公路上，谁也不知道黑色的传送带会把我们传向何方。现在我们下车了，当一种虽真亦妄的地平线向着我们缥缈而来时，我们没有理由不停下来远远地默赏一番。那是大戈壁的地平线，漫卷着森林潮，荡漾着海湖水，鸥鸟的身影低低飞翔，轻舟的帆影点点明亮。一会儿又变了：秀水涟漪，花红柳绿、水村山郭、风动酒旗。大戈壁中的浩浩绿洲竟是如此迷人，但是我们不能走过去。我们都是"老戈壁"了，知道什么叫戈壁蜃景、邯郸一梦。蜃就是古代的蛤蜊，能呼气成楼、哈气成林、放气成水。大戈壁是古大海的海底，到处都有老蛤蜊的遗存，当它们知道人需要领悟真理时，就在地平线上以看图说话的方式告诉你：陛下（它们对所有的人都称呼陛下，因为在它们眼里，皇帝和奴仆并没有什么区别，听到有人被称为陛下，就以为所有人的名字都叫陛下），一切都是过眼云烟，好比显荣富贵，那是虚幻而无常的美景，迟早要化为乌有。

但是你不必沮丧，过了戈壁就是草原。当大草原的地平线飞来眼底，当地平线的风貌以精神境界的形式，而不是以牛羊牧草的形式呈现于你面前的时候，大欢喜的感觉就油然而生了。因为有七彩经幡的祝福，有佛法僧三宝殿堂的迎迓，有佛陀永恒的微笑。说得具体一点，草原地平线上最迷人的风景就是吉祥的寺顶塔饰，就是喷焰法幢，就是大法轮的金色造影，就是一队红袈裟的喇嘛逶迤而过的晨景暮境。我每每看到它们就觉得真正的幸福、最大的幸福就是拥有信仰，就是在信仰的臂弯里安然睡觉。

金和绿、信仰和生命的草原地平线在无色之风中悄然而去了。跟着出现的是有色之风萧萧而鸣的沙漠地平线。我想起了《克拉玛依之歌》："当年我赶着马群寻找草地，到这里来驻马我瞭望过你，茫茫的戈壁像无边的火海，我赶紧转过脸，向别处走去。"而我是不会"赶紧转过脸"去的，虽然我迟早会"向别处走去"。我发现我终于发现有一种自然景观和女性的肉体一般无二。我说的是沙漠地平线的颜色，说的是那种柔美飘逸的线条。不同的是女性的肌肤有时候是不干净的，哪怕她一天洗八次澡，甚至洗澡越多的人越有不干净的嫌疑。我看过一部电影叫《榴梿飘飘》，主人公在香港的时候，一天洗了三十八次澡，一会儿一次，一会儿一次，你说她是干什么职业的，总不会是洗澡职业吧？而沙漠，那黄皮肤的沙漠，那臀线、那胸线、那股肱之线、那美腿之线、那在风中摆动的地平线，是绝对的绰约，伴随着绝对的干净。什么时候，在我们生存的地球上，干净成了理想？因为干净，她一无所有。她修持着自己的一无所有，倔强地坚守着自己的一无所有。她的美丽就在于她一无所有。沙漠地平线是干净而一无所有的地平线。

还有什么地平线呢？有的，那就是无穷山脉的绵延之线。不，那不是地平线，那是天际线。山影用强烈的嶙峋起伏描绘着天的轮廓，天也就显得蓝锥倒悬、残缺不全了。山有多少峰，天有多少口，山天交接，犬牙错互，那缜密而复杂的线条无尽地弯曲着，谁也分不清是弯曲到了天上还是弯曲到了沟壑。山远有青雾，岭近绕白云，当我们实在搞不明白山在天上，还是天在山下的时候，天际线的消失就等于让我们知道了混沌未开的样子原来就是鸡蛋无缝，鸡蛋一旦有缝了，那就意味着盘古开天告成了。当然大部分情况下，天际线是不会消失的。高山覆雪，冰清玉洁，那里是最安静、最没有污染的地方，那里的天际线就像细韧的丝缕垂挂着一束束阳光，那里是被拜望、被敬畏的焦点，那里的思想是净土里的庄稼，吃了它就可以直取资粮道，奔达无尘界。当尘世的"缘起之有"不再出现，那就真正是无阻无滞的自由"天空"了。天空是走向无烦妙境的走廊，是悟道者的意绪绽放莲花的碧水天湖，到达这片天湖的唯一方式，就是让眼光和情感爬上冰雪的山脉越过明澈的天际线。可以说，那些被有名望的山脊托起的天际线都是高人领悟人生、知晓宇宙的地方。

我曾经神往于地平线的高显，以为那是诗音袅袅、花色烂漫的地方，是宝鼎吉祥、水软山温的所在；现在我依然崇敬着地平线的曼妙，因为在城市即使是乱见楼房无数重，即使是门户塞其盈视，高墙盱其骇瞩，人的张望与欣赏依然未能休止。顾及不到远方的日子里，注视身边的人群便成为必然。难道不是这样吗？——人与人之间，你是我的地平线，我是你的地平线。

藏藝的精神